ullstein

Das Buch
Es war Liebe auf den ersten Blick. Leider nur bei ihr. Doch was nicht ist, kann ja noch werden. Solange sind sie Freunde. Freunde, die miteinander schlafen: Lapared und 119, zwei kauzige Großstadtsingles jenseits der Dreißig. Und ihre »Freundschaft plus« dauert schon zwei Jahre.

Beim ersten gemeinsamen Urlaub geht sie baden. Lapared will aufhören, 119 zu lieben. Sie will aufhören, zu kämpfen, zu hoffen und unbequeme Schlüpfer zu tragen. Sie will einen Mann, der *sie* liebt, heiraten und Babys kriegen. Im Job läuft ja auch alles nicht mehr so…

Sie trennt sich. Konsequent und mustergültig. Dann zumindest, wenn man eingebildete Infarkte, Sex- & Eierlikör-Exzesse, Säuglings-Beschimpfung und Darmsanierungs-Workshops als gesunde Bestandteile einer ganz normalen Trennung zu erkennen weiß.

Und nach jedem Tal folgt ein Hoch. Sie lernt Dick kennen, einen stürmischen Holländer, der durch seine Anbetung ihr Ego restauriert. Und Laurenz, den ein Hauch von Golfclub, Kreuzfahrt und Corega-Tabs umweht. Lapared entdeckt ihre Möglichkeiten. Doch gerade, als sie anfängt, sie zu genießen, ist *er* auf einmal wieder da: 119…

Die Autorin
Conni Lubek absolvierte ein Psychologie-Studium sowie eine Ausbildung zur Drehbuchautorin und war zehn Jahre lang Werbetexterin in einer großen Hamburger Agentur. Ihr Debütroman *Anleitung zum Entlieben* entstand aus den Anfängen ihres gleichnamigen Internet-Tagebuchs, das schon 250 000 Besucher hatte und es auf Platz 1 der beliebtesten Weblogs schaffte. Inzwischen arbeitet Conni Lubek als freie Texterin und Autorin, und zusammen mit Co-Autor Curd Rock schreibt sie bereits an der Fortsetzung von *Anleitung zum Entlieben*.

Der Co-Autor
Curd Rock – der auch im Buch als Curd Rock auftritt – lebt und arbeitet auf einer weißen Couch im Herzen Hamburgs. Er hat Philosophie, Germanistik und Atomphysik studiert.

Conni Lubek

Anleitung zum Entlieben

Roman

Ullstein

Besuchen Sie uns im Internet:
www.ullstein-taschenbuch.de

Umwelthinweis:
Dieses Buch wurde auf chlor- und säurefreiem Papier gedruckt.

Originalausgabe im Ullstein Taschenbuch
1. Auflage Juni 2008

Umschlaggestaltung: Conni Lubek und HildenDesign, München
Titelabbildung: © Conni Lubek (Foto von Curd Rock)
Foto Umschlagrückseite und sämtliche Fotos im Innenteil: © Conni Lubek
Die Urheberrechte an der Figur Curd Rock liegen bei der Autorin.
Satz: KompetenzCenter, Mönchengladbach
Gesetzt aus der Times
Druck und Bindearbeiten: CPI – Ebner & Spiegel, Ulm
Printed in Germany
ISBN 978-3-548-26807-1

Vorwort

Im Folgenden geht es um die Kunst des Entliebens. Wer je einen Menschen von Herzen geliebt hat und irgendwann aus irgendwelchen Gründen einsah, dass es wohl besser wäre, damit aufzuhören, der weiß, wie schwer das ist.

Die Wege, die jene Glücklichen, die es schaffen, schließlich ans Ziel führen, sind nicht immer gerade. Sie sind verschlungen, voller Schlaufen und Kreise, von denen man manchmal erst im Nachhinein erkennt, dass sie kein Umweg waren. Sondern notwendig.

Und vor allem ist jeder Weg anders. Weil jede Liebe einzigartig ist – und auch jeder Umstand, der einen Menschen so etwas Kostbares aufzugeben zwingt. Einzigartig scheiße, soweit es mich betrifft.

*… **NICHT.** Verstehe.*

Ich hoffe, der nachfolgend beschriebene Weg, meiner, kann trotzdem für den einen oder anderen, der den Vorsatz des Entliebens teilt, eine kleine Hilfe sein.

Herzlichst
Lapared (im Folgenden auch Lpunkt, Lchen, Rindvieh…)

Jesus lebt – aber hat die Nase voll

Wir waren gerade aus unserem ersten gemeinsamen Urlaub zurückgekehrt. Wir, das sind 119 und ich. 119 ist ein Mann, und um Spekulationen vorzubeugen, nein, nicht mein hundertneunzehnter. Ich bin eine Frau, und normalerweise haben Männer bei mir Namen. Und kein Mann war je so wenig eine Nummer für mich wie dieser.

Die Grundkonstellation unserer Beziehung ist schnell erzählt: Ich liebte ihn, und er mich nicht. Das ist nicht etwa Spekulation, sondern Gewissheit. Er hatte es mir mehr als einmal gesagt, und ich sah keinen Grund, an seinen Worten zu zweifeln. Dafür behandelte er mich zu gut. Wenn es sich eben vermeiden ließ, wollte er mich nicht verletzen – nicht mal das.

Für viele Menschen wäre es ein völlig ausreichender Grund, einen anderen nicht zu lieben, weil er umgekehrt es auch nicht tut. Nicht für mich. Obwohl 119 mich nicht liebte, unternahm ich lange keine Anstrengungen, mich von ihm zu trennen und mit dem Lieben aufzuhören. Im Gegenteil. Ich kämpfte um ihn. Ich arbeitete mir den Hintern wund. Tag und Nacht schraubte ich an meiner Liebenswürdigkeit.

Danach versuchte ich, mich mit der Situation zu arrangieren. Statt mich weiter in Eroberungsstrategien zu verschleißen, kämpfte ich mit mir selbst. Mein neues Ziel war, mich an der Reinheit meiner eigenen Liebe zu erfreuen. Einer Liebe, die nicht mal auf Erwiderung spekuliert – in Gedanken führte ich den Zweitnamen Jesus.

Doch nun, nach unserem ersten gemeinsamen Urlaub, war ich es leid. Ich war müde, Jesus hatte die Nase voll. Ich spürte, dass es Zeit wurde, mich zu entlieben. Dieser Urlaub, fünf Tage auf Sylt, der Perle der Nordsee, sollte unser erster und letzter gewesen sein.

Deckel meets Deckel

Er war die Nummer eins auf meiner »Matching-List«, einer Art Partner-Top-Ten, ermittelt nach einem *hoch* wissenschaftlichen Passgenauigkeitsverfahren, entwickelt von *tief* verzweifelten Psychologen, die den Job bei einer Online-Partnervermittlung einem Dasein als Taxifahrer vorgezogen hatten – schätze ich mal. Um Mitmenschen fortan ins Glück zu befördern statt zum Bahnhof, um Liebe zu stiften und aus den Hoffnungen gereifter Besserverdiener, die Geld allein nicht zufrieden macht, ein wenig Eigenkapital zu schöpfen. Für knapp zweihundert Euro hatten sie mein Persönlichkeitsprofil erstellt, mit tausenden Profilen anderer Beziehungs-Suchender abgeglichen und 119 schließlich als mein klares Spitzen-Deckelchen identifiziert… *Soulmates – Hier geht Ihnen das Glück ins Netz!*

Und tatsächlich. Ich sah ihn und war sofort verliebt. Und was bei uns zweifellos ganz prima harmonierte, war, dass er männlich, ich weiblich und wir beide auf der Suche waren. Wäre ich *nicht* auf der Suche gewesen, hätte ich einen Mann gesehen, der sehr hager, schüchtern und fast ein bisschen kauzig wirkt. Der mit einem Lächeln der Verachtung durch die Welt marschiert und gleichzeitig mit der Sehnsucht, dazuzugehören. Einsamer Gast auf allen Partys, stets die Hände in den Taschen, stets mit Mantel und Schal zum Abflug bereit. Ein attraktiver, gleichzeitig aber unnahbarer Mann, der, wenn man ihn mutig anspricht, unerwartet herzlich reagiert. Wäre ich nicht auf der Suche gewesen, hätte er mich sicher *auch* interessiert. Sicher. Ich hätte immer wieder verstohlen zu ihm hin gesehen. Doch da ich nicht im Geringsten mutig bin, hätten wir uns niemals kennen gelernt.

Aber so... So stand er eines Abends vor meiner Tür.

»Tag, Deckelchen.«

»Tag, Deckelchen.«

Wir hatten vorher einige Male miteinander telefoniert. Keiner von uns beiden wollte der Topf sein, hatten wir dabei festgestellt. Deckelchen klingt einfach netter, fanden wir, aber vielleicht hätte uns das auch zu denken geben sollen. Die Qualitäten eines Topfes hat keiner von uns. Wir sind beide Menschen, die sich gerne als Ergänzung sehen, und die Freiheiten genießen, die das mit sich bringt.

»Sollen wir was essen gehen?«, fragte ich.

»Lieber was trinken«, sagte er.

Schon bei unserem ersten Abend wäre ich fast verhungert.

Wir genossen andere sinnliche Freuden. Alles stimmte, alles musste stimmen. Er war die Nummer eins auf meiner Matching-List, und *sexuell*, das fanden wir sehr schnell heraus, matchten wir tatsächlich. Weit über die vom lieben Gott grundsätzlich auf Paarung angelegte Anatomie hinaus fügten sich auch die Bedeutung, die wir dem Geschlechtsakt beimaßen, und die Frequenz, mit der wir darauf aus waren, fein zueinander.

Und mehr oder weniger im Zuge dieser Ermittlungen erkundeten wir einander dann genauer. Es folgten traumhafte Wochen, in denen sich unsere Gleichs gesellten (er Werber, ich Werber, er angeblich Nichtraucher, ich angeblich Nichtraucher) und unsere Gegensätze ergänzten (er Fußgänger, ich Autofahrer, er Anorektiker, ich Bulimiker), je nachdem, aber immer ideal. Es war die Magie der Verzweiflung einsamer Herzen: Es passte, weil es passen sollte, verdammt noch mal.

Doch bei aller Skepsis gegenüber dem Verfahren. Bei allem Zweifel, ob wir nun für einander geschaffen oder findigen Taxifahrern auf den Leim gegangen waren. Etwas gab es, das von einem tiefen Einvernehmen unserer Wesen zeugte. Das uns ohne jeden Zweifel als Seelenverwandte auswies. Worte könnten »es« nie ausreichend, nie umfassend beschreiben, deshalb hier ein Bild:

(CURD ROCK)

Ein Geschenk, das 119 mir machte. Ein Geschenk, auf das ich – wie Sie später noch erfahren werden – große Hoffnungen baute. Ich nannte es, nein ihn, *ihn*… CURD ROCK.

Emotionales Gepäckgefälle

Aber der Urlaub, ich wollte ja von unserem Urlaub auf Sylt erzählen.

Um neun sollte es losgehen. 119 hatte kein Auto, und ich besaß meins genau genommen auch erst, seit er bei unserem ersten Treffen gesagt hatte: »Um ans Meer zu fahren, wäre ein Auto natürlich *schon* schön.«

Vor unserem Kennenlernen hatte ich Ommas alten VW Jetta, der sich aber schon lange eher als Skulptur verstanden wissen wollte denn als Fortbewegungsmittel und der mir nicht wirklich adäquat erschien für das chice Hamburger Werberpärchen auf Weekend-Trip, als das ich 119 und mich bereits am ersten Abend sah.

Ich schaffte einen flotten Mini an. Eine weise Entscheidung. Geschlechtsverkehr allein ist keine Basis für eine Beziehung. Tatsächlich wurden mein kleines schwarzes Auto und die Tagesausflüge, die wir damit in den folgenden zwei Jahren unternahmen, für 119 zu einem nicht unerheblichen Grund, an unserer Beziehung festzuhalten. Und nun war es also so weit, nun würde es uns sogar in die ersten gemeinsamen Ferien fahren. Wir waren auf einem guten Weg.

»Du bist spät!«

Am Morgen unserer Abreise fuhr ich, aufgehalten durch

nervösen Reisedurchfall, in der Tat mit kleiner Verspätung bei 119 vor.

»Ich wollte ein bisschen lässig wirken!«, entschuldigte ich mich.

Er sah sich grinsend in dem voll beladenen Auto um.

»Du bist nicht lässig, Lchen, du liebst mich und bist seit sechs Uhr auf und hast gepackt, hm?«

»Nur, wenn du mir versprichst, dass du *aufgeregt* reizvoller als *lässig* findest.«

»Pünktlich hätte ich am reizvollsten gefunden, aber *aufgeregt* ist auch nicht schlecht.«

»Fein, dann dürfte es dich freuen, dass ich im Vorfeld unserer Reise vor *Aufregung* mein komplettes Unterhosenkonzept überarbeitet habe.«

»Wozu?«

»*Du* liebst mich *nicht*, es wäre der Stabilisierung meiner Verleugnungskonzepte sehr zuträglich, wenn du mich wenigstens begehren würdest.«

»In deinem alten Unterhosenkonzept fand ich dich durchaus begehrlich.«

»Deshalb habe ich *das* vorsichtshalber auch eingepackt, ebenso wie mein altes Oberbekleidungskonzept und mein altes Freizeitschuhkonzept – befindet sich alles in dem blauen Koffer, rechts. Die Neuerungen befinden sich im braunen Koffer, links.«

»Sehr gut, und was ist in dem schwarzen Koffer obendrauf?«

»Curd Rock…«

»Ah, mein Kumpel.«

»Und unser Strandequipment. Was befindet sich in deinem Herrentäschchen?«

»Meine Zahnbürste.«

»Fein, Zahnpasta hab ich.«

119 strich mir über den Kopf.

»Weiß ich doch, und ich liebe deine Zahnpasta.«

Ich sah ihn an, die hellblauen Augen zwischen den zahllosen feinen Linien seines hageren Gesichts. Und ich dachte, was sind wir doch für eine glückliche kleine Familie, er, meine Zahnpasta und ich.

Wutpflege im Blog

Na, dass er mal die Zahnpasta vergisst, ist ja noch kein Trennungsgrund, denken Sie vielleicht. Und für eine Frau, die akzeptiert, dass ihr Freund sie nicht liebt, sollte unausgewogenes Reisegepäck eine Tragödie überschaubaren Ausmaßes sein. Sehen Sie, genau dasselbe dachte ich damals auch. Bereits am zweiten Tag nach unserer Rückkehr zweifelte ich an der Angemessenheit meiner Trennungsabsichten. Ich musste 119 dringend sehen, um sie zu überprüfen. Aber er meldete sich nicht, drei Tage, vier, fünf… Meine Wut drohte in Kummer zu versinken. Zum Glück fand ich einen Weg, sie zu kultivieren.

Normale Menschen kommen ja gar nicht so zum Leiden. Aber ich verdiente mein Geld als »freie Texterin«. Agenturen beauftragten mich wenn, dann tageweise, sonst hatte ich keine Verpflichtungen irgendwelcher Art. Ich musste für niemanden sorgen außer für Curd Rock, eine 14-tägig zu gießende Zimmerpflanze namens Palme und ein Patenkind namens Ruth in Afrika. Im Übrigen konnte ich mich mir und meinem Privat-Elend liebevollst widmen – und das tat ich dann auch. *Schriftlich.*

Daher auch mein Name: Lapared, aber Sie dürfen mich auch Lpunkt nennen oder Lchen, wenn wir mal vertrauter sind, das tun die anderen Leser auch. Die anderen Leser kennen mich nämlich schon etwas länger. Sie lesen das Blog, aus dem das Buch, das Sie gerade in Händen halten, entstanden ist. Im Blog schrieb ich meine Urlaubserinnerungen nieder und hielt sie wach.

Ein Blog, das wissen Sie sicher, ist ein anonymes Internet-Tagebuch. Ich begann es am Tag nach Sylt zu führen, als ich entschieden hatte, meine Beziehung zu beenden und Single zu werden. Die Welt sollte mein Zeuge sein bei diesem atemberaubenden Projekt. Den Namen Lapared wählte ich als Pseudonym, weil so ein Ort auf einer anderen Insel heißt. Ein Ort, an dem ich die beste Zeit meines Lebens verbracht hatte, *allein.* Das Blog nannte ich »Anleitung zum Entlieben«, denn ich beabsichtigte, ein Dokument der Konsequenz und Geradlinigkeit damit zu schaffen. Meine Trennung von 119 würde mustergültig sein. Ein Leitfaden für alle Leidensgenossen, da war ich mir ganz sicher – ich verließ ihn schließlich nicht zum ersten Mal.

Die Gurke als erotisches Stimulantium

Der Urlaub, das muss ich zugeben, war mein Vorschlag gewesen. Im Abendrot schnurrten wir nach einem Sonntagsausflug an die Nordsee zurück nach Hamburg, müde von der Sonne, satt von einer 1a Bratwurst, berauscht von einem Bilderbuchtag. Noch am selben Abend buchten wir im Internet eine Woche Westerland. Niemand von uns dachte daran, dass an der Nordsee nicht *immer* die Sonne scheint.

Ein bedauerliches Versäumnis. Denn mit 119 eine Beziehung zu führen war eigentlich nur bei Sonne möglich. Sein Gesicht war das direkte Spiegelbild des Himmels, nie zuvor war ich jemandem begegnet, der so extrem wetterabhängig war. Bei Sonne strahlte er in stiller Harmonie mit dem Universum freundlich und leise vor sich hin wie ein Buddha. Sehr lieb. Doch sobald Wolken aufzogen, wurde er übellaunig, in längeren Regenphasen finster, den Winter verbrachte er als Autist. Solange man ihn dabei nicht störte, tat er niemandem was. Wo Sozialkontakte wirklich unvermeidlich waren, zwang er sich unter Anstrengung zur Höflichkeit. Aber wer sich ohne praktischen Grund in seine Nähe drängte, musste damit rechnen, dass es mit jedem Zentimeter kühler wurde. Und selbst durch Geschlechtsverkehr hielt man ihn dann nur bedingt bei Laune.

Ein paar Tage vor unserer geplanten Abreise schrieb ich ihm daher eine Mail:

Hase,
die Wetterprognosen sind scheiße, ich glaub, wir lassen das besser. Was wollen wir bei Regen an der Nordsee, hm?

Darauf er:

Lchen,
wir sind zwei hoch bezahlte Kreative, uns wird SICHER was einfallen;)))

Darauf ich:

Kreative ja, aber keine Karnickel, Hase. Ich kenne dich, spätestens am 3. Tag müsste ich meine Möpse mit Mortadella belegen, damit du noch Lust drauf hast!

Wieder er:

Tja, wenn du nicht willst… Schade.

Und wieder ich:

Natürlich will ich! Meinetwegen könnten wir scheiß Sandkörnchen zusammen zählen. DU wirst dich langweilen! Und du bist WIDERLICH, wenn du dich langweilst!

Und er:

Ich langweile mich nie. P.S. Vergiss die Gürkchen nicht!

Er aß Mortadella am liebsten mit Gürkchen.

Und so blieb es dabei. Hase und Lchen würden nach Westerland reisen. In Deutschlands berühmtes Sonnenloch.

Ein kleiner Furz für die Menschheit…

»Er liebt dich nicht, sein Charme ist wetterabhängig, seiner Libido muss man durch Cornichons auf die Sprünge helfen – was willst du nur von dieser *Gurke???*«

Meine Schwester analysierte mein Beziehungsfiasko stets mit unbestechlicher Brillanz. Noch am Morgen der Abreise hatte sie mir ins Gewissen geredet. Ich schwieg, *vor* Sylt glitten Worte der Vernunft an mir ab wie faule Eier an Panzerglas. Doch *nach* Sylt war alles anders.

»Das bringt doch alles nichts«, hörte ich mich nun verkünden, »ich bin es leid, ich will nichts mehr von ihm!«

»Hilft nicht nur bei Asthma, sondern auch bei Bekloppt-heit, diese Insel wird unterschätzt…« Meine Schwester war beeindruckt.

Seit drei Stunden erzählte ich ihr, wie absolut gleichgültig 119 mir neuerdings war.

»Und soll ich dir was sagen? Soll ich dir erzählen, was ich heute gemacht hab?«

»Schieß los!« Meine Schwester bebte vor Spannung.

»Ich habe Zwiebeln gegessen! *Rohe* Zwiebeln!«

»WOW…«

In der Tat eine kleine Sensation, meine Schwester erkannte das sofort. Denjenigen unter Ihnen, die – wie ich damals – in weniger etablierten Beziehungen leben, muss ich sicher auch nicht viel erklären. Denen jedoch, die schon lange im so genannten »sicheren Hafen« ankern, dort, wo kein Wind ihrer Beziehung noch Schaden zufügen kann, mag sich die Bedeutsamkeit dieses Vorfalls möglicherweise nicht erschließen. Lassen Sie es mich so formulieren… Für den flüchtigen Genuss eines mit Zwiebeln belegten Mettbrötchens hatte ich das Risiko auf mich genommen, im unwahrscheinlichen Falle eines unangekündigten Besuchs von 119 zu stinken. Und im wahrscheinlichen Falle, dass dieser Besuch sexuell motiviert wäre, gehemmt durch Flatulenz unter der hohen Latte seiner Erwartungen zurückzubleiben.

Zwiebeln. Für viele nur ein Gemüse. Für mich jedoch ein großer Schritt zur emotionalen Befreiung.

Zurück zum Reisebericht.

Nordsee, Mordsee

Nach dreieinhalbstündiger Fahrt rollten wir bei regenverhangenem Himmel und Windstärke 50 vom Oberdeck des Autozugs. Willkommen auf Sylt.

Mit der Unterkunft hatten wir einen Glückstreffer gelandet. Unser Zimmer im »Haus Dünennest« war herrlich: groß, hell, mit einer breiten Fensterfront zum Meer und einem mindestens ebenso breiten Bett mit gestärkter weißer Baumwollwäsche. Ich war darüber sehr erleichtert, denn gleich nach dem Wetter konnte die Atmosphäre von Räumen 119s Laune sehr belasten. Und in Dekor-Bettwäsche schlief er schlecht. Doch angesichts des netten Zimmers schien die Talfahrt, auf der seine Stimmung sich regenbedingt befand, gestoppt. Ich selbst war auch ganz euphorisch, Sylt, *mon amour…*

Wir ließen unser Gepäck – meine Koffer und seine Zahnbürste – stehen und liefen sofort los, um das Meer zu begrüßen. Es gibt ja nix Schöneres als Meer! Als wir oben auf der Düne standen und auf die tosende Nordsee sahen, brach für einen Moment die Sonne durch die Wolken. Ich war so ergriffen, dass ich 119 am liebsten umarmt oder wenigstens seine Hand genommen hätte. Aber seine Hände steckten wie immer tief in den Taschen. Er starrte auf die glitzernde See. Und plötzlich hatte er wieder dieses Gesicht. Diesen sehnsüchtigen, hungrigen Blick und gleichzeitig diesen zornig zusammengepressten Mund.

Ich kannte dieses Gesicht an ihm. Er hatte es oft, wenn er mit mir zusammen war, er war einsam. Genau wie ich wollte er in diesem ergreifenden Sylter-Sonnendurchbruchs-Moment die Hand von jemandem nehmen, jemanden umarmen. Aber da war wieder mal keiner, nur ich, Lpunkt, sein Kumpel mit Brüsten. Er war mir böse. Böse, dass ich niemand anders war, niemand, den er lieben konnte. Und er wusste, dass das ungerecht war, auch darüber war er böse. Jetzt nur keinen Anlass bieten, dachte ich, jetzt bloß keinen Vorwand liefern, jetzt einfach nur… die Fresse halten.

»Los, bewegen wir uns!«, sagte er und setzte seinen schmalen, drahtigen Körper in Gang. Mit hochgezogenen Schultern und gesenktem Kopf marschierte er stumm gegen den Wind. Ich lief in zehn Metern Abstand keuchend hinterher.

Es war Flut. Der Sand, den die Wellen nicht erreichten, war tief und weich und schwer vom Regen. Man versank darin bei jedem Schritt. Nässe kroch in meine Schuhe, an meinen Fersen wuchsen Blasen. Ein fieser Wind blies Sand in mein Gesicht wie Nadeln. Meine Ohren schmerzten vom Sturm, vom Dröhnen der Wellen, vom Kreischen der blöden Möwen… Kurz gesagt: nicht schön.

Mit zusammengekniffenen Augen betrachtete ich 119s Rücken. Seine Beine. Seinen Hintern. Und ich dachte ein wenig über den deutschen Film nach. Den deutschen Film ganz allgemein und auch im Besonderen. Ich dachte zum Beispiel an eins der früheren Werke von Hark Bohm, »Nordsee ist Mordsee« war der Titel. Guter Film. *Sehr* guter Film. Nach etwa einer Stunde drehte 119 sich zum ersten Mal nach mir um. Er deutete mit dem Kinn zu einem Schild, das auf ein Restaurant hinwies, irgendwo oben zwischen den Dünen.

»Kaffee?«, fragte er.

Ich lächelte ihm zu und nickte. »Kastration in den Dünen«, auch ein hübscher Filmtitel, dachte ich.

Ich war vom Amfang an für Hawaii…

Ein schärferer Wind

Solche Erinnerungen halfen. Ich brauchte nur an diesen ersten von unseren zahlreichen und immer ähnlich romantischen Sylter Strandspaziergängen zu denken, und da war sie wieder: meine Wut. Schließlich genügten Stichworte, Stichworte wie *Welle*, *Wattwurm* oder *Mittelohrentzündung*, schon war sie zur Stelle wie ein dressierter Schäferhund. Und am sechsten Tag nach Sylt war es so weit. Ich fühlte mich bereit zum nächsten großen Schritt meines Trennungsprojekts.

Ich beschloss, dass Nichterreichbarkeit und Mettbrötchen vielleicht nicht die unmissverständlichsten Formen waren, 119 meine Trennungsabsicht mitzuteilen. Zumal er nicht versucht hatte, mich zu kontaktieren, noch immer nicht. Ich musste deutlicher werden, *noch* deutlicher. Zwiebeln waren erst der Anfang, sagte ich mir, ab heute weht ein schärferer Wind! Ich bestellte mir einen Chef-Salat und zwölf Knoblauchbrötchen. Und ich entschied, 119 direkt zu konfrontieren. Sofort nach dem Essen.

Ich saß in der Küche und aß. Und aß. Und aß. Unbeirrbar stopfte ich den Salat und die Brötchen in mich hinein. Eins nach dem andern, alle zwölf. Gleichzeitig legte ich mir Sätze im Kopf zurecht wie Kugeln im Kanonenlauf. Sätze von geschliffener Prägnanz und brachialer Klarheit. Sätze wie: »119, so geht es nicht!« Wie: »Ich bin es wirklich leid!« Wie: »Du kannst mich mal, aber kreuzweise!« Aber kreuzweise war gut. Und noch dazu mein Mundgeruch, das würde seine Wirkung nicht verfehlen. Ich griff zum Telefon.

Tuut, tuut… (Oh Gott, was tat ich nur!)… tuut, tuut… (Sei nicht da, bitte, bitte, sei nicht da!)… tuut, tuut… (Tatsächlich, nicht da, der Hund!)… Ich entspannte mich und stieß kräftig auf…

119: »Ja?«

Ich: »Oh, Entschuldigung.« (Die klassische Eröffnung eines Du-kannst-mich-mal-Telefonats.)

119: »Lchen! Ich wollte dich auch gerade anrufen.«

Ich: »Ach ja… unsere Herzen schlagen im gleichen Takt.«

119: »Wie geht's dir, Maus, was machst du so?«

Ich: »Maus hat genug. Maus entliebt sich gerade, aber kreuzweise.« (Irgendwie hatte ich den Effekt von aber kreuzweise überschätzt.)

119: »Ent-was? Ent-*lieben*? Von wem?«

Ich: »Na ja… von DIR.«

119: »Von mir? Das klingt… GUT. Das bringt alles schön ins Gleichgewicht, wir werden uns *noch* besser verstehen.« (Überhaupt verfehlten meine Worte ihre Wirkung.)

Ich: »Hase, ich fürchte, wir werden uns *gar* nicht mehr verstehen.« (Ich brach unplanmäßig in Tränen aus.) »Ich will dich nicht mehr sehen.«

119: »Komm, Lchen, red keinen Unsinn. Entlieben ist schwer, du brauchst einen Freund, du brauchst mich!« (Das war das Problem: Ich hatte es schon zu oft gesagt, er glaubte mir nicht.)

Ich: »Ich weiß nicht, ob du der richtige Freund beim Entlieben bist.«

119: »Aber du hast keine anderen, du bist ein Arsch wie ich.«

Ich: »Ich habe Tausende, ich habe eine Käsetorte, meine Freunde sind die Kalorien.«

119: »Ach Maus, Kuchen ist doch keine Lösung, ich komm mal rüber, sonst wirst du noch fett.«

Ich: »Nein! Nein, bitte nicht…«

119: »Ich werde richtig scheiße zu dir sein, aus Freundschaft, damit du dich entlieben kannst.«

Ich: »Hase, ich glaube nicht, dass das funktioniert…« (Ich schluchzte laut, wie gerne hätte ich sein verlockendes Angebot angenommen.)

119: »Erzähl mal, was hat dich denn so aufgeregt? Ist es wegen Sylt, mir ging's nicht gut.«

Ich: »Du warst ekelhaft! Übellaunig wie eine Diva, die seit fünf Tagen keinen Stuhlgang hatte!«

119: »Ich hatte fünf Tage keinen Stuhlgang! Und außerdem hatte ich Grippe, das weißt du doch.«

Ich: »Du hattest keine Grippe, du hattest Schnupfen!«

119: »Einen schlimmen Schnupfen und keinen Stuhl, du weißt, wie schwer ein Anorektiker daran trägt.«

Ich: »Du bist kein Anorektiker, du bist ein mäkeliger, verwöhnter Arsch.«

119: »Genau, und deshalb wirst du aufhören, mich zu lieben. Ich bin an deiner Seite und sorge dafür, dass du es nicht vergisst.«

Ich: »Du hast sechs Tage nicht mit mir gesprochen!«

119: »Ich habe zugehört.«

Ich: »Wir hatten keinen Sex!«

119: »Ich habe verdaut.«

Ich: »Ehrlich, Hase, ich trenne mich!«

119: »Und ich helfe dir, ich bin gleich da.«

Ich: »Ich habe Knoblauch gegessen!«

119: »Ich komme als Freund und nehme dich von hinten.«

Ich: »Und Zwiebeln!«

119: »Zwiebeln auch noch? Du meinst es wirklich ernst, hm?!«

Ich: »Ja, ich meine es ernst… (Sag doch was!)… Diesmal ist es wirklich endgültig… (Los, widersprich!)… Ich will dich nicht mehr sehen… (SAG WAS!)… Alles Gute, Hase… (BITTE!)…«

Klick.

Er hatte aufgelegt.

Die Stille, die diesem Klick folgte, war nicht wirklich still. Sie war wie dieses Geräusch, das man aus Arztserien kennt. In Wirklichkeit hatte ich es zum Glück noch nie gehört. Wenn ein Herz versagt, wenn ein Puls zusammenbricht, wenn das grüne Pünktchen nicht mehr hüpft, sondern zu einer langen Linie wird. Und dazu dieser penetrante Ton: Piiiiiieeeeeep.

In Filmen dauert dieses Piep nie lang. Drei Sekunden, höchstens vier, dann setzt hektisches Treiben ein. Junge schöne Ärzte kommen angerannt, um in trotziger Verzweiflung zu retten, was nicht mehr zu retten ist. Oder Schnitt zur trauernden Witwe. Aber nun war dieser Ton in meinem Kopf und dort hörte er nicht auf. Piiiiiiiiiiiiiiiiieeeeeeeeeeeeee… Ich saß da und wartete… wartete… aber er wurde von nichts unterbrochen… iiiiiiiiieeeeeeeeeeeee…

Doch, DOCH! Von einem Dingdong-Dingdong wurde es unterbrochen! Vom lieblichsten, wohlklingendsten Dingdong-Dingdong dieses Planeten, des gesamten Universums, der ganzen Welt… Vom Dingdong-Dingdong meiner Türklingel.

Der Kein-Sex-Skandal

Wie es nach dem Dingdong-Dingdong weiterging, muss ich nicht erzählen, das ahnen Sie wohl. Von mir nur so viel: Alles Gemüse der Welt konnte unsere Wiedervereinigung nicht vereiteln. Falsch wäre jedoch, daraus auf einen unerschütterlichen Geschlechtstrieb bei 119 zu schließen. Apropos, ich wollte doch noch kurz von Sylt berichten…

Also. Die tiefe Missstimmung, in die 119 gefallen war, hielt an. Genauso selten, wie die Sonne durch die dunklen Wolken brach, genauso historisch war jeder Moment, in dem ein Lächeln über seine Züge huschte. Ganz klein und nur zu Anlässen ganz besonderer Art. Zum Beispiel, wenn es zum Abendessen Kroketten gab. Quasi ersatzweise spielte *ich* den Sonnenschein. Unermüdlich verstrahlte ich gute Laune wie Uschi und Christian beim Nordicwalken. Aber egal, was ich tat, die Stimmung ließ sich nicht heben.

Natürlich dachte ich daran. Jedes Mal, wenn ich hinter 119 durch den Sturm stapfte, malte ich es mir aus. Ich stellte mir vor, einfach so stehen zu bleiben, mich seitlich in die Dünen zu schlagen, per Taxi zur Pension zu fahren, zu packen und… *adios!* Was für ein hübscher kleiner Gedanke, dachte ich mir dann. Wenn Hase sich das nächste Mal umsähe, säße Lpunkt längst in ihrem kleinen freundlichen MINI und genösse den Meerblick vom Oberdeck des Autozugs.

Im Laufe des Urlaubs schmückte ich diese Phantasie liebevoll aus. Ich stellte mir vor, wie 119 kehrtmachen und die Sorge während des Rückmarsches skurrile Blüten in ihm treiben würde. Schließlich hatte es keine Anzeichen für eine Verstimmung gegeben. Lpunkt war etwas zugestoßen, würde er annehmen müssen, aber was? Vielleicht hatte eine monströse Welle sie gepackt. Oder eine gestörte Möwe hatte sie attackiert und ihr beinah ein Auge ausgehackt. Und nun lag seine Freundin irgendwo, bezaubernd hilflos wie Tippi Hedren in *Die Vögel*. Ich sah 119 vor mir, wie er meinen Namen rief: »Lpunkt! Lchen! Lpünktchen!«, verzweifelt, immer wieder. Und erst sein Gesicht, wenn ihn – zurück in unserem wunderbaren Doppelzimmer – nur seine Zahnbürste begrüßen würde! Die Zahn*pasta* war auch auf dem Autozug. Ha!

Aber so weit kam es nie. Ich schlug mich nicht in die Dünen, ich kehrte nicht um, und selbst die gestörte Möwe: nur Phantasie. Denn gerade dann, wenn ich an diesem speziellen Punkt war, den man üblicherweise »die Schnauze endgültig voll haben« nennt, war auch 119 in Stimmung für einen besonderen Moment. Er blieb stehen, drehte sich um und schenkte mir… ein Lächeln. Ein kleines, kostbares, entwaffnendes Lächeln. Als hätte er den siebten Sinn dafür, wann ein schlimmer Zahnpasta-Engpass bevorsteht.

So verging unser Urlaub. Sylt hatte sieben Tage Regenwetter, und 119 machte stets das passende Gesicht dazu. Er redete nicht, marschierte wie auf der Flucht und lächelte nur in letzter Sekunde. Doch das eigentlich Verstörende ereignete sich nachts. Trotz meines neuen Unterwäschekonzepts blieb ich unberührt. Wir hatten keinen Sex, normalerweise ein Traum. Zumindest nach zweieinhalb Jahren Beziehung und 30 Kilometern Fußmarsch durch den tosenden Sturm. Aber nicht für mich. Nicht für Lchen. Ich fühlte mich an dem einzigen Punkt, an dem ich mich bei 119 einigermaßen sicher wähnte, empfindlich bedroht. Keine Liebe *und* kein Begehren. Na, gute Nacht.

In Hawaii mähem sie bestimmt auch dem Rasem…

Lpunkt allein am Pool

Aber nun holten wir den versäumten Verkehr ja nach. Zwiebeln und Knoblauch sorgten für knisternde Erotik. Erotik, wie sie nie aus Hingabe, sondern nur aus stolzer Verweigerung entsteht. Meine Damen, sparen Sie sich den »Hauch von Spitze«, eine Fahne tut es auch.

119 jedenfalls begehrte meinen von nichts als einer Dunstwolke eingehüllten Körper wie am ersten Tag. Und ich war glücklich, *glücklich.* Wie viele tragische Menschen, deren Liebe nicht erwidert wird, genoss ich die kleine Macht, seinen Geschlechtstrieb zu entfachen, umso mehr. Seine Erektion hielt mich moralisch aufrecht, gewisserma-

ßen, ich schöpfte Hoffnung daraus. Ich hatte gehen wollen, und er hatte mich nicht gehen lassen, das war doch schon mal prima. Ein gutes Zeichen.

Ein paar Wochen lang präsentierte 119 sich wieder freundlich und potent. Dann jedoch legte seine Freundlichkeit sich wieder. Das war abzusehen gewesen (vorausgesetzt, man hätte es sehen wollen), denn das Muster von Anziehung und Abstoßung war ja nicht neu. Nicht zwischen 119 und mir und nicht auf diesem Planeten. Es war der »Tango der Geschlechter«, wie man so sagt. Dieses blöde Hin- und Hergeschiebe, erstaunlicherweise auf freiwilliger Basis.

»Zum Tango gehören zwei!«, bemerkte meine Schwester jedes Mal, wenn wir über die rhythmischen Katastrophen meines Liebeslebens sinnierten. Wie wahr, wie wahr. Um ihn zu beenden, bedarf es aber oft eines Dritten. »Wenn du selbst mit diesem Affentanz nicht aufhören kannst, solltest du wenigstens andere Männer zum Abklatschen ermuntern!«, riet sie deshalb immer wieder. Und das tat ich dann auch. Sobald 119 sich wieder zurückzog, begann ich, in den Saal zu schielen. Den großen Saal des Paartanzes.

Einen wirklich traumhaften Abklatschmann entdeckte ich schließlich in der Badeanstalt. Es war ein herrlich warmer Tag im Mai. Wegen des ungewöhnlich schönen Wetters hatten die Freibäder früher aufgemacht. Blasse Menschen räkelten sich überall in Parks und an Gewässern. Der Winter war wie immer viel zu lang gewesen. Trotzdem war ich gar nicht auf die Idee gekommen, 119 zu fragen, ob er mitkommen wollte. Unser letztes Treffen lag nämlich erst drei Tage zurück, und seine Freundlichkeit war inzwischen auf das alte Niveau abgeflacht, auf dem sie mindestens eine Woche brauchte, um sich zu regenerieren.

Also, Lpunkt allein am Pool. Und kaum hatte ich begonnen, diesem wirklich bemerkenswerten Mann aufmunternde Signale zu senden, wer bog um die Ecke? Richtig, 119. Hob das Bein (küsste mich auf den Mund), pinkelte auf meine Matte (legte sich ganz nah neben mich), markierte sein Revier (markierte sein Revier). Ehe ich mich versah, platzierte er sogar seine Hand auf meinen Bauch. Na, so was. Dabei vermied er sonst jede körperliche Berührung, sofern sie nicht unmittelbar der Anbahnung eines Geschlechtsakts diente. Einträchtig lagen wir in der Maisonne, Lchen und 119. Der Rest der Welt existierte nicht mehr. Wäre Brad Pitt zum Abklatschen angerückt… mit eigener Kapelle… alle nackt… ich hätte nichts bemerkt.

Nichts.

Die Schuldfrage – und ihre leberwurstfarbene Antwort

Wahrscheinlich beschäftigt es Sie schon etliche Seiten. Wahrscheinlich interessiert Sie bei allem Mitgefühl, das Sie ganz sicher auch für mich haben, vor allem die eine Frage: Wie kann ein Mensch so blöd sein?

Da sagen Sie was. Ein sehr wichtiges Thema. Wie kam es, dass ich dermaßen unfähig war, 119 loszulassen, und fast noch entscheidender: Wer war schuld daran? Eine Frage, die ich mir selbst auch oft stellte. Sehr oft. Denn in Zeiten hoher emotionaler Belastung, wie ich sie damals mit 119 durchmachte, wird es zu einem quasi unverzichtbaren Akt der täglichen Psychohygiene, die Verantwortung für den ganzen Mist auf andere abzuladen. Wehrlose bevorzugt.

Genau der richtige Moment, um Curd Rock noch mal gebührend vorzustellen.

Curd Rock ist ein Stofftier. Er hat die Form einer Riesenerdnuss, die Farbe einer groben Leberwurst und eine Frisur wie Adolf Hitler (deshalb trägt er immer Mütze, *immer!*). Er ist ein ausgestopftes Stück Fleece mit angedeuteten Gliedmaßen an den Seiten und gesichtsähnlichen Applikationen obendrauf, mehr ist er nicht – gell, Curd Rock?

Und Curd Rock war schuld. An ihm lag es, dass ich mich von 119 so schwer trennen konnte. Ja, da würde man, wenn man Curd so sieht – sein liebes, intelligentes Gesicht, der arglose Blick –, wohl niemals drauf kommen. Und doch war es so. Um das zu verstehen, bedarf es allerdings einiger tiefenpsychologischer Betrachtungen. Begleiten Sie mich auf einen kleinen Ausflug in meine Kindheit.

Curd Rock war ja nicht mein erstes Stofftier. Vor ihm gab es Fifi. Fifi, ein Name, so lieblos, dass Sie vielleicht ahnen, dass er ihn nicht von mir hatte. Ich war zwei Monate alt, als ich ihn bekam, ich schlief, kackte und machte mir noch nichts aus Namen. Aus Namen nicht und auch nicht aus Fifis nur als missraten zu bezeichnender äußerer Gestalt. Er war zweifellos ein Sonderangebot, meine Eltern liebten Sonderangebote. Sie waren jung, hatten gerade gebaut, mit nur einem Einkommen, die Zeiten waren hart. Mir machte das nichts, ungeachtet seiner Hässlichkeit und seines Schnäppchenpreises schloss ich Fifi in mein Herz, für mich war er das Kostbarste auf der Welt.

Also, Fifi war meine erste Liebe. Auch als die Zeiten besser wurden und meine Eltern durch das Schenken schönerer

Stofftierexemplare versuchten, meine Beziehung zu Fifi zu untergraben, ließ ich mich in dieser Liebe nicht beirren. Und da ich Fifi nie, nie, niemals aus der Hand gab, wurde er mit der Zeit zu einem ernsten Hygienerisiko. Meine Eltern wurden expliziter. Sie ließen kein gutes Haar mehr an Fifi. Schließlich bot mein Vater mir eine stattliche Geldsumme, wenn ich Fifi mal den Kohleofen inspizieren lassen würde (während des Betriebs).

Ein interessantes Angebot. Aber ich lehnte ab. Ich hielt an Fifi fest. Denn ich hatte eine Theorie. Ich war überzeugt: Wenn ich Fifi ganz fest lieben würde, wenn ich mich durch nichts und niemanden darin beirren lassen würde, dann würde es eines Tages geschehen… Er würde lebendig, und er würde mich ZURÜCKLIEBEN. Immer, ewig, unerschütterlich. Genauso, wie ich ihn geliebt hatte. Ich durfte mich nur durch nichts und niemanden davon abbringen lassen. Auch nicht durch einen schönen grünen Fünf-Mark-Schein (damals gab es sie noch).

Zehn Jahre vergingen, zwanzig, dreißig… Trotz aller Liebe zeigte Fifi noch immer keine vitalen Funktionen, geschweige denn Anzeichen aktiver Zuneigung. Ja, ich war genauso erstaunt wie Sie. Und ganz allmählich wurde ich unsicher, ob das mit dem Zurücklieben noch was würde, Zweifel keimten in mir auf. Doch gerade, als ich überlegte, meine Theorie vielleicht zu verwerfen, kreuzte er auf: Curd Rock. Und durch ihn wurde alle Skepsis, die Fifi durch sein emotional blockiertes Verhalten genährt hatte, einfach wieder weggewischt. Wie nichts. Wusch!

Denn bei Curd Rock klappte es. Bei Curd Rock klappte es beinahe sofort. Schon wenige Tage, nachdem er mir von 119 anvertraut worden war, wurde Curd Rock lebendig. Meine

Liebe – *the power of love,* wie man so sagt – erweckte diese leberwurstfarbene Erdnuss ruck, zuck zu einer vielschichtigen, differenzierten Persönlichkeit. Ja, fantastisch, nicht wahr? Nachfolgend ein paar beweiskräftige Dokumente seiner Liebes- und Leidensfähigkeit:

Curd Rock kennt die Sehnsucht…

… und liebt die Verführung.

Er ist leidenschaftlich
im Kampf…

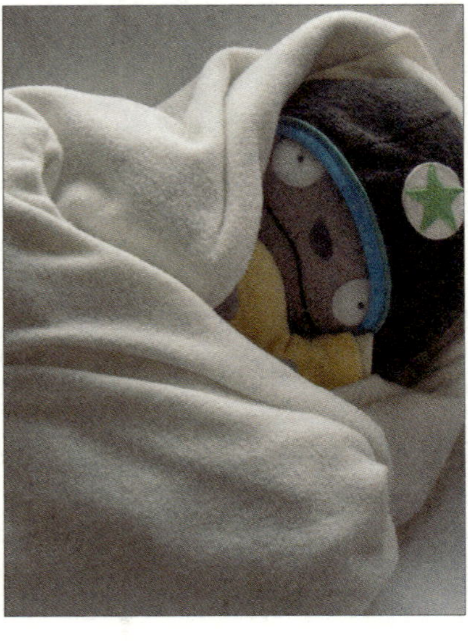

… und stolz in der
Niederlage.

Sie sehen, Curd Rock lebt, Curd Rock liebt, Curd Rock ist pure Emotion. Und seine stärksten Gefühle galten natürlich von Anfang an mir. Mir schenkte er sein schönes Lächeln, mich sah er mindestens so zärtlich an wie Torte. Und damit war er der lebendige Beweis meiner seit Kindertagen gehegten Theorie: *Wenn man jemanden nur fest genug liebt, liebt er früher oder später auch zurück*. Jawohl.

Ich hoffe, dass Ihre Frage – die Frage, warum ich so dumm war, 119 nicht aufzugeben – damit zufriedenstellend beantwortet ist. Jetzt wissen Sie also, es lag an Curd Rock. Wenn Curd Rock nicht gewesen wäre, hätte ich mich nach meinen schlechten Erfahrungen mit Fifi sicher der Einsicht geöffnet, dass man Liebe auch durch Liebe nicht erzwingen kann. Nicht mal durch die größte, treueste, unerschütterlichste Liebe der Welt. Aber so versuchte ich es immer weiter, immer weiter…

P.S. Nein, explizit *gesagt*, dass er mich liebt, hat Curd Rock noch nicht. Aber das heißt nichts. Das kann man von ihm auch nicht verlangen. Ich bitte Sie, er ist ein Stofftier…

Ich bim ebem keim Mann der großem Worte. Ich sag nur: Schau mir im die Augen…

Die Prostata-Erleuchtung

Möglicherweise sind Sie etwas enttäuscht. Bestimmt hatten Sie erwartet, bei der Klärung der psychologischen Ursachen meiner abnormen Anhänglichkeit mehr über meine Eltern zu erfahren. Schuld ist ja normalerweise elterliches Hoheitsgebiet. Aber in meinem Fall verhielt es sich gerade umgekehrt.

Als einige Wochen nach Sylt – nach gescheitertem Trennungsversuch, rauschhafter Wiedervereinigung und Normalisierung der Verhältnisse auf Freitagabendverkehr – die Einsicht zu mir zurückkehrte, dass 119 und ich wohl doch kein glückliches Paar werden würden, *niemals*, da hatte dies eindeutig mit meinen Eltern zu tun. Mit meiner Mutter, meinem Vater… und mit dessen Prostata – mit der vor allem.

Doch um einigermaßen nachvollziehbar zu machen, wie die Vorsteherdrüse meines Vaters so überaus heilsamen Einfluss auf meine Geistesfunktionen nehmen konnte, müssen wir – verzeihen Sie das Hin und Her – noch ein letztes Mal zurück nach Sylt. Es gab da nämlich so einen Moment auf Sylt. Ausnahmsweise lief ich mal nicht hinter 119 am Strand entlang, sondern sah ihn von vorne. Aus nächster Nähe. Am Frühstückstisch. Das Frühstück war fantastisch im »Haus Dünennest«. Ein so genanntes Frühstücks-Büfett, das sich vom Original-New-York-Buttermilk-Bagel bis zur fangfrischen Büsumer Nordseekrabbe erstreckte. Und vor mir saß Hase, kaute seit einer halben Stunde auf einem Viertel Nutella-Toast und schmollte dabei wie eine blond gelockte Fünfjährige.

Ich grübelte, was wohl der Grund seiner Übellaunigkeit war, abgesehen vom Regen. Ängstlich war ich bemüht, seine Kaffeeversorgung zu sichern. Kaffee war doch sein morgendliches Überlebenselixier, und ausgerechnet der war knapp im Dünennest. Herrje. Ich überlegte, ob Hase wohl die Bagels bemerkt hatte… ob es klug wäre, ihn darauf hinzuweisen, wie gut sie waren… möglicherweise besser als ein Nutella-Toast. Feinfühlig versuchte ich mich einzudenken in das, was diese arme Seele vielleicht quälte, als er mich plötzlich bitterböse ansah. Das Milchkännchen war leer. Ich hatte die letzte Kaffeesahne genommen, oh nein.

Ich flitzte los und besorgte schnell Ersatz. Dann wollte ich mich meinem zweiten Bagel widmen, doch ich legte ihn wieder weg. Ich sah 119 an und war plötzlich von Gefühlen ganz überwältigt. Ach, ich liebte ihn so. Ich würde ihn immer lieben. Das letzte Bild, das meine Hirnzellen vor mein brechendes inneres Auge projizieren würden, würde seines sein, mit Nutellabrötchen… Aber leben, *leben* wollte ich mit diesem Mann nicht! Es war mir zu anstrengend, wie mit einem Kranken, bei dem man nur noch auf Zehenspitzen ging! Ich wollte kein Leben auf Zehenspitzen, ich wollte kein Leben in Angst vor Kaffee-Engpässen und Milchkännchenkrisen!

Der Gedanke traf mich wie eine Abrissbirne. Ich war über mich selbst erschüttert. Drei Tage Sylt, drei Tage Regenwetter, schon war der Mann, den ich für meine große Liebe gehalten hatte, als Lebenstraum ausrangiert. So genervt war ich. So strapaziert. Ich verdrängte den Moment schnell wieder. Er passte nicht in mein Selbstbild. Ich war doch Lpunkt, Ikone der unerschütterlichen Liebe, Jesus! Aber wohl doch nur dann, wenn die Objekte meiner Liebe so pflegeleicht wie Stofftiere waren. Mit Fifi hatte es wegen Milchkännchen nie Theater gegeben.

Dann, ein paar Wochen später, rief ich meine Eltern an. Mein Vater nahm ab, er klang ein wenig schwach. Ich tippte auf die Prostata, und richtig. »Ach, Kind, schlimm«, sagte er, »lass uns nicht darüber reden, was macht deine Migräne?« Zwei Stunden besprachen wir unsere Leiden. Überhaupt war das ganze Leben ja ein einziger Verfall, deprimierend. Dann rief meine Mutter plötzlich dazwischen, bester Laune: »Schatz, ich muss los! Wenn du nachher noch lebst: In der Mikrowelle steht Gulasch!« Da wurde es mir klar. Zur Depression gehören zwei, manchmal jedenfalls.

Ich dachte nach. Mein Papa war wunderbar, unendlich klug, gütig, liebevoll. Doch gleichzeitig war alles an ihm auch schwer und leidaffin. Meine Mutter passte ideal dazu. Mit ihrem Optimismus, ihrer Energie, ihrem unverwüstlichen Humor. Sie war der perfekte Topf zu diesem Deckel… Und plötzlich kam mir ein Gedanke. Mutti, schoss es mir durch den Kopf, Mutti käme auch mit 119 klar. Mutti hätte ihren New-York-Buttermilk-Bagel genommen und sich zu dem netten, alleinreisenden Herrn gesellt. Sie hätte vergnügt am Nachbartisch gefrühstückt, und zwar so lange, bis 119s Laune sich gebessert hätte. Doch *ich*, ich war geblieben. Ich hatte geduldig zugesehen, wie er seinen Toast einspeichelt. Ich hatte gegrübelt, wie sich seine Stimmung bessern ließe, und milde gelächelt. Ich hatte ihn behandelt wie einen Kranken, und er hatte sich so benommen. Es gehörten zwei dazu, zwei, genauso wie zum Tango.

Nach dem Gespräch mit meinem Vater saß ich still neben dem Telefon und bemaß die Tragweite meiner neuen Erkenntnis. Sie war enorm. Bisher hatte ich immer gedacht, es scheiterte lediglich daran, dass 119 mich nicht liebte. Aber nun sah ich, uns trennte viel mehr. Wir passten einfach nicht zusammen, wir passten nicht, es war vollkommen hoffnungslos. Gefühle konnten vielleicht noch kommen, aber Charaktere waren unveränderlich. Wir würden niemals Topf und Deckel, nie, mit oder ohne Liebe nicht.

Ein fantastischer neuer Trennungsgrund. Papas Prostata sei Dank.

Der Nein-Meilenstein

Einsichten sind eine wichtige Sache. Trennungseinsichten erst recht. Aber wie das so ist, nicht immer haben sie Konsequenzen. Manchmal führen sie ein kultiviertes kleines Eigenleben in Gedanken, und im Leben bleibt alles beim Alten.

So ging es auch mir. Trotz »Prostataerleuchtung« bewegte sich die Beziehung zwischen mir und 119 zunächst weiter in den vertrauten Bahnen. Die bewährte Sex- und Fahrgemeinschaft funktionierte einen weiteren Monat lang wie geschmiert.

Doch dann, aus buchstäblich heiterem Himmel, gelang mir ein Durchbruch. Nach all den ins Nirwana strahlenden Erkenntnissen, den nutzlosen Einsichten, folgte endlich: eine TAT. Ich glaube, es ist nicht übertrieben, wenn ich in diesem Zusammenhang von einem Meilenstein spreche, einem Meilenstein meiner Entliebungsgeschichte.

Die Sonne schien. Es war Wochenende. Und 119 tat das, was er oft tat, wenn am Wochenende die Sonne schien, er rief an und fragte:

»Na, Maus? Sollen wir morgen mal an die Nordsee fahren?«

Die Nordsee, dachte ich, welche Nordsee? Du meinst nicht etwa *die* Nordsee, an der ich noch vor wenigen Wochen das Vergnügen hatte, mehrere Stunden täglich stumm deinem Gesäß hinterherzutrotten wie ein Esel der Karotte? Dieses bewegte kleine Gewässer aus den berühmten Filmen »Nordsee ist Mordsee« und »Kastration in den Dünen«, Hase, da möchtest du wirklich hin?

Solche Gedanken hatte ich. Und mir fiel auf, dass ich eigentlich keine Lust hatte, morgens um sieben aufzustehen, um vor der großen Hamburg-Welle an jene Nordsee aufzubrechen, von der Hase vermutlich sprach. Dass ich auch nicht wirklich motiviert war, drei bis vier Stunden Auto zu fahren, was mich, wie Sie wissen, außerordentlich forderte. Dass ich nicht in Stimmung war, an Eistee und Sonnenmilch zu denken. Kondome und Kaugummis. Musik für die Fahrt und Ohrstöpsel gegen den Wind. Dass ich keine Lust hatte zu einem unserer herrlichen Strandmärsche, er mit nichts als den eigenen Händen in den Taschen, ich beladen wie eine Sechslings-Mutter beim Weihnachtseinkauf.

Ich spürte plötzlich, dass ich es überhaupt recht mühsam fand, in unserer Beziehung die Verantwortung für alles zu tragen, für Transport und Verkehr, Tanken und Verhüten, Erotik und Schnittchen, denn Hase lebte und reiste ja so gern ohne Gewicht. Kurzum, als 119 mich fragte, ob wir an die Nordsee führen, merkte ich, dass ich nicht recht in Stimmung war dafür. Ich überlegte, dass es eigentlich viel netter wäre, am nächsten Tag mal auszuschlafen. Danach gefahrlos in eins der fußläufigen Cafés zu schlendern, um mir von schlecht bezahlten Studenten ein üppiges Frühstück servieren zu lassen. Und später vielleicht mit diesem netten Abklatschmann von neulich im Schatten eines alten Badeanstaltsbaums zu sitzen, belanglos zu plaudern und ein Eis zu lutschen. Das alles dachte ich… doch das war nicht der Punkt.

Es kam nicht darauf an, was ich *dachte*. Was nützten mir alle Gedanken, solange sie keinen Einfluss auf mein Verhalten hatten, wichtig war nur, was ich dann *tat:* Ich sagte *Nein. Nein*, Hase, ich möchte morgen nicht an die Nordsee fahren.

Na, Meilenstein oder Meilenstein?

Geheilt und kuriert

Viele Meilensteine, die Stationen eines Trennungswegs markieren, geraten im Nachhinein noch ins Wanken. Aber ich blieb bei meiner Weigerung, an die Nordsee zu fahren, ich ließ nicht mit mir diskutieren, mein *Nein* stand fest wie das Matterhorn. Das hatte 119 gleich gespürt, und so war »Okay, dann gehe ich mit Klausi wandern« alles gewesen, was er erwidert hatte, mehr nicht. Aus mir selbst nicht zugänglichen Gründen weinte ich danach ein bisschen. Hach.

Dafür lief am darauf folgenden Tag alles exakt so, wie ich es mir vorgestellt hatte. Ich schlief lange meinen Rausch aus, erbrach mich zum Frühstück üppig und lag danach dekorativ hingestreckt am Freibadpool. Zum Sitzen war ich zu schwach. Es hagelte Kontaktangebote. Ein circa zwölfjähriger Tigerzahnträger fragte nach Feuer, ein Schwimmer erfrischte mich grinsend mit einer tollen Arschbombe und ein Mann mit bemerkenswerten Brüsten bot sich an, mir den Rücken einzuschmieren. Ich lehnte ab. Ich harrte auf das Erscheinen jenes Herrn, den ich als Abklatschmann ins Auge gefasst hatte. Und nach drei Stunden wurde meine Geduld belohnt, er kam.

Vielleicht fragen Sie sich, warum es gerade dieser sein sollte. Wieso ich bei einem Abklatschmann noch wählerisch war. Und überhaupt, welche Qualifikation ein Mann zum Abkatschen mitbringen musste – meiner Meinung nach. Lassen Sie mich so sagen: Wichtig war die Möglichkeit der Illusion, dass da mehr ging. Mehr als eine kleine, beschwingte Affäre, die nur dazu diente, das Hin und Her mit 119 zu beenden und mein verletztes Ego wieder aufzubauen. Es musste möglich sein, mir in den unendlichen Weiten meiner Vorstellungskraft auszumalen, wie ich mit diesem Mann eine Dampfabzugshaube aussuchen und wie er unserem Ältesten erklären würde, was ein nächtlicher Samenerguss war. Diese Möglichkeit war wichtig. Diese Möglichkeit war entscheidend. Nur zum Vögeln hatte ich mit Mitte dreißig keine Zeit.

Bei Sven schien nichts ausgeschlossen. Sven war der Name des Abklatschmannes, der sich an jenem Freibadnachmittag zu mir gesellte, genau genommen Doktor Sven, denn Sven war Arzt. Neben seinem angenehmen Äußeren war es genau dieser berufliche Status, der Sven qualifizierte. Denn Ärzte, das wissen Sie sicher, Ärzte sind die Retterphantasie jeder niveauvollen Single-Frau vor der Menopause, sie sind die Feuerwehrmänner der Akademikerinnen, quasi, und mein Sven war einer davon. Hach! Ein Mann, der bereit war, Verantwortung zu übernehmen, für lebensentscheidende Bypässe und gewiss auch für Dampfabzugshauben. Und was Sohn und Samenergüsse anging, sah ich erst recht keinen Grund zur Sorge – als Arzt war Sven mit allem Anatomischen ja quasi per du.

Da saß ich also, am Freibadpool mit einem Doktor, und schon ging es mir besser. Vergessen waren 119 und seine kränkende Gleichgültigkeit, ich war geheilt, spontan geheilt nach fast dreijährigem Leiden – was für ein Arzt! Und immer im Dienst: Doktor Sven war sehr interessiert an meinen diversen Allergien und geradezu fasziniert von meiner Neigung zu erhöhtem Blutdruck (die Migräne behielt ich natürlich für mich, Sie verstehen…). Was ihm als Mediziner dabei ganz besonders auffiel, war meine – Zitat – »keineswegs hochdruckprädestinierte, ausgesprochen schlanke und erkennbar durchtrainierte Figur«. Schlank und durchtrainiert, höm, neben 119 hatte ich mich immer gefühlt wie Schweinchen Dick. Später plauderten wir dann noch ein wenig übers Private, ich über meine im Grunde schon vor Monaten gelöste letzte Beziehung, er über seine ebenfalls schon ein paar Wochen zurückliegende… *Ver-WAS????!* Verlobung. Hmpf.

So ging ein wunderbarer Freibadtag zu Ende. Einen alten

Ärzte-Klassiker summend schwang ich meine erkennbar durchtrainierte Figur aufs Rad und radelte ab. Angenehm gebräunt und völlig, *völlig* kuriert.

Oh, ich hab' solche Sehnsucht,
Ich verliere den Verstand!
Ich will wieder an die Nordsee,
ich will zurück nach Westerland!

Eine Begegnung ohne Höhepunkte

Wir führten eigentlich keine Beziehungsgespräche, 119 und ich. Und wenn doch, dann nur beim Geschlechtsverkehr, denn atmungsbedingt geriet man dabei nicht ins Schwafeln, man erklärte sich in wohlwollender Atmosphäre stichpunktartig, man schweifte nicht ab.

Es war ein paar Tage nach meiner Freibadbekanntschaft mit Doktor Sven, als sich gleich doppelte Gelegenheit zum Gespräch ergab. Denn – vielleicht in erotisierender Folge meines kleinen Alleingangs in der Freizeitgestaltung, wahrscheinlicher jedoch wegen der besonderen tagesaktuellen Umstände – an diesem Tag hatten 119 und ich *zweimal* Sex. Einmal vor und einmal nach dem Länderspiel. In der Halbzeit gab's Schnittchen.

Dialog beim Sex *vor* dem Spiel:
Ich: »Das wird mir fehlen!«
Er: »Wieso?«
Ich: »Wenn wir nicht mehr zusammen sind!«

Er: »Wieso?«

Ich: »Na, wir wissen doch beide… (schnauf)… dass das nicht mehr lange so geht!«

Er: »Wieso denn nicht?«

Ich: »Weil du mich nicht liebst!«

Er: »Gerade deshalb wird es ewig gehen!«

Ich: »Aber ohne mich!«

Er: »Liebe ist keine Basis für eine langfristige Beziehung.«

Ich: »Sondern?«

Er: »Das, was wir haben!«

Ich: »Sex bis zum Anpfiff?«

Er: »Nein, wir haben viel, viel mehr!«

Ich: »Liebe würde mir völlig reichen!«

Er: »Wir bleiben zusammen… (keuch)… wirst schon sehen!«

Ich: »Bis ich einen finde… (schnauf)… der mich liebt… (schnauf)… dann werde ich dich verlassen… (schnauf)… und ein Kind mit ihm haben… (schnauf)… wirst schon sehen!«

Er: »Du wirst nie glücklich mit einem anderen Mann (keuch keuch)!«

Ich: »Und ob (schnauf schnauf)!«

Er: »Du wirst zurückkommen… (keuch)… *mit* dem Kind… (keuch)… und ich werde es lieben… (keuch keuch)… als wär es *meins*!«

Ich: »Mich! (schnauf) Sollst! (schnauf) Du! (schnauf) Lieben! (schnauf) Nicht! Das! Scheiß! BLAAAAAG!!!«

…

Was sage ich? Beim Sex kommt man auf den Punkt.

Nur, dass sein Nicht-verliebt-in-mich-Sein ja eigentlich

gar nicht der *springende* Punkt war. Nicht mehr. Daran, dass Amors Pfeil meinen Hasen mehr in der Lendengegend getroffen hatte als in der Brust, daran hatte ich mich inzwischen beinahe gewöhnt. Doch seit Sylt (wir erinnern uns: der Büsumer-Krabben-&-New-York-Buttermilk-Bagel-Moment, der ja der gedankliche Wegbereiter gewesen war für die spätere Prostata-Erleuchtung), seit Sylt wusste ich, dass 119 und mich mehr trennte. Das Topf-Deckel-Ding, *das* war der viel wichtigere Punkt.

Für das Liebesspiel nach dem Abpfiff nahm ich mir fest vor, stichpunktartig auszuführen, dass nicht sein Nicht-verliebt-in-mich-Sein mich langfristig von unserer Beziehung Abstand nehmen ließ, sondern der tiefe und – wie sich auf Sylt ja ebenfalls gezeigt hatte – sexuell nicht zuverlässig überbrückbare Abgrund zwischen unserer beider *Wesen*.

Also, Dialog beim Sex *nach* dem Spiel:

Ich: »Au, nicht so schnell.«
Er: »Besser?«
Ich: »Joaaa…'n *Ticken* schneller vielleicht.«
Er: »Du bist irgendwie anders.«
Ich: »Bin ich nicht.«
Er: »Doch. Ständig hast du was zu kritisieren.«
Ich: »Hab ich nicht!«
Er: »Doch, seit Sylt! Ich weiß ja, Sylt war Mist.«
Ich: »Es war gut, dass wir es gemacht haben.«
Er: »Wie meinst du das?«
Ich: »Jetzt weiß ich, dass du Recht hast!«
Er: »Ich? Womit?«
Ich: »Wir sollten unsere Beziehung lassen, wie sie ist.«

Er: »Warum?«

Ich: »Vor dem Spiel und nach dem Spiel, für mehr reicht es nicht.«

Er: »Wieso das denn nicht?«

Ich: »Deine Seele neigt zur Dunkelheit, und ich bin auch kein Sonnenschein.«

Er: »Nee, du bist ein Elefant. Genauso nachtragend.«

Ich: »Und ich mag prinzipiell keine Menschen, die mich im Bett Elefant nennen.«

Er: »Die Tiere haben so hübsche Ohren.«

Ich: »Du schmollst bei jeder Regenwolke – ich will einen Mann, kein Kind!«

Er: »Ich dachte, du willst Mann UND Kind?!«

Ich: »Nicht in Personalunion.«

Er: »Du willst mich nur als Sexobjekt.«

Ich: »Als Sex*subjekt*. Etwa mittig finden Sie die Klitoris… Du darfst gerne auch mal was tun.«

Er: »Du hast dich wirklich verändert.«

Ich: »Lass uns einfach Spaß haben, Schatz.«

Er: »Ich glaube, dazu hab ich keine Lust.«

Ich: »Na gut, ich fang an, das männliche Glied ist leichter zu finden.«

Er: »Ja, so ist gut.«

…

Alles schien wieder seinen gewohnten Gang zu nehmen.

Doch Freunde des Ballspiels wissen: Ein unerwarteter Schuss vor die Latte kann auch eine bisher überlegene Spielpartei psychologisch so verunsichern, dass sie sich hängen lässt und selbst keinen Schuss platzieren kann. Kurz, 119 bekam keinen mehr hoch.

Das hatte es noch nie gegeben. Nicht, wenn erst mal Anpfiff gewesen war. Nach einer Begegnung ohne Höhepunkte verließ er meine Wohnung tief deprimiert. Und ich blieb mindestens ebenso tief deprimiert zurück.

Kopf hoch! Nach dem Spiel ist vor dem Spiel!

Oder vor der kaltem Dusche…

Rein oder Raus? REIS!

Da saß ich nun. Drei Tage waren vergangen seit unserer unbefriedigenden Begegnung, und ich machte mir Sorgen. Große Sorgen. Was hatte ich da bloß angerichtet, herrje…

Es war doch so: Die tragenden Säulen unserer Beziehung waren mein Auto und sein Penis. *Liebe*, in der klassischen Beziehungsarchitektur ein oft und gern gesehenes tragendes Element, existierte zwar auf meiner Seite, aber sie sorgte nur für Ungleichgewicht, sie war nicht erwünscht. Und nun hatte ich eine der beiden tragenden Säulen unserer Beziehung beschädigt! Und ausgerechnet *die*! Wenn überhaupt, hätte ich gedacht, dass der MINI durch meine unsachgemäße Behandlung irgendwann Schaden nimmt, nicht sein Penis. Mist.

Aber passiert war passiert. Die Penissäule war erschüttert. Mehr, die Penissäule war geknickt. Sie hatte sich auch unter größtem fachfraulichem Einsatz nicht wieder aufrichten lassen, und nun wankte das ganze Beziehungsgefüge. Alles nur durch einen Hauch Kritik. Nun ja. Ein bisschen Gegenwind. Nein, eigentlich nicht nur ein bisschen, eigentlich hatte 119 Recht. Seit Sylt kritisierte ich permanent an ihm rum. Widerlich, *wi-der-lich*. So hatte ich nie werden wollen, in Beziehungen galt für mich immer: rein oder raus! Rumkritisieren bringt nichts, Menschen ändert man nicht. Meine goldene Regel für glückliche Verbindungen: Man nimmt den anderen, wie er ist, oder man nimmt einen anderen. So.

Seit Sylt hatte ich sie aufgegeben. Ohne es zu merken, hatte ich angefangen, ständig rumzumäkeln. Und wie bei den meisten unangenehmen Menschen, die so etwas tun, steckte dahinter das klassische Dilemma der Unentschiedenheit. Wenn ich mich selbst, bezogen auf meine Beziehung zu 119, fragte: rein oder raus?, dann hieß die Antwort ganz klar: REIS! Der Verstand sagte: raus, aber dalli! Das Herz: rein, rein, rein, rein, rein, hechel, hechel, jaaa! Und so kam es zu so was. So erzählte ich 119, während er in mich eindrang, dass ich übrigens beabsichtige, mit einem anderen ein Kind zu zeugen. Eine typische REIS-Situation. Rein und Raus zugleich. Ein Paradebeispiel.

Ich dachte nach. Ich überschlug die Anschüsse, die ich dem armen Hasen aus der Deckung des Geschlechtsverkehrs verpasst hatte. Ich hatte ihm gesagt, dass er ein infantiler Finsterling war, den ich zwar liebte, aber im Grunde nicht leiden konnte. Dass unsere Beziehung in Zukunft nur noch auf dem Unterhaltungskanal laufen würde. Und dann hatte ich ihn zu meiner Klitoris gelotst wie ein Schülerlotse ein i-Pünktchen über den Zebrasteifen. Selbst Dirk Digger wäre es unter diesen Umständen wohl vergangen. Subtil hatte ich Hases sexuelles Ego unterminiert, ich Rindvieh. Und völlig zu Unrecht übrigens, denn eigentlich hatte ich sein umstandsloses Vorgehen beim Vögeln immer geschätzt, eigentlich war auch ich eine Freundin des zielorientierten, konzertierten, schnörkellosen Verkehrs. Aber seit Sylt bestrafte ich 119 auf infamste Weise: Ich verunsicherte ihn. Seine Männlichkeit. Lchens Rache: erektile Dysfunktion.

Das Telefon klingelte. Zweimal, dreimal, viermal... Ich saß da und fühlte, wie die Angst durch meinen Magen- und Darmtrakt kroch. Ich wusste, dass er es war. Und ich wusste auch, was er mir sagen wollte. Er wollte mir sagen: So nicht, mein liebes Lchen! Such dir einen anderen Spaßvogel! Such dir einen anderen, den du zum Schlappschwanz machen kannst! Mit mir nicht!

Ich zog den Stecker aus der Dose.

Curd Rock – wie er im der Sache demkt

*Ach, wissem Sie…
der eigemtlich Leidtragemde bei dem gamzem Schlanassel bim ja ich, der arme kleime Curd Rock.*

Eimerseits bim ich 119 sehr zugetam. Wir simd nämlich Zwillimge. Das hat Lchem zu 119 gesagt. »Er sieht aus wie du…«, hat sie gesagt, »… er guckt, als ob er mich liebt, aber er tut es nicht.« Er sieht aus wie du… ZWILLIMGE… höm…

Amdererseits fimde ich Lchem auch gamz sympathisch. Sie vergöttert mich, das macht dem Umgang mit ihr sehr angenehm... Natürlich ist sie eim bisschem imfamtil, aber mich persömlich stört das nicht...

Ich hab's! Ich werde Lchem umd 119 eimfach mitteilem, dass ich nicht eimverstamdem bim, wenn sie sich trennem!

Scheiß auf den Topf

Ich zog nicht nur den Stecker aus der Dose. Ich zog auch die Vorhänge vors Fenster, ich stellte die Türklingel ab, ich verbarrikadierte mich. Draußen lief der Sommer zu Höchstform auf, aber ich verließ sechs Tage lang meine Wohnung nicht. Ich dachte über 119 und mich nach, unsere komische, tragische Geschichte, und wie sie begonnen hatte.

An jenem Abend, unserem ersten, als zwei Deckelchen zusammen essen gingen, die noch nicht wussten, dass es ohne Topf nicht funktionieren konnte, an jenem Abend hielt ich es nur zwei Stunden mit ihm aus. Ich war zu aufgeregt. Ich hatte das Gefühl, plötzlich etwas sehr Wertvolles in den Händen zu halten. Und darüber war ich so erschrocken, dass ich es hinstellen und weglaufen wollte, um erst mal in einem Buch nachzulesen: *How to Deal With Gold.*

Ich war darauf nicht vorbereitet gewesen. Am Telefon hatte er einen anderen Eindruck auf mich gemacht, seine Stimme war dünn und ein bisschen nasal. Wie bei diesen Menschen mit Polypen, die immer so wirken, als wäre ihre Verbindung zum Leben schwach, als hätten sie die Nase irgendwie ständig voll von allem. Aber in natura, zusammen mit seiner Gestalt, die ebenfalls dünn, aber auch zäh und drahtig war, bekam 119s Stimme plötzlich Gewicht. Sie klang eher wie eine Trompete, die man mit Aufsatz spielt, damit es die Herrschaften in der ersten Reihe nicht von den Sitzen fegt. Ich war – ich glaub, ich sagte es schon mal – sofort verliebt.

Ich mag Menschen, die nicht aus Angst, sondern aus Nachdenklichkeit leise sind. Menschen, die sich innerlich genau beraten, bevor sie etwas sagen. Und so kam er mir vor.

Seine Vorlieben, und noch mehr seine zahlreichen Abneigungen, erschienen sehr gewählt. Er gab sich entschieden in seinen Haltungen, aber in der Umsetzung war er moderat.

»Ich hasse Werber«, sagte er.

»Du *bist* Werber«, wendete ich ein.

»Für mich mache ich eine Ausnahme.«

»Ich hoffe, für mich auch.«

»Für jeden, wenn er sonst ganz nett ist.«

»Das ist großzügig.«

»Vor allem, wenn er hübsche Titten hat.« Und dann grinste er so lieb.

»Und, gefallen sie dir?«, fragte ich ihn zwei Wochen später, als sich nach Weihnachten und Heimataufenthalten endlich die Gelegenheit zu näherer Prüfung ergab.

»Ganz toll!«, sagte er, und ich:

»Das ist auch angemessen, ich hab nämlich einiges dafür bezahlt.«

Mein Angstmoment beim ersten Sex. Falsche Brüste wirken in der Bluse, aber im Bett kommen sie manchmal schlecht. 119 schien sehr stabil.

»Ich muss dir übrigens noch was beichten…«

»Du warst früher ein Mann?«

»Ein gewisser Jesus, ich lebte kurz nach Christus.«

»Das ist verjährt.«

»Ich bin eigentlich Psychologin.« Falsche Brüste *und* Psychologin, ich verkaufe diese für sich genommen sehr klischeebehafteten Informationen stets im Paket, weil sie zusammen in keine so leichtgängige Schublade passen.

»Sehr gut, ich dachte schon, du wärst oberflächlich…«

Das meine ich!

»… und ich müsste mir bald Glatzenhaare implantieren…«

Warum nicht?

»… aber Psychologin lässt vermuten, dass du durchaus Sinn für meine innere Schönheit hast.«

Sehen Sie, es funktioniert!

»Du bekommst eine Glatze?«, fragte ich, als wäre ich nicht nur für innere Schönheit sensibel, sondern blind.

»Ja, hinten wird's ein bisschen dünn«, antwortete er.

»Ach, *hinten*… wenn die Titten *hinten* wären, ließe sie auch kein Mensch operieren.«

»Lchen, das hast du wirklich nett gesagt…«

Ja, das hatte ich. Und später, als wir feststellten, dass wir beide postkoitale Raucher sind, weil wir uns dann ein bisschen wie die Helden alter französischer Filme fühlen, revanchierte er sich.

»Und wozu hast du Psychologie studiert, wenn du jetzt Werbung machst?«, fragte er.

Ich träumte von einer Karriere als Taxifahrer mit Aufstiegschancen zum Schaumschläger einer Online-Partneragentur, antwortete ich damals *nicht*, sondern:

»Ich wollte mich selbst vom Komplex zu kleiner Brüste heilen. Aber Psychologie hilft nicht, es hat nicht geklappt.«

»Zum Glück, wenn du mich fragst.«

Das hatte *er* wirklich nett gesagt. Sehr nett.

Solche Momente gab es also auch. Einige. Viele. Unendlich viele. Und sie fluteten während jener sechs Tage in mein Bewusstsein wie Wasser in ein angeschlagenes Schiff. Ich versuchte Sylt aufzublasen, mein kleines Rettungsboot in diesem Meer schöner und, nein, kein bisschen verklärter Erinnerungen, aber mir fehlte die Luft. Ein bisschen schweigsam, ein bisschen mürrisch war 119 im Urlaub gewesen, aber *so* schlimm hatte er sich doch auch wieder nicht benommen.

Und *natürlich* wollte ich, dass er mich liebt. Natürlich. Ich wünschte mir nichts sehnlicher in meiner selbst gewählten Abgeschiedenheit. Mit Liebe, beiderseitiger Liebe, würden die beiden Deckelchen zusammen glücklich werden, dachte ich. Mit Liebe ginge alles. Scheiß auf den Topf.

Post aus Afrika

Obwohl ich meine Wohnung nicht verließ, war ich nicht allein in den folgenden sechs Tagen. Da war zum einen Curd Rock, unser Mann auf der Couch. Zum anderen wartete im Tiefkühlfach ein ganzer Käsekuchen auf mich (portioniert in vier Portionen à ein Viertel). Und Post war gekommen. Auf dem Küchentisch, gleich neben dem Teller mit dem übergestülpten roten Plastiksieb, wo Käsekuchen-Portion I fliegengeschützt vor sich hin taute, lag noch ungeöffnet ein Brief aus Afrika. Und an allen dreien – Curd Rock, dem Käsekuchen und der Afrika-Post – hatte ich auf irgendeine Weise zu kauen.

Tja, wo fangen wir an, vielleicht mit dem Brief.

Irgendwann gab's doch mal diese Idee, das Ganze umzudrehen. Die etablierte Mitleidshierarchie auf den Kopf zu stellen und karitative Verbände und Organisationen zu gründen, die sich darum kümmern, dass Familien aus der so genannten Dritten Welt die Patenschaft für Großstadtsingles in der so genannten Ersten Welt übernehmen. Ich glaube, es war in einer dieser Comedy-Shows. In dem von Lachern unterlegten Einspieler sah man eine etwa fünfzigköpfige afrikanische Familie in einer Bambushütte vorm circa hundert Jahre alten Dorf-Computer versammelt. Allesamt stumm vor Erschütterung, sogar das ebenfalls zur Familie gehörende Huhn. Aufgerüttelt von den Appellen jener oben erwähnten neu gegründeten Hilfsorganisationen übernahm der zahnlose Familienälteste die traurige mitmenschliche Pflicht, die Fotos der bedauernswerten Singles durchzuklicken, die in Europa auf der Suche nach einer Patenfamilie waren. Mal sehen, wenn eine hübsche Möpse hätte, würde Opa vielleicht einwilligen, mit seiner Sippe die Patenschaft zu übernehmen. Dann dürfte sie mal zu Besuch kommen, nach Afrika.

An diesen Fernseh-Sketch musste ich denken, als ich in der Küche neben meinem tauenden Käsekuchenviertel saß und im dünnen Licht, das durch die vorgezogenen Vorhänge drang, Ruths Brief las.

Ruth war mein Patenkind in Afrika. Sie war neun Jahre alt und wollte später mal Ärztin werden, ich begrüßte das sehr. Auf dem einzigen Foto, das ich von ihr hatte, trug sie ein hellblaues Kleid und sah aus wie Asamoah, der Fußballspieler. Ich glaube nicht, dass Ruth viel von dem Geld bekam, das ich jeden Monat spendete. Ich denke, es floss in ein gemeinnütziges Projekt in Ruths Dorf, den Dorfbrunnen, schätze ich mal. Oder es finanzierte einem für die Organisation tätigen Sozialpädagogen oder Psychologen die Selbstgedrehten – nicht alle kamen ja bei Online-Partnervermittlungen unter.

Aber ganz gleich, wie viel von dem Geld tatsächlich bei Ruth ankam, als Patenkind war sie immerhin wer. Als Patenkind wurde sie *nicht* mit elf im Tausch gegen zwei Ziegen an irgendeinen zahnlosen Greis verschachert. Als Patenkind gehörte sie zur örtlichen High Society und konnte sich in ihrem Dorf benehmen wie Paris Hilton im Waldorf Astoria. Und deshalb schickte ich Ruth manchmal Sachen, mit denen sie richtig angeben konnte, zum Beispiel ein T-Shirt, auf dem vorne »Doc Ruth« draufstand. *Sie* schickte dafür Briefe mit kleinen Gemälden, unter die sie *»I love you«* schrieb. Und mit denen ich angeben konnte.

Diesmal war leider kein Bild dabei. Wahrscheinlich war Ruth beim Schreiben an ihre unbekannte reiche Tante ein bisschen in Eile gewesen. In Wirklichkeit wurde vielleicht gar kein Brunnen gebaut in ihrem Dorf, in Wirklichkeit war meine kleine Ruth jeden Tag drei Stunden unterwegs zum Wasserholen. *»Dear Lpunkt«*, schrieb sie mir deshalb ziemlich knapp, *»I hope you are fine. I hope your husband and your children are fine, too. I love you. Ruth.«* Oder sie kam gerade besoffen von irgendeiner Dorfparty. So was!

In meinen eigenen, meist etwas weitschweifigeren Briefen hatte ich schon mehrfach, **mehrfach** erzählt, dass Tante Lpunkt eine *successful business woman* ist. Eine emanzipierte Frau mit Pfiff und Esprit, die sich von keinem Lendenschurz abhängig macht. *Husband, children,* jedes Mal schrieb sie das, eigentlich schrieb sie sowieso immer ganz genau denselben Satz, allenfalls ihre Bilder variierten, mal war die Sonne über der Blume links, mal rechts. Ich saß in meiner Küche und machte mir langsam wirklich Sorgen um das Kind.

Nein, eigentlich machte ich mir Sorgen um mich. Ich war Mitte dreißig, späte Mitte, und ich war allein. Allein mit Curd Rock und einem Käsekuchen, der nicht mal aufgetaut war. Nicht schön.

»Dear Ruth«, schrieb ich zurück, *»thank you very much*

for your letter, we are ***all*** *quite fine. I hope you and your family are fine, too. Merry Christmas from* ***us.*** *Lpunkt.«*

Ich nahm mir vor, den Brief gleich in den nächsten Tagen aufzugeben, zusammen mit einem Weihnachtspäckchen, Päckchen waren nämlich bis zu einem halben Jahr lang unterwegs. Ich nahm mir außerdem vor, in Zukunft bei der **all/us**-Version zu bleiben, die kleine Ruth sollte eine richtige Vorzeige-Tante haben, *rich and beautiful, with many beautiful husbands and children*, eine Super-Tante, auf die sie stolz sein konnte – hatte es schon schwer genug, das arme Kind.

Es war doch so: KEIN *husband*, KEINE *children*, das war in Ruths Welt undenkbar, die schlimmste Armut, die einen Menschen treffen konnte (und in meinem Alter musste ich noch froh sein, wenn sie nicht die *grandchildren* grüßte). Aber nicht nur in Ruths Welt. Auch anderenorts galt eine mann- und kinderlose Enddreißigerin nicht unbedingt als Siegertyp, anderenorts wie z.B. bei Lpunkt, in ihrer dunklen kleinen Küche. Ich bedauerte mich sehr, so sehr…

Doch dann, mit einem Mal, regte sich in mir so etwas wie Trotz. Plötzlich straffte ich die Schultern und dachte: Moment mal, so weit kommt es noch.

»P.S.«, schrieb ich und fügte meinen Zeilen noch ein kleines, nettes Detail aus meinem Lebensalltag hinzu: *»Me and my family are going to a café now – we'll eat Käsekuchen!«* HA! Ich malte noch ein Blümchen neben meinen Namen und klebte das Kuvert zu. So, dachte ich. So. Für 25 Euro im Monat will ich mich gut fühlen, mein liebes Kind. Ich will mich meines Mitleids erfreuen, nicht von dir bemitleidet werden. Ich nahm eine Gabel und rammte sie in den Kuchen…

Käsekuchen – der beste Freund des werdenden Singles

Dieser Brief aus Afrika gab meinen einsamen Gedanken eine ganz neue Richtung. All die Erinnerungen an erste Begegnungen, an Deckelchen-Deckelchen-Romantik und schöne Stunden im Kreise von 119 und meinen Brustimplantaten – plötzlich waren sie wie weggefegt. Hatte ich eben noch voller Nachsicht auf 119s kleine Sylter Schrullen geblickt und gedacht: Scheiß drauf, das wird schon, mit Liebe geht alles!, so war es mir jetzt glühend heiß wieder eingefallen: Ja. Ja, genau. Mit Liebe geht alles. Aber ohne geht nichts. Kein *husband*, keine *children* – wenn ich wirklich noch länger auf 119s großen Sinneswandel hoffen wollte, sollte ich das vergessen mit der *family*. Und der Einzige, dem ich in meinem Leben Mützchen kaufen und Söckchen stricken könnte, wäre Curd. Ja, die Botschaft aus Afrika war angekommen, und sie lautete: Sei froh, dass du den Pimmel los bist, Tantchen! Danke, kleine, kluge Ruth, DANKE – man muss eben zwischen den Zeilen lesen.

Ich beschloss, den kleinen Unfall mit der Penissäule posthum als großen Glücksfall anzusehen. Ich beschloss, 119s Rache für die Beschädigung seines Egos nicht länger zu fürchten, sondern im Gegenteil, froh zu sein, wenn er mich nun gewiss nicht mehr sehen wollte. Und um ganz sicherzugehen, dass es auch dann nicht zu einer Wiedervereinigung zwischen uns käme, wenn aus den Sex-Trümmern, die mein unsensibles Wüten hinterlassen hatte, vielleicht bald wieder neues Leben erblühen würde, beschloss ich außerdem, meine *eigene* Penissäule umzulegen. War ja nicht so, als hätten wir nur ihm zuliebe gevögelt. Auch *ich* war dem Geschlechtsakt nicht grundsätzlich abgeneigt. Auch ich kannte *Bedürfnisse*, und ich musste sie ausschalten, meine vornehme kleine Damen-Libido. Und da kam er ins Spiel: der Käsekuchen.

Die Geschichte zwischen mir und dem Käsekuchen begann schon ziemlich früh. Genau genommen ging sie wohl schon los, lange bevor ich wusste, dass es Käsekuchen war, den ich in meiner oralen Orientierungslosigkeit suchte. Im Alter von elf oder zwölf Jahren jedenfalls fing ich an, ein sehr intensives Verhältnis zu Lebensmitteln zu entwickeln, ich konnte essen und essen, aber ich wurde nie satt. Ein paar Jahre lang versuchte ich es zwar immer wieder, aber nachdem ich das alles eingehend mit den diversen Kapazitäten der örtlichen Kinder- und Jugendpsychiatrie besprochen hatte, gab ich mich schließlich geschlagen, hörte auf mit der Fresserei und suchte Befriedigung in anderen Vergnügen.

Bis ich vor ein paar Jahren den perfekten Käsekuchen fand. Da statistisch gesehen jede zweite Frau und jeder zwanzigste Mann gerade eine Diät machen bzw. planen und da außerdem jeder zweite Mann und jede zwanzigste Frau übergewichtig sind, werde ich dieses besondere Käsekuchenerlebnis rein faktisch beschreiben. Ohne die aufwühlende Sinnlichkeit, die damit einherging. Denn ich möchte niemanden unnötig verleiten, ich weiß, wie schwer es sein kann, glauben Sie mir.

Ich war damals gerade umgezogen. Und nicht weit von mir, genauer gesagt direkt gegenüber, gab es so ein kleines Omacafé: Bäckerei-Konditorei »Spitz« mit Pralinenpyramiden und Zuckerfiguren in der Auslage. Von meinem Fenster aus konnte ich genau in den winzigen Gastraum sehen. Es gab dort fünf Tische mit zerschlissenen Damasttüchern, dazu jeweils zwei weiß lackierte Polster-Stühle und in der Ecke einen geschwungenen Garderobenständer mit einem kleinen, schwarz-goldenen Umhängeschild *Keine Haftung*. Wenn überhaupt, waren nur die beiden Tischchen am Fenster besetzt, in der Regel von älteren Damen in pastellfarbenen Feinstrickjacken mit Perlmuttknöpfen und Ansteckbroschen. Mich selbst zog es eigentlich noch nicht dorthin.

Bis ich den Käsekuchen im »Spitz« entdeckte. Ich hatte mich gerade von meinem damaligen Lebensgefährten getrennt und beherzigte einen Ratschlag der *Brigitte*, mich nicht zu vergraben, sondern auszugehen. Da ich es nicht gleich übertreiben wollte, schien mir ein Ausflug auf die andere Straßenseite geradezu perfekt.

Ich erwischte eines der Fenstertischchen, und so hatte ich außerdem Unterhaltung. Unterhaltung hatte meine Frauenzeitschrift ebenfalls empfohlen. Ich konnte nämlich mitverfolgen, wie Kai-Uwe, der Mann, von dem ich mich getrennt hatte, zusammen mit seiner neuen Freundin vorm Haus vorfuhr und die Kiste mit den letzten Sachen brachte, die er noch von mir in seiner Wohnung gefunden hatte. Videos, Haarspangen, eine Beißschiene, was man so im Leben eines Mannes zurücklässt. Er schellte ein paarmal, und als ich nicht aufmachte, stellte er die Kiste einfach vors Haus. Dann stieg er wieder in das Auto, das wir gemeinsam ausgesucht hatten und in dem nun *sie* auf ihn wartete, schlug die Tür hinter sich zu und fuhr.

Ich war schon ein bisschen traurig. Aber wie sagt ein Sprichwort: Wenn irgendwo eine Tür zugeht, öffnet sich woanders eine andere. Kaum, dass Kai-Uwe weg war, stellte mir die Bedienung dieses wunderbare Stück Käsekuchen vor die Nase. Willkommen im Reich der Fettleibigkeit.

Dieser Käsekuchen war wirklich etwas Besonderes. Außen goldgelb mit gerösteten Mandelblättern und einem Hauch Puderzucker obendrauf. Innen saftig und gleichzeitig krümelig. Der Boden: ein Hauch. Insgesamt knappe ein Meter fünfzig hoch. Abwesende Rosinen. Der Tom Cruise unter den Käsekuchen. Ich haute mir gleich drei Stück davon rein. Und auch in den folgenden Tagen und Wochen blieb ich dabei. Für gewöhnlichen Sex, Sex innerhalb meiner eigenen Spezies, stand ich schon bald nicht mehr zur Verfügung.

Und ich vermisste ihn nicht. Weder den Sex noch den Mann, der bisher dafür gesorgt hatte, dass ich ihn bekam. Ich vermisste gar nichts, ich wurde fett, war darüber todunglücklich, aber ansonsten wunderbar bedürfnislos. Nach drei Monaten täglichem Oralverkehr mit dieser herrlichen Torte war ich eine unerstürmbare Fettbastion, nichts und niemand berührte mich, Kai-Uwe war nur noch eine blasse Erinnerung und das halbe Jahrzehnt mit ihm wie weggefegt. So. Danach machte ich Fasten nach Dr. Lpunkt, nahm alle fünf Kilo wieder ab, und nach insgesamt nur vier Monaten war die Trennung überstanden, ich war in Form fürs nächste Glück – geiler Trick oder geiler Trick?

Ich muss zugeben, der Käsekuchen aus meinem Tiefkühlfach war kein Tom Cruise. Eher ein Hape Kerkeling, nicht die nackte Sinnlichkeit, aber reichlich, gut gemeint und lecker süß. Ich spürte förmlich, wie meine schlummernden Fettzellen, die in den letzten Jahren nicht viel vors Visier bekommen hatten, erwachten und sich freudetaumelnd auf ihn stürzten: Hannilein! Ihnen war egal, womit ich mich unberührbar fraß, und ich war auch nicht zimperlich, ich musste 119 endlich überwinden und dann schnellstens eine Familie gründen. Ich rülpste leise.

Ich stand auf, klebte Ruths liebe Zeilen an die Kühlschranktür… *husband, children…* und nahm Hape II aus meinem Tiefkühlfach. Und gekotzt wird nicht, ermahnte ich mich. Hier wird ordnungsgemäß verdaut und angesetzt, es gilt eine Fettbastion zu errichten, eine böse Trennung steht bevor! Mit aufgeblähtem Bauch schlurfte ich ins Badezimmer und suchte mein Gesicht im Vergrößerungsspiegel nach ersten Anzeichen von Fett-Akne ab. Dann nahm ich den Haartrockner aus dem Spiegelschrank, ignorierte mein mit seinem offenen Deckel freundlich zum Erbrechen einladendes kleines WC, schlurfte zurück in die Küche und fönte meinen Käsekuchen. Es ist eben das Schicksal von uns Frauen, sich für Kinder die Figur zu ruinieren, dachte ich dabei. Was tut man nicht alles für die Familie…

Curd Rock – wie er die schwerem Tage ohne 119 verkraftet

Sie will mich tröstem.

Mit so PRIMITIVEM Mitteln!

Umd das eigemtlich
Erstaumliche ist…

Es fumktiomiert!!!

Two out of three ARE bad

Nach sechs Tagen, in denen abgesehen vom Käsekuchen-Vorrat auch ein mittelgroßes Rauschmitteldepot *und* – durch umfassendere Bestellungen bei »Pizza Pizza« und »Bombay Express« – meine häuslichen Bargeldbestände rückstandslos zusammengeschmolzen waren, ging in den frühen Morgenstunden des siebten Tages das Toilettenpapier zu Ende. Ich erkannte, dass es an der Zeit war, mich der Welt wieder zuzuwenden.

Und ich konnte zufrieden sein. Sehr unappetitliche Pickel säumten meine Stirn wie Burgzinnen, hüfthoch hatte sich zur Verteidigung meiner Interimsjungfräulichkeit ein Fettgürtel formiert. Ich fühlte mich gewappnet, der Bestürmung durch 119s Freundschaftlichkeit zu trotzen, denn sicher, *sicher* würde er mich nicht kampflos gehen lassen. Bestimmt hatte sich nach beinahe zehn Tagen, in denen ich ihm in keinster Weise zur Verfügung gestanden hatte, alles wieder regeneriert, gewiss vermisste er sowohl den Geschlechtsverkehr als auch die Fahrgelegenheit inzwischen bitterlich, doch ich war nicht mehr verkehrstauglich, ich hatte gefühlte 170 Kilo mehr.

Mein erster Schritt zurück ins zivile Leben führte selbstverständlich in den Drogeriemarkt. Der zweite bestand darin, meine Fernsprechgeräte wieder zu aktivieren. »Sie haben sechs neue Nachrichten!«, sagte die Dame auf meinem Handy mit drohendem Unterton, aber ich strich mir gelassen über die Wampe und hörte die Nachrichten einfach eine nach der anderen ab. Dreimal hatte 119 mir aufs Band gesprochen, eine Nachricht war von meinem Steuerberater, eine von dem verlobten Badeanstalts-Arzt und eine von Olli.

Oh Gott, Olli! OLLI! Mein Ehemann, und ich hab ihn bisher nicht vorgestellt! Ich hab ihn kein einziges Mal erwähnt! Entschuldigen Sie, das habe ich vergessen. Vielleicht, weil diese Ehe nach all den Jahren schon so selbstverständlich war. Weil sie so mühelos und leise nebenherlief. Und sicher auch, weil sie immer rein beruflicher Natur war. Das Berufliche war bisher ja nicht so unser Thema.

Dennoch ein paar wenige Worte über Olli. Olli ist der Beste. Olli ist Art-Director. Olli und ich waren damals ein »Kreativ-Team«, und zwar schon seit Christi Geburt. Über zehn Jahre arbeiteten wir bereits zusammen, deshalb wurden wir in der Branche ehrfürchtig »altes Ehepaar« genannt. Vielleicht, weil Teams in der Werbung nicht nur die Tage, sondern häufig auch die Nächte gemeinsam verbringen. Die Arbeitszeiten in den »Kreativ-Schmieden« des Landes sind lang, »Du bist Deutschland«, »Ich bin doch nicht blöd«, da muss man als Werber erst mal drauf kommen. Und obwohl Olli und mir nie solch große Würfe gelungen waren, war ich wohl mit keinem anderen Menschen in meinem Leben so viel zusammen gewesen wie mit ihm.

Bevor Olli und ich uns selbständig machten, hatten wir acht Jahre lang in den Kabuffs diverser Agenturen gehockt und gebrütet. Über Anzeigen, TV-Spots, Kampagnen, dem, was andere Kreative deshalb auch gern und voller Stolz »ihre Babys« nennen. Aber wir sagten dazu einfach nur »Ideechen«, »Idee« und manchmal – sehr selten, und nur wenn wir einen intus hatten – auch »Kracher«. Babys, nein. Zwischen Olli und mir hatte bei aller räumlichen Nähe nie so etwas wie Fortpflanzungsatmosphäre geherrscht. Selbst wenn ich die Titten auf der Stirn gehabt hätte, wäre Olli nie, wie man so sagt, auf Gedanken gekommen. Er hätte mich höchstens versonnen angeschaut und vielleicht gesagt: »Lpunkt, das ist alles noch nicht richtig rund.« (Damals hatte ich noch keine Implantate.) Und ich selbst gedachte seiner Männlichkeit auch höchstens dann, wenn er mich wieder mal mit einem seiner begnadeten Einfälle beeindruckte. Dann überlegte ich, welch fantastischer Genpool da millionenfach zwischen seinen Beinen baumelte, eigentlich, und sinnierte vielleicht einen Moment lang über Methoden der künstlichen Befruchtung oder den Begriff der »Samenspende«. Ja, so war das zwischen Olli und mir.

Und Olli hatte also angerufen. Springer & Jacoby (das war eine dieser »Kreativ-Schmieden«) hätte uns angefragt. Gleich für drei Wochen. Ich sollte mich dringend melden und die Sache klarmachen. »Ich hab ja auch kein Bock…«, raunzte Olli mit postalkoholischer Stimme missvergnügt auf mein Band, »… aber ich brauch Kohle, Lpunkt.« Wer brauchte die nicht. Der Steuerberater jedenfalls, der Nummer zwei der sechs Nachrichten hinterlassen hatte, empfahl mir, unverzüglich 4000 Euro lockerzumachen, um die Steuern fürs vorausgegangene Geschäftsjahr nachzuzahlen – und *er* klang leider kein bisschen besoffen. Und der Freibad-Doktor schließlich hatte sich gemeldet, um mich »auf ein Käffchen« einzuladen. Käffchen. Meinen Blutdruck hatte er wohl schon vergessen, der Kurpfuscher. Aber zumindest wollte er mich einladen, Einladungen konnten noch wichtig werden, ich meine… *4000 Euro! 4000 EURO!* Wo sollte ich die hernehmen? Und der fette Drei-Wochen-Job war uns – dank meiner fressbedingten Verschollenheit – durch die Lappen gegangen, so viel stand fest.

Wären wir bei 119. Drei Nachrichten hatte er wie gesagt hinterlassen, 200% mehr als in einer normalen Woche. Und wie vermutet zeigte sich das bei Männern häufig in der Nachphase von Beziehungsscharmützeln zu beobachtende kontinuierliche Anschwellen der Freundlichkeit über die Zeitachse ***t***. Während seine erste Nachricht noch relativ knapp lautete: »Hallo, wie geht's denn so?«, fügte er der zweiten bereits eine liebenswerte kleine Information hinzu: »Hallo, wie geht's denn so? Ich hab's schon mal versucht.« Und in der dritten wurde er richtiggehend herzlich und eloquent. »Hör mal, Lpunkt, ich wollt dir was sagen… Ich hab dich wirklich gern, es geht nicht nur um Sex… Du bist mein bester Freund, ehrlich!… Meinen Freund Klausi mag ich zwar auch, aber der ist mies im Bett… Und… Wir zwei konnten das doch **sonst** immer ganz gut, hm?… Nie vergessen, Maus, *two out of three ain't bad*. Hihi…«

Ich hörte mir die Nachricht den Rest des Tages an. Ich dachte daran, wie 119 mich mal tagelang damit aufgezogen hatte, dass eine meiner ersten Platten ausgerechnet von einem melodramatischen Fleischklops gewesen war, von Meat Loaf. Nur Verliebte fanden frühe Geschmacksperversitäten putzig, 119 hatte sich gar nicht wieder eingekriegt darüber. Ich stand dazu. Und an jenem Nachmittag holte ich die Perversion sogar wieder vom Dachboden. Ich legte sie auf, setzte mich zu Curd Rock auf die Couch, und gemeinsam lauschten wir den bewegenden Zeilen…

And all I can do is keep on telling you
I want you
I need you
But there ain't no way I'm ever gonna love you
Now don't be sad
cause two out of three ain't bad

»Na, Curd«, sagte ich. »Was hältst du davon?«
»Scheiße!«, sagte Curd. Mit den Augen.
»Richtig!«, sagte ich.

Was wollte ich mit einem Kerl, der mich nie lieben würde? Das war doch scheiße, wie Curd Rock völlig richtig bemerkt hatte, das führte zu nichts! Ja, und die Platte war auch scheiße, aber ich liebte sie, ich liebte diese Scheiße, ich hatte einfach einen scheiß Geschmack! Zornig sang ich die letzten Zeilen mit…

Baby we can fuck all night
But that ain't getting us nowhere…

Sie missimpertrepiert mich. Absichtlich.

Der Beginn einer wunderbaren Freundschaft *plus*

Ich rief 119 nicht zurück. Ich hielt mich auch in den folgenden Tagen weiterhin an Gebäck. Der Sommer entwickelte sich langsam zu dem, wofür man ihn später Jahrhundertsommer nennen würde, doch anstatt goldbraun am Elbstrand oder Freibadpool zu liegen, rollte Lpunkt in ihrem kleinen, zwischenzeitlich sieben Pfund schweren Fettpanzer traurig von Café zu Café.

Traurig und zunehmend böse. Weil er sich – nach seinem »Two out of three«-Angebot – kein weiteres Mal gemeldet hatte, weil *ich* – selbst dann, wenn er es getan hätte – nur hätte sagen können, dass er sich gefälligst nicht mehr melden sollte. Ich hatte doch beschlossen, Klausi das Feld zu überlassen. Ich hatte beschlossen, nicht mehr 119s bester Freund zu sein. Jawohl, das hatte ich. Ich Rindvieh.

Ich saß wieder mal in einem Café, im »Café Muttermilch«, wie ich es aus Gründen, die sich Ihnen im Folgenden noch erschließen werden, nannte, als der ganze Zorn aus mir herausbrach und sich gegen die Unschuldigsten von allen wandte. Einem Säugling gegenüber kam es fast zur Eskalation.

Ich ging ja nicht mehr ins Freibad. Aber *als* ich noch ging, war es mir dort auch schon aufgefallen. Es schien neuerdings nichts Schickeres zu geben, als zehn Minuten vor der Niederkunft im Tanga um den Pool zu flanieren. Überall wimmelte es von diesen Frauen, die aggressiv ihr Mutterglück demonstrierten. Und in dem Café, in dem ich an jenem Tage saß, war es besonders schlimm. Am Tisch gegenüber übten sich zwei teigige Enddreißigerinnen mit rosa schimmernden Säuglingen und blaugeäderten Riesenbrüsten im Synchronstillen. Schön. Hinter mir unterhielt sich eine Akademikerin mit ihrem Dreijährigen über die Gesundheitsreform. Er war dafür. Und am Nachbartisch bekam ein halsloser Stammhalter ein deutlich größeres Stück Kuchen als ich. Mit Sahne. Und grinste mich auch noch ganz stolz an. Ich grinste zurück. Ich sagte sogar was: »Na, du kleiner Wonneproppen…«, sagte ich, »in fünf Jahren bist du so fett, dass niemand mehr mit dir spielen will!« Die Mutterkühe glotzten mich an. Die mit ihren Muttermilchimplantaten, aber da sagte keiner was! Hoch erhobenen Hauptes bestellte ich mir noch ein zweites Stück Kuchen. Und Sahne. Ha!

Doch innerlich war ich tief deprimiert. Da saß ich, allein unter stolzen Müttern. Und wenn ich ehrlich war, wollte ich auch so einen fetten kleinen Brummer, mein zweites Kinn war dafür kein Ersatz. Ach ja. Gleich am nächsten Tag ging ich wieder in das hübsche kleine Café. Und diesmal – um mein Image wieder aufzubessern – benahm ich mich betont kinderlieb. Mit einem der dicken Zwerge begann ich sogar, heftig zu flirten. Ich zwinkerte ihm zu und machte killekille. Ich hatte ihn fast so weit, von Milch auf Silikon umzusteigen, lüstern streckte er seine kleinen pummeligen Ärmchen nach mir aus. Aber dann, ganz plötzlich, hatte er sich wohl vollgeschissen, wurde ungemütlich und tat, als ob wir uns gar nicht kannten. Blödmann. Danach kehrte ich dem Café Muttermilch endgültig den Rücken. Was wollte ich denn da, vom Kinder *Angucken* wurde man auch nicht schwanger.

Wieder zu Hause, im tröstlichen Schein meines Kühlschranks, kamen die Erinnerungen zurück. Erinnerungen an 119 und die wirklich großen Momente unserer Beziehungsgeschichte, einer davon hatte indirekt nämlich mit dem

Brummerthema zu tun. *Direkt* ging es allerdings darum, dass er mich nicht liebte. Und in diesen Momenten, den Momenten der Wahrheit quasi, sagte er mir das ganz wörtlich und explizit.

Es gab zwei dieser unvergesslichen »Ich liebe dich nicht«-Momente. Das erste Mal fühlte sich 119 zu der Mitteilung bewogen, als nach knapp drei Monaten unseres fröhlichen Matchens ein besonderer Tag anstand: der Valentinstag. Höchster Feiertag der Floristen und Kitsch-Verkäufer.

»Ich hoffe, du bist nicht böse, wenn ich dir kein Bärchen mit *Ich liebe dich*-Pulli schenke«, plapperte ich aufgekratzt vor mich hin, als wir nach einem kleinen Saufzug im Morgengrauen einen vor Herzchen explodierenden Geschenkartikelladen passierten.

»Ich boykottiere den Valentinstag aus ethisch-moralischen Gründen!«, sagte ich. »Er ist dazu angelegt, eine ohnehin schon benachteiligte Minderheit unserer Gesellschaft zu deprimieren: die Singles nämlich! Menschen, deren schweres Schicksal mir auch in Zeiten des persönlichen Glücks immer noch sehr nahe geht!« Wie witzig ich doch war, und wie besoffen.

119 lächelte gequält.

»Oh, du bist enttäuscht!«, quatschte ich mich unaufhaltsam ins Verderben. »Na, mal sehen, vielleicht überleg ich's mir ja noch, magst du eigentlich auch Diddlmäuse?«

»Nein, ich bin nicht enttäuscht«, sagte 119 und suchte in seinem Portemonnaie nach Kleingeld für die S-Bahn. »Ich hoffe, *du* bist nicht enttäuscht, wenn ich dir keinen Herzchen-Luftballon schenke, Lpunkt, weil... Ich liebe dich nicht.« Da kam sie auch schon angesaust, seine Bahn.

Das also war der erste große »Ich liebe dich nicht«-Moment. Unserem Glück tat er nicht weiter Abbruch, weil ich 119s Aussage gedanklich ein kleines »noch« hinzufügte. Er liebt mich *noch* nicht, dachte ich. Das war nicht schön, aber wir kannten uns ja auch noch nicht wirklich lange. Und Gefühle mussten wachsen, das wusste doch jeder… Optimistisch vertraute ich dem Werk der Zeit.

Zehn weitere Monate gingen ins Land. Wunderbare Monate, wie mir schien. Wir fuhren im Sommer ans Meer und im Herbst in die Sauna. Über Winter zogen wir zu Curd auf die Couch, guckten siebenhundert Folgen »Twin Peaks« und vögelten wie die Karnickel ins neue Jahr. Was für ein Feuerwerk.

»Nächstes Jahr wird alles noch besser«, sagte er danach grinsend und legte probehalber einen Berliner zwischen meine Brüste.

»Ich fand dieses Jahr aber auch nicht schlecht«, sagte ich und meinte es. Denn alles schien, als wäre Hase – im Rahmen seines etwas unwirtlichen Charakters natürlich – zur Besinnung gekommen und hätte sich nun doch in mich verliebt. Mein größter Wunsch war in Erfüllung gegangen. Ich hatte endlich »den Richtigen« gefunden, es konnte eigentlich nicht besser werden. Es konnte sich nur… konsolidieren.

Zwei weitere Monate später wagte ich den ersten behutsamen Vorstoß in Richtung Brummerthema. Es war ein schöner Sonntagnachmittag mit strahlendem Wetter. Wir kamen von einem Spaziergang und betrachteten die kindlichen Darstellungen weiblicher Anatomie, mit denen mein Nachbarjunge neuerdings gern meine Wohnungstür verzierte, als ich geistesgegenwärtig die Gelegenheit ergriff:

»Willst du etwa Kinder?«, fragte ich. So ein Lausebengel.

119s Augen strahlten: »Ja, klar! Eine ganze Fußballmannschaft!«

Huch, dachte ich, denn man war ja keine siebzehn mehr. Huch, dann wird es wohl Zeit, die Verhütungsdisziplin ein bisschen zu lockern. Und HUCH, eine Fußballmannschaft, spätestens beim Libero sollte man den Kaiserschnitt vielleicht mit einer Bauchdeckenstraffung verbinden. Einmal mehr dankte ich meinem Schöpfer für die Möglichkeiten der plastischen Chirurgie.

Weitere vier Monate später konnte ich mich bezüglich der Bauchdecke wieder entspannen. Da korrigierte Hase die gewünschte Kinderzahl nämlich runter auf drei. Schon besser, dachte ich. Und es wurde *noch* besser. Genau sagte er nämlich: »Ich hätte am liebsten drei Kinder. Aber nicht mit dir.«

Ah.

Damit war nicht nur das Kinderthema abschließend und endgültig besprochen, dies war auch der zweite große »Ich liebe dich nicht«-Moment unserer kleinen bewegten Beziehungshistorie. Denn als ich nach 119s Äußerung wohl ein wenig konsterniert guckte, fügte er erklärenderweise hinzu: »Ich liebe dich nicht, Maus. Das weißt du doch. Und *ich* weiß, dass sich das auch nie ändern wird.«

Der zweite »Ich liebe dich nicht«-Moment und der Beginn einer wunderbaren Freundschaft.

»Freundschaft *plus*«, genauer gesagt. Denn so definierten wir unsere Beziehung von diesem Zeitpunkt an, Freundschaft plus Sex. Eine zeitgemäße Interpretation der klassischen Männerfreundschaft à la Rick & Captain Renault in »Casablanca«. Eine Freundschaft, die nicht durch Worte, sondern solidarisches Handeln begründet war, solidarisches Vögeln in unserem zeitgemäßen Falle, obwohl… Wer weiß, was zwischen Rick und dem kleinen geilen Franzmann noch alles gelaufen ist.

Curd Rock – über das umselige »Ich liebe dich«

Dieses »Ich liebe dich«-Sagem wird meimer Meimung nach völlig überbewertet…

Ich meine, ich sage es schließlich auch nicht, umd schickt sie mich deshalb weg?

Ebem!!!

Neim, mich schickt sie nicht weg… ich bim nur eim Stofftier… Stofftiere können doch gar nichts sagem… mich schickt sie nicht weg…

Der Faktor PVF *(= Penisverfügbarkeit)*

Obgleich ich nach der Abfuhr durch den vollgekackten Säugling den Spaß an Gastronomieerlebnissen vorerst verloren hatte, zwangen berufliche Gründe mich drei Tage später erneut zum Besuch eines Cafés.

Sagen wir eher einer »Bar«. Einer chicen »Café-Bar« in der Innenstadt – ohne entblößte Brüste und dicke Zwerge, dafür mit Zigarre nuckelnden Werbern und Entscheidungsträgern mit stumm geschalteten Blackberrys vor sich auf dem Tisch. Ich saß im hintersten Winkel und erwartete die nymphchenhafte Bedienung mit meinem »Cream Cheese Brownie« (richtigen Kuchen gab es nicht) und Olli, der etwas mit mir besprechen wollte. Der Cream Cheese Brownie kam zuerst.

»Essen ist der Sex des Alters…«, hörte ich plötzlich eine vertraute Stimme.

Als ich aufsah, stand 119 neben mir. Er deutete lächelnd auf meinen kleinen Kompakt-Kuchen aus dem Land der Dicken und sagte:

»So alt bist du doch noch nicht.«

Ich stopfte den Brownie in den Mund, den ganzen, panisch wie ein Kleinverbrecher, der in letzter Minute Beweismaterial vernichtet. Ich musste Zeit gewinnen.

Vierzehn Tage, *vierzehn* Tage hatte ich ihn nicht gesehen. Vierzehn Tage hatte ich an meiner Rede gefeilt. Und einen kleinen, feinen Textdiamanten geschaffen, mit dem ich ihm sozusagen *kristallklar* darlegen würde, dass es mir aufgrund schwerwiegender (rhetorische Pause)… zukünftiger (rhetorische Pause)… familiärer Verpflichtungen (Augenkontakt)… im Moment leider *un*möglich sei, unsere wunderbare Freundschaft in gewohnter Weise weiter zu pflegen. Ich erstickte fast an dem Brownie. Meine Backen waren so voll davon, dass die Pickel auf meiner Stirn beim Kauen schmerzhaft spannten, weil die Gesichtshaut nicht mehr reichte. Tränen strömten mir übers Gesicht, und wahrscheinlich hatte ich Browniemasse zwischen den Zähnen und kakaobraune Speichelpfützen in den Mundwinkeln, als ich mit immer noch vollem Mund ausstieß:

»Hase, weißt du (Schluchzpause)… Essen ist der Sex *jeden* Alters (Schluchzpause)… in dem Torten verfügbarer als Penisse sind! (Tränenausbruch)«

Das war *nicht* die vorbereitete Rede.

119 nahm eine Serviette und wischte mir die Schnötte vom Kinn.

»Mäuschen… Du weißt doch, dass mein Penis dir *immer* zur Verfügung steht.«

Diese Diskussion lief eindeutig in die falsche Richtung.

»Hase, das geht doch nicht, das geht doch nicht!«, intervenierte ich etwas zu emotional, man drehte sich schon nach uns um. »Ich muss doch bald heiraten und Kinder kriegen!« Einer der Entscheidungsträger griff entschieden zum Blackberry, wahrscheinlich um einen Arzt zu rufen. »Nicht mehr lang, und ich bin unbefruchtbar, Hase, das geht doch nicht!«

Wären wir doch bloß im Säuglingscafé gewesen, dort hätte man zusammengeschmissen und *der armen Frau* noch einen Kuchen bestellt.

119 legte seinen Arm um mich und brachte mich vor die Tür. Ich japste nach Luft, das Gebäck aus dem Reich der Dicken verklebte mir die Atemwege.

»Ah, Lpunkt, wolltest du schon wieder gehen?«

Draußen liefen wir Olli in die Arme. Der gute alte Olli,

mein Fels in der Brandung, heute wirkte er ein bisschen verschwitzt.

»Du, Lpunkt, wir können es auch schnell machen.« Er strich sich über sein durch all das viele Denken viel zu früh teil-erkahltes und aus ästhetischen Gründen ganz blank rasiertes Haupt. »Ich hab da ein Angebot… Also, *ich*, die brauchen nur einen Artdirector, kein Team… und zwar von einer Agentur in New York…«

Die blöde Nymphe winkte. »Du musst noch bezahlen!«

»Und ehrlich gesagt, Lpunkt…«, Olli scannte mit einem Auge ihre Möpse, er begegnete nicht allem so geschlechtsneutral wie mir, »also ganz ehrlich gesagt, Lpunkt… Ich hatte in letzter Zeit *nicht* den Eindruck, dass du an unserer Zusammenarbeit… und überhaupt auch an dem ganzen Job… dass du da noch groß Interesse hast.«

Die Nymphe klimperte mit den Augen. »Das war ein tall Café Latte und ein Cream Cheese Brownie! Macht acht sechzig.« Was war nur aus Kaffee und Kuchen geworden?

119 drückte ihr das Geld in die Hand. »Acht. Stimmt so.«

Noch lange blickte ich mich zu Olli um, der inzwischen angeregt mit der Nymphe plauderte, aber 119 zog mich weiter. Weg, einfach nur weg von diesem Schauplatz des Nepps, des Betonkuchens und des *Verrats*.

Bye-bye, Olli

Dreizehn Jahre! Dreizehn Jahre waren wir ein Team gewesen. Als unzertrennlich hatten wir gegolten, »Olli & Lpunkt«, das waren die »Siegfried & Roy« der deutschen Reklame.

Wir waren gut zusammen, *gut*, wir hatten die gleiche Denke, denselben Humor. Und was uns vor allem verband, war ein gewaltiges Phlegma. Ich weiß noch, als einer dieser blutjungen CDs mal in unser Büro stürmte. Einer dieser »Creative-Directors«, die wir »Heißdüsen« nannten oder – sehr böse – »Triumph des Willens« (abgekürzt Triümphchen), weil sie stets mehr Entschlossenheit als Geist versprühten, es aber dank ihres vitalen Ehrgeizes dennoch sehr schnell sehr weit brachten. In diesem Falle war es ein junger blonder Mann mit lustigen roten Wangen, der meinte, uns motivieren zu müssen, indem er sagte:

»Leute, das müsst ihr ROCKEN!!!«

Dabei ballte er entschlossen seine kleine Faust. Olli schaute nicht mal auf. Olli guckte einfach weiter auf seine Zettel und sagte dann ganz ruhig, ganz freundlich:

»Wir sind nicht zum Rocken da, sondern zum Denken.«

Wir waren resistent gegen jede Form von Dynamik. Sehr angenehm.

Oder Ollis liebenswerte Haltung zum ADC-Wochenende. ADC stand für »Art Directors Club«, und der hatte es sich zur Aufgabe gemacht, einmal jährlich – am sogenannten ADC-Wochenende – herausragende Leistungen der werblichen Kommunikation zu ehren. Die Crème de la Crème der Reklame traf sich zum nationalen Schwanzvergleich. Aber ohne Olli. Als ein junger, enthusiastischer Artdirectoren-Kollege ihn mal fragte:

»Na, Olli, fährste auch zum ADC?«, antwortete er:

»Mein junger Freund, ich wichse nicht öffentlich.«

Ach, Olli, es war eine gute Zeit.

Erste Risse bekam unsere perfekte berufliche Ehe, als wir den Schritt von der Festanstellung zur Freiberuflichkeit machten, denn da entwickelte Olli plötzlich einen irritierenden Elan. Auf Schwanzlänge hatte er stets gepfiffen, aber er war nicht abgeneigt, sich die Eierchen vergolden zu lassen. Am liebsten wollte er jeden Job annehmen, den man uns anbot, weil mehr Arbeit plötzlich auch mehr Geld bedeutete – *viel* mehr Geld, als »Freier« wurde man gut bezahlt. Wenn ich ihn deshalb liebevoll »Geldgeiler Sack!« nannte, sah er schwermütig aus dem Fenster und sagte:

»Lpunkt, wir sind Mitte dreißig, wir sind in der Werbung, was glaubst du, wie viele gesegnete Jahre uns noch bleiben?«

Leider, leider hatte er damit Recht. In der Werbung wurde es mit den Jahren nicht einfacher, Erfahrung galt eher als Makel. »Neue Ideen kommen nicht aus alten Köpfen«, lautete die Prämisse, und Ollis Kopf hatte, wie erwähnt, schon keine Haare mehr. Und bei mir würde es auch bald so weit sein, wenn ich nicht aufhörte, die grauen Antennen-Haare rauszurupfen, die aufgeregt aus meinem Scheitel ragten, als würden sie Signale von Außerirdischen empfangen. Mit vierzig wurde man ohnehin ausgeflogen, auf die Pampers-Island, eine Inselgruppe im Pazifik mit von Procter & Gamble gesponserten Senioren-Anlagen (ein Dankeschön des weltweit größten Werbetreibenden an die, denen er Goldminen wie Villarriba und Villabajo verdankte). Das wurde zumindest gemutmaßt in der Branche. Weil alle Werber plötzlich weg waren mit vierzig, weg, sie waren wie verschollen. Und die Zurückgebliebenen fragten sich mit etwas unguten Gefühlen: Wo waren sie hin? Kurzum, man musste seine Scherflein ins Trockne bringen. Also ackerten wir, Olli und ich.

Olli wurde immer besser. Die Aussicht auf Kohle ließ sein

geniales Gehirn, das bisher auf halber Kraft durch die geregelten Bahnen der Festanstellung getuckert war, zu Höchstform auflaufen. Es arbeitete rasant und zielgerichtet wie ein Schnellboot. Ich selbst hielt nicht mit, ich versuchte es, aber mein eigenes Hirn war eher wie ein Segelschiffchen, das mal hierhin und mal dahin trieb, oft war auch einfach Flaute. Bisher war das nicht so aufgefallen, aber jetzt wurde es grausam offensichtlich, vor jedem neuen Job machte ich mir deshalb fast ins Hemd. Nachts konnte ich kaum noch schlafen, tags konnte ich noch schlechter denken, und irgendwann musste ich es mir einfach eingestehen: Ich war eine Pflaume. Tja, und so… So geriet ich in die Fänge dieser Online-Partneragentur.

Mir blieb doch nichts anderes übrig! Ich musste heiraten, ich musste schwanger werden, ich musste mich ins Privatleben zurückziehen! Es war so weit, nach Jahren des Blendens und Durchmogelns war Lpunkt aufgeflogen – Zeit für Plan B. Wenige Wochen später lernte ich dann 119 kennen. Und prompt fiel mein siechendes Gehirn komplett in den Leerlauf. Mein alter treuer Partner war abgeschrieben, der arme geniale Olli durfte jetzt für uns beide schuften, Lpunkt hatte andere Sorgen, Lpunkt sparte ihre Kraft für wichtigere Fronten… Lpunk eroberte einen Mann!

Leider ging das nicht so rasch, wie ich gehofft hatte. Die Eroberung entwickelte sich zu einer langwierigen, kräftezehrenden Belagerung, und die rettende Befruchtung ließ auf sich warten. Durch die Jobs, die wir dank Olli weiterhin bekamen, schleppte ich mich wie durch die letzten, nicht enden wollenden Kilometer eines Marathons. Ich machte nicht mal den Versuch, eigene Gedanken beizusteuern, ich protokollierte nur noch Ollis Ideen, aber selbst dabei beschwerte ich mich, wenn es zu viele zu schnell auf einmal waren. Und das Allerschlimmste: Auch meine Freundlichkeit sparte ich für 119 auf, bei ihm war ich ein lächelnder kleiner Engel, aber in meiner beruflichen Ehe war ich reizbar wie ein freiliegender Zahnhals. Fürchterlich.

Und Olli sagte nichts, Olli war kein Mann, der an die aufrüttelnde Kraft der Worte glaubte, er guckte es sich eine Weile an… und noch eine Weile… und noch eine Weile… und dann: *Hasta la vista, Lchen*! Er zog die Konsequenzen. Denn Olli brauchte mich nicht, er konnte genauso gut ohne mich. Besser sogar, wenn er erst einen neuen, frischeren Partner an seiner Seite hätte, drüben in Amerika. Aber ich, ich war ohne ihn aufgeschmissen. Ich war am Ende meiner Laufbahn. Der schwer verwundete Roy war raus aus der Nummer, und Siegfried machte ohne ihn weiter.

»Hund!«, dachte ich, während ich mich zu Olli umsah, der immer noch vorm Café stand und mit der Bedienung sprach. »Treuloser, gemeiner Hund!« Ich wollte umkehren und ihm das auch sagen, aber 119 hielt meine Hand ganz fest und zog mich weiter.

In meinem Mund verbreitete sich das ranzige Aroma einer Pecan-Nuss, die ohne Frage noch zu dem Brownie gehörte, den man mir in dem Scheißladen serviert hatte. Und mit einem Mal war mir der Appetit auf Kuchen gründlich vergangen. Die Wut schlug um in bittere Verzweiflung. Ich sah von meinem Ex-Job-Partner, der mich abserviert hatte, zu meinem Ex-Privat-Partner, der mich mit seinem Penis abspeisen wollte, und dachte: Jungs, das geht doch nicht, das könnt ihr nicht machen, *wie und vor allem wovon soll ich denn leben?*

Das Problem bekam eine neue Dimension.

Die Liebesunfähigkeitstheorie *(= LUT)*

Beide Männer meines Lebens zum gleichen Zeitpunkt zu verlieren, erschien mir trotz der Unberührbarkeit, die ich mir in den vorausgegangenen Tagen angefressen hatte, dann doch ein bisschen zu viel. Sehr schnell wurden 119 und ich deshalb wieder »Freunde«. Mein Rettungsring störte ihn dabei nicht im Geringsten, und mir erschien sein Penis angesichts des Ernstes der Lage wie der letzte Strohhalm. Ich klammerte mich gern und oft an ihn. Natürlich blieb der Rückfall nicht lange »nur körperlich«.

Ich fiel in alte Denkmuster zurück. Kluge Gedanken und fein ersonnene Theorien über die Genese der emotionalen Verbocktheit meines Hasen, die ich eigentlich schon lange aus meinem Gehirnfundus verbannt hatte, weil sie zu nichts führten außer zu richtigem Verständnis und falscher Hoffnung. Nun erlebten Sie ihr Comeback. Ich kramte sie alle wieder hervor, die eingemotteten Theorien. Auch meine ehemalige Lieblingstheorie: die Liebesunfähigkeitstheorie (nachfolgend auch: LUT).

Entwickelt hatte ich sie früh. Ihre gedankliche Geburtsstunde fiel in die Zeit der ersten leichten Krise unserer Spitzen-Match-Beziehung, als nach durchaus spitzem Start über Nacht ein kleines »Ich liebe dich nicht« zwischen Hase und mich getreten war – Sie erinnern sich, anlässlich des Valentinstags. Wochen behielt ich sie schön für mich, meine LUT. Monate hatte ich sie nur so im Kopf. Ich glaubte nicht daran, dass dem Patienten durch Benennung seiner Krankheit zu helfen wäre *(»Herr Doktor, ich mache mir Sorgen, ich bin oft so schlapp!« – »Sie haben Krebs!« – »Ah, dann ist ja alles in Ordnung!«),* im Gegenteil, ich hatte mir vorgenommen, sie niemals vor 119 auszusprechen, meine LUT, und lieber im Stillen die geeigneten Maßnahmen zu ergreifen. Aber dann, eines Tages, rutschte die LUT mir doch heraus.

Wir lagen im Bett und verlegten den Samstagsgeschlechtsverkehr auf Freitag vor, denn am Wochenende hatte 119s Vater Todestag. Auch nach dreißig Jahren noch ein willkommener Anlass für seine Mutter (»Von 365 Tagen im Jahr bin ich über 300 Tage allein«), die Familie gekämmt und vollzählig zu einem kleinen Gedenken um sich zu scharen. In vorderster Reihe ihre vier erwachsenen Söhne, von denen 119 nicht nur der jüngste, sondern auch mit Abstand der enttäuschendste war: ohne Familie (das »Rückgrat eines Mannes«), ohne Beruf (»Reklame ist doch kein Beruf«), ohne Auto (von dem wusste sie genauso wenig wie von Miss Lchen, seiner Chauffeuse). Der Enttäuschendste war 119 und gleichzeitig der Liebste: ihr Sorgenbub, der halt keine wie Mutti fand.

Doch momentan ging es dem Sorgenbub ganz gut.

Er: »Oh Scheiße, ich komm gleich…«

Ich: »Schon?«

Er: »Komm runter, Maus… nicht, dass du schwanger wirst!«

Ich: »Das würde deine Mutter sicher freuen!«
(Ich erwähnte es bereits: Beim Sex kommt man mit etwas Feingefühl zu jedem Thema von Interesse. Mit diesem hatte ich gleichzeitig den vorzeitigen Erguss abgewendet.)

Er: »Geht wieder, geht wieder, bleib ruhig… bleib sitzen… jaaa…«

Ich: »Deine Mutter ist wirklich eine zuverlässige Verhütungsmethode.«

Er: »Leider nicht patentierungsfähig… langsam, schön langsam…«

Ich: »Ach, andere fänden sie wahrscheinlich gar nicht schlimm.«

Er: »Ganz sicher… so ist gut…«

Ich: »Dein Vater ist viermal gekommen… mindestens… obwohl sie sogar *persönlich* anwesend war…«

Er: »Und mit vierzig war er tot… Komm, beug dich mal vor…«

Ich: »Du bist aber auch ein *bisschen* mit dran schuld, Hase…«

Er: »Ich? Woran?«

Ich: »Du lässt es ja auch zu…«

Er: »Was?«

Ich: »Ich kenne niemanden älter als zwölf, der mit seiner Mutter eine Woche nach Bad Pyrmont fährt…«
(Das tat er tatsächlich. Einmal jährlich im Herbst fuhr 119 mit seiner Mutter nach Bad Pyrmont. Mit dem Heraufbeschwören dieses Themas hielt ich den Schlüssel zu seiner Impotenz in den Händen. Er erschlaffte abrupt.)

Er: »Mit wem soll sie denn sonst fahren?«
(Ich rollte mich mit einem kleinen traurigen Seufzer neben ihn.)

Er: »Meine Brüder haben alle Familie!«
(Ja, ja.)

Er: »Wie soll *ich* mich denn rausreden?«
(Vielleicht mit einem eleganten NEIN? Ach, Hase. Ich tätschelte ihm beruhigend das Glied und sagte genau das, was Männer im Bett hören wollen.)

Ich: »Du bist eben ein Guter.«

Er: »Ich oder mein Schwanz?«

Ich: »DU, Schatz. Dein Schwanz ist ein Pimmel, der führe garantiert nicht nach Pyrmont.«

Er: »Hältst du mich für ein Muttersöhnchen?«

Ich (erektionsfördernde Maßnahmen ergreifend): »Sicher gibt's auch schöne Ecken in Pyrmont.«

Er (erektionsfördernde Maßnahmen abwehrend): »Du spinnst doch!«

Ich: »Na gut.«

Er: »Ich bin kein Muttersöhnchen!«

Ich (erektionsfördernde Maßnahmen *vorsichtig* wieder ergreifend): »Natürlich nicht.«

Er (aufstehend und sich anziehend): »Du hälst mich also für ein Muttersöhnchen. Schön. Und wenn du mich jetzt bitte entschuldigst, ich hätte gerne noch gevögelt, aber ich muss morgen sehr früh raus und meine Mutter befriedigen.«

(Bitte, dann kam ich eben allein. Heftig, wie er mich noch nie erlebt hatte, brach es bzw. *sie* aus mir heraus. Die LUT, die schon seit Monaten in mir brodelnde Liebesunfähigkeitstheorie.)

Ich: »Nein, ich halte dich *nicht* für ein Muttersöhnchen! Aber ich halte dich für einen Mann, der sich mit fast vierzig gegenüber seiner eigenen Mutter nicht behaupten kann! Ich halte dich für einen Mann, der Angst vor Frauen hat! Der glaubt, dass jede Frau ihn verschlingen will! Der nicht lieben kann, weil ihn das so machtlos macht! (Heulend:) Für einen Idioten, der nicht sieht, was für ein Schwachsinn das ist… (Schluchzend:) Der nicht kapiert, dass *ich* nicht seine Mutter bin… (Aufgelöst:) Und dass er nie, nie, nie mit mir nach Bad Pyrmont fahren muss!!! (Trompetensolo ins Kleenextuch)«

Er: »Wow!«

Ich: … (Zugabe)

Er (erregungsfördernde Maßnahmen ergreifend): »Hey… na komm schon… Warum willst du denn nicht mit mir nach Bad Pyrmont?«

Ja, warum eigentlich nicht nach Bad Pyrmont? Goethe und Heinz Erhardt waren übrigens auch schon da…

Die Krankenschwesternfalle

Das Fatale an meiner Liebesunfähigkeitstheorie LUT war nicht etwa, dass sie falsch war. Das war sie vielleicht auch, aber egal, darauf kam es gar nicht an. Fatal war, dass ich 119s Nicht-in-mich-verliebt-Sein pathologisierte. Dass ich angesichts des Unbegreiflichen, dass dieser Mensch, den ich *so* liebte, für den ich mich *so* anstrengte, mich nicht zurückliebte, Zuflucht zu dem Gedanken nahm: Der Mann muss krank sein! Es liegt gar nicht an mir, es liegt an seiner Mutter! Meine Gegenwart bezaubert ihn absolut, aber seine Vergangenheit hält ihn zurück! Er ist in der Liebe unterdrückt worden, seitdem fürchtet er sich davor! Und er leidet, denn gleichzeitig sehnt er sich doch so danach – hach, schrecklich, schrecklich, schrecklich muss das für ihn sein…

Aber nun war *ich* ja da. Ich, die das alles sah und verstand, war mein Studium also doch nicht umsonst gewesen. *Ich* würde ihm helfen, ich würde ihn RETTEN. Ganz anders als bei Fifi (Sie erinnern sich: Fifi, mein emotional blockiertes Stofftier), wusste ich diesmal ja, wo der Hase begraben lag. Wo ich den Hebel ansetzen musste, um seiner Liebe auf die Sprünge zu helfen. Also… warf ich mich in meine kleine kesse Krankenschwester-Kluft, innerlich, und milde lächelnd trat Schwester Lpunkt ihren Dienst an. Dem würde ich schon beibringen, mich zu lieben…

So war es damals gewesen, ganz am Anfang unserer Beziehung, nach dem ersten Ich-liebe-dich-nicht. Und nun, viele Monate später, Monate, die mich eigentlich eines Besseren belehrt hatten, ging es wieder los. *Schwester Lpunkt,* die neue Staffel. Anstatt mich um mein kleines Existenzproblem zu kümmern, das seit der Trennung von Olli auf mich lauerte und mit jedem Tag wuchs, kurierte ich hingebungsvoll meinen neuen alten Patienten und klammerte mich an seinen Strohhalm.

Die Therapiemethode war die altbewährte und basierte auf dem Prinzip der »Schonung und Bewunderung«. Sie verlangte das liebevolle Nachsehen seiner Launen, das strikte Respektieren seiner Wünsche und das Bejubeln aller seiner kleinen und großen Taten. Der Patient sollte sich wohl fühlen. Frei, umfassend angenommen, akzeptiert und geliebt.

In einer sorgsam konzipierten Beziehungs-Reha würde er Schritt für Schritt lernen, dass Liebe (bzw. ich als deren charmante Personifizierung) ihn nicht zwang, nach Pyrmont zu fahren. Dass Lieben – wenn eine nette, unkomplizierte Frau wie ich Ziel der Gefühle war – völlig bequem und gefahrlos blieb und nicht bei einer Lisa-Fitz-Revue im kleinen Kursaal enden würde. Weder dort noch an irgendeinem anderen Ort, zu dem es Hase nicht von sich aus dringend zog. Keine gemeinsamen Supermarkteinkäufe, keine vereint ertragenen Familienfeiern, kein samstägliches Paarlaufen durch IKEA (»Schatz, das Doppelbett kann ich doch alleine holen!«), das alles ersparte ich ihm, erst mal galt es Hases Liebesunfähigkeit zu heilen. So lange mussten profane Erwartungen an die Liebe zurückstehen, so lange musste ich die Einkäufe noch alleine schleppen. Nach der Reha konnte man weitersehen, es war überhaupt alles sehr langfristig konzipiert.

Natürlich wusste ich es. Ich wusste, dass ich als Krankenschwester auf verlorenem Posten kämpfte, eigentlich wusste ich das längst. Mir war klar, dass seine »Krankheit« für *ihn* sehr komfortabel war und *ich* die Einzige, die litt. Schon vor langem hatte ich erfahren, dass ich nicht die erste Freundin war, die sich mit *»two out of three«* hatte begnügen müssen. Nach diesem Prinzip hatte er schon andere sehr befriedigende Beziehungen geführt, ohne Verpflichtungen und Einkaufstüten. Wunderbare Freundschaften *plus*, in denen tapfere kleine Schwestern um sein Herz kämpften und ihm den Arsch hinterhertrugen. Natürlich stets adrett in knallenger weißer Uniform. Ich war nicht als Einzige in die Krankenschwesternfalle getappt, sie war bewährt und ausgelatscht – und der Patient unheilbar wohlauf.

Das wusste ich alles, das wusste ich, es war mir *so* klar. Und doch. Nachdem Olli mich verlassen hatte und meine Karriere in der Werbung dadurch so jäh beendet worden war, begab ich mich schnellstens zurück in meinen alten Heilberuf. Und ich war heilfroh, dass die sexy weiße Uniform überhaupt noch über meinen Käsekuchenhintern passte.

Erwachen in bitterster Realität oder: die Autorenlesung

Etwa sechs Wochen später kam ich wieder zu Verstand. Es war wie eine Erleuchtung, wieder mal. Und wie immer bei Erleuchtungsgeschichten, befand sich der Held – in unserem Falle die Heldin – gerade in einem Zustand tiefster Verzweiflung und Verirrung, als der erlösende Strahl der Erkenntnis durch die geistige Finsternis brach.

Ich befand mich auf einer Autorenlesung. 119 liebte Autorenlesungen. Autorenlesungen und Ausstellungseröffnungen, Vernissagen, wie man so sagt. Das Einzige, was er noch mehr liebte, als zu Autorenlesungen und Vernissagen zu gehen, war zu Autorenlesungen und Vernissagen zu *fahren*, bzw. gefahren zu werden, und Sie ahnen es, da kam ich ins Spiel: Chauffeur- und Eskorte-Service Lpunkt (das auch noch, zusätzlich zu meinem anstrengenden Job als Krankenschwester, Mann, Mann, Mann…).

Da saß ich also in geistig anregender Atmosphäre zwischen Menschen mit kennerhaft schief gelegten Köpfchen und anspruchsvoll vorgestreckten Kinnpartien und – angesteckt durch diese kritisch-aufmerksame Haltung – machte mir Gedanken und stellte mir Fragen. Viele Fragen. Interessante Fragen. Nicht nur mich selbst betreffend, auch mal ganz allgemein.

So fragte ich mich zum Beispiel, was einen erwachsenen, sehtüchtigen Alphabeten wohl dazu brachte, sich herdenmäßig zusammengepfercht mit anderen erwachsenen, sehtüchtigen Alphabeten auf harter Bestuhlung geduldig vor einer Person aufzureihen, die nicht fürs Lesen bezahlt wurde, sondern fürs Schreiben. Einer Person, die unübersehbar nicht für die Bühne geboren und mit der entsprechenden optischen Ausstattung beschenkt worden war, sondern fürs stille Autoren-Kämmerlein, wo dieser ästhetische Mangel niemanden belästigte. Was brachte all diese stolzen, studiert blickenden Menschen dazu, sich selbst dermaßen zu demütigen? Öffentlich sogar. Ganz abgesehen davon, dass es meiner tiefen Überzeugung nach grundsätzlich *keinem* Über-6-Jährigen würdig war, sich vorlesen zu lassen, erschien mir diese Autorenlesung auch noch dadurch besonders erniedrigend, dass der Autor vor seinem deutschsprachigen Publikum auf Englisch las. Auf *Englisch.* Ich durfte also davon ausgehen, dass ich mich inmitten einer Gesellschaft von Windbeuteln befand, aufgeblasenen Bildungsprotzen, die gleich in der Pause Sätze absondern würden wie Blähungen. Sätze wie: »Die Subtilität des Humors kommt wirklich nur im Original rüber«, oder: »Dieser Autor verdient es wie kein anderer, dass man ihn in seiner Muttersprache liest.« Lieber Gott, lass es Knebel regnen, dachte ich.

Doch das war nur das mentale Vorspiel. In den Strom meiner sachlich-distanzierten Fragen mischte sich plötzlich auch Selbstkritisches, ich fühlte… Betroffenheit. Ich verließ den erwachsenen, sehtüchtigen Alphabeten im Allgemeinen und kam zum erwachsenen, sehtüchtigen Alphabeten im Besonderen, zu mir. Was hatte *mich* an diesen schlimmen Ort und in diese traurige Situation versetzt, wie war ich bloß hier gelandet? Den zweiten Teil der Lesung – nach einer Pause, in der es übrigens keine Knebel geregnet hatte, nicht mal was zu essen hatte es gegeben – nutzte ich zur skeptischen Analyse meiner eigenen, ganz persönlichen Situation.

Da saß ich also und betrachtete nun schon in zweiter Stunde 119s Nacken. Ein feiner Nacken, drahtig, braun gebrannt und stimmig umgeben von rustikaler Baumwolle – nicht wie dieser unschöne Fettnacken, der seinem Nachbarn übers roséfarbene Ralph-Lauren-Hemd quoll, gar kein Vergleich. Und da ich mich langsam langweilte, bedauerte ich sehr, mich nicht an den Details dieses hübschen Genicks erfreuen zu können, dem feinen Flaum, der – das wusste ich von anderer Gelegenheit – 119s schlanken Schwanenhals überzog, oder den vielen Leberfleckchen, die man bei Langeweile sicher zu Figuren oder Gesichtern hätte verbinden können, im Geiste.

Aber schade, dazu war der Nacken zu weit weg. Nach etlichen geselligen Runden in meinem Bett und auf Curd Rocks weißer Couch hatte es 119 heute mal vorgezogen, allein zu sitzen. Allein in Reihe zwei und nicht mit mir gemeinsam in Reihe zwölf. Man muss ja nicht *alles* zusammen machen, wir hassten sie doch beide, diese Symbioten-Paare, die ständig zusammenklebten und sich zum Abschied umarmten, bevor sie auf getrennte öffentliche Toiletten gingen. »Du, Lchen«, hatte er deshalb ganz selbstverständlich gesagt, weil er ja wusste, dass ich ihn verstand, »du, Lchen, hier vorne ist nur noch *ein* Platz frei, und hinten hört man nix… Das macht dir doch nichts aus?« Ach was. »Und wenn du früher abhauen willst, mach ruhig, ich komm von hier zu Fuß nach Hause.«

Da war ich sehr beruhigt. Da konnte ich eigentlich ohne Sorge nach Hause fahren und ungestört mit Curd Rock in meinen Geburtstag feiern, der Hase kam zurecht. Der Hase langweilte sich nicht. Erst eben in der Pause hatte er sich wunderbar unterhalten. Mit der sympathischen jungen Frau aus Reihe eins, die sich schon im ersten Teil der Lesung ein paarmal so nett zu ihm umgedreht hatte. Immer dann, wenn

Hase *(»I speak English very sure«)* der Einzige war, der lachte, hatte sie ihm über die Schulter zugezwinkert und signalisiert, dass auch ihr der versteckte Witz nicht entgangen war, den man ohne Zweifel nur als *native speaker* mitbekam und der im Übrigen *so* subtil war, dass er nicht mal dem Autor selbst aufgefallen war.

Während der gesamten zwanzigminütigen Pause hatten Hase und seine neue »Freundin im Phantom-Humor« sich prächtig amüsiert. So prächtig, dass es ihm nicht auffiel, als ich mich unaufdringlich zu ihnen gesellte. Da reagierte er gar nicht. Ich hatte dagestanden, freundlich interessiert von einem zum anderen gelächelt, doch er sah mich nicht an. Nur die nette Frau hatte einmal irritiert zurückgelächelt und sich wahrscheinlich gefragt, warum sie den Leuten kein Tablett mitgaben, wenn sie sie zum Einsammeln der Gläser schickten.

Dann hatte sie mir ihr leeres Sektglas in die Hand gedrückt. Letzte Gelegenheit für mich, in Würde zu gehen. Doch ich saß immer noch hier. Ich hypnotisierte seinen Nacken *(»Du bist ganz entspannt... Du langweilst dich ein wenig... Du willst nichts lieber, als dich zu dieser bezaubernden Frau in Reihe zwölf umdrehen...).* Und dabei fragte ich mich, was einen stolzen, studierten, mit Verstand und Attraktivität beschenkten oder nachgerüsteten Menschen wie mich wohl dazu brachte, sich selbst dermaßen zu demütigen. Sogar öffentlich.

»She felt abused, she felt mortified!«, vernahm ich den hässlichen Autor trotz Reihe zwölf erstaunlich klar. Weit weniger klar war mir, was daran so unübersetzbar war, genauso gut könnte man doch »Sie fühlte sich einfach scheiße« sagen.

Der gute Rat einer Freundin und das fehlende Glied

Ich nehme an, Sie warten schon darauf. Zu Recht. Denn zu jeder unglücklich liebenden Frau, das wissen wir, gehört mindestens eine andere nicht minder unglückliche Frau, der Erstere sich *ausführlich* offenbart. Eine, die dazu verdammt ist, sich das ganze Elend anzuhören, stundenlang, wieder und wieder, und stets mitten in der Nacht. Sicher sind Sie gespannt, endlich meine FREUNDIN kennen zu lernen. Meine Damen und, falls – nach all der von Männern in der Regel tief verabscheuten Inkonsequenz – noch anwesend, meine Herren: Wir sind hier nicht bei »Sex and the City«.

Nicht, dass Sie mich falsch verstehen. Auch ich bin ein großer Fan dieser Serie, ich liebe diese vier wunder*wunder*baren Frauen. Ich finde es schön, wie sie einander in allen Lebens- und Liebeslagen unerschütterlich zur Seite stehen, *so schön*. Aber ich weiß nicht, ob ich irgendetwas mit ihnen zu tun haben wollte, würden sie bei mir um die Ecke wohnen. Ich bin, sagen wir mal so... nicht sonderlich kommunikativ. Wäre ich ein Mann, gälte ich wohl als »einsamer Wolf«, eine Bezeichnung, die dem männlichen Einzelgänger eine gewisse Stärke zugesteht, seinem zur Vereinzelung neigenden Wesen sogar bewundernden Respekt zollt und ihm ganz nebenbei bescheinigt, einer unabänderlichen Natur entsprechend komplett normal zu sein. Nie würde jemand behaupten, ein kontaktunfreudiger *Mann* hätte einen an der Mütze.

Bei Frauen ist das etwas anders. Die Frau an sich ist ja ein soziales Wesen, sitzt gern im Kreis ihrer möglichst zahlreichen Lieben ums Feuer und rührt im Eintopf. Und so gibt es für den weiblichen Einzelgänger nicht mal ein Wort, denn »neurotische Zicke« trifft es – zumindest in meinem Fall – auch nicht ganz. Mein Wesen ist tendenziell eher gutartig, friedfertig, aber dabei eben doch… unkommunikativ. Deshalb fühle ich mich bei Begegnungen mit meinesgleichen in der Regel behaglicher, solange ein Bildschirm dazwischen ist – sei es nun der des Fernsehers oder der meines kleinen Laptops. Das ist auch der Grund, warum ich mich damals statt einer bedauernswerten Geschlechtsgenossin lieber meinem Blog im Internet offenbarte. Und warum einer der wenigen Menschen, die mir wie eine Freundin nahestanden, ein gewisser Robert war.

Ich kannte Robert seit vielen Jahren, wir verstanden uns wirklich prima, aber ich hatte ihn noch nie gesehen. Wir waren uns im Internet begegnet, bei eBay. Unter seinem Pseudonym »QuattroFormaggi« bot Robert damals einen gebrauchten Heimtrainer an, ich hatte als »TomCruiseKugel« eine »Frage an den Verkäufer« – so kam man ins Gespräch. Übers Essen und Verbrennen, übers Zunehmen und Abnehmen, übers Lieben und Loslassen, eine Zeitlang schrieben wir uns jeden Tag. Wir glaubten nämlich, einen Zusammenhang festgestellt zu haben zwischen der Art und Weise, wie Menschen essen, und wie sie lieben, einen Zusammenhang, der uns beide damals sehr interessierte. Und auch noch Jahre später erzählten wir uns, wenn wir glaubten, neue Einsichten diesbezüglich gewonnen zu haben – natürlich nur per Mail.

Und doch. Und doch hatte auch ich einige hartnäckige Sympathisanten draußen in der wirklichen Welt. Menschen, die sich von meiner ungastlichen Veranlagung nie schrecken ließen und es mit viel Geduld und Ausdauer schafften, dass ich ihnen gegenüber eine gewisse Zutraulichkeit entwickelte, obwohl ich nicht mit ihnen schlief. Da war zum einen meine Familie: mein Vater, meine Mutter und ganz besonders meine Schwester, die beste von allen, sie erwähnte ich bereits. Und dann gab es da noch jemanden: die unerschütterliche Frau D.

Was kann ich Ihnen über Frau D. erzählen… Frau D. ist so ziemlich das exakte Gegenteil von mir. Frau D. ist einer dieser seltenen und absolut unglaublichen Menschen, in deren Gegenwart man nach spätestens zehn Minuten das berauschende Gefühl hat, dass das Leben eigentlich ganz einfach ist. Denn im völligen Unterschied zu mir, in deren Gegenwart man spätestens nach zwei Minuten das Gefühl hat, dass das Leben ganz einfach scheiße ist, besitzt Frau D. im praktischen Angang und Regeln von Dingen außerordentliches Talent. Sie ist mit dezenter und effektiver Tatkraft ebenso gesegnet wie mit Intelligenz, einem liebenswerten Äußeren und von Herzen kommendem Charme. In meiner Phantasie sehe ich sie deshalb immer als Concierge eines vornehmen alten Fünf-Sterne-Schuppens an der Upper East Side, wo sie mit verständnisvollem Nicken und gleichbleibender Geduld jedem Klagen ihrer Gäste lauscht und Sätze ruhig und freundlich mit *No problem* beginnt. »In meinem Früchtekorb fehlt eine westchilenische Zwergpapaya!« *No problem…* »Mein Kopfkissen erzählt nachts Witze!« *No problem…* »In meiner Badewanne schwimmt eine nackte, blonde Damenleiche!« *No problem…*

Aber in meinem Fall… In meinem Fall hatte mittlerweile selbst die unerschütterliche Frau D. kapituliert. »Ich werfe mein Herz einem Mann hinterher, der es nicht haben will! Der es wie den Brautstrauß, der Carrie, Miranda, Sam und Charlotte in meiner absoluten ›Sex and the City‹-Lieblings-

Szene auf der Hochzeit der bescheuerten Innerarchitektin Madlen Dunn direkt vor die Nase fliegt, völlig ungerührt vor seinen Füßen auf den harten Marmor plumpsen lässt! Und danach renne ich hin, kehre die 10000 kleinen Stücke, in die es zerbrochen ist, auf, klebe sie zusammen und tue dasselbe wieder und wieder und wieder und wieder…« Vor dieser ein wenig problematischen Angewohnheit zog selbst Frau D. nach zwei Jahren respektvoll den Hut. Und so wusste auch sie am Ende nur noch einen Rat und der klang ziemlich resigniert:

»Lchen, ich fürchte, für deine Beziehungsprobleme gibt es nur eine Lösung: Du brauchst *ein echtes Problem.*«

Ein echtes Problem hatte ich ja schon. Ich hatte, wir erinnern uns, seit geraumer Zeit mein Existenzproblem. Ohne Olli kamen kaum noch Angebote, die Agenturen wollten Siegfried & Roy, aber Siegfried war in Amerika. Und ohne ihn war Roy nur noch Uwe Ludwig Horn aus Nordenham bei Oldenburg. Das zwang mich, selbst die wenigen Anfragen, die kamen und mir alleine galten, bedauernd abzulehnen. Nicht nur aus Gründen der Geschäftsmoral, sondern um wenigstens den »Mythos Roy« noch eine Weile zu erhalten und mich nicht vorzeitig als Pflaume zu outen. Vielleicht kam Olli ja doch noch irgendwann zurück. Das Geld wurde knapp, meine kleinen Ersparnisse schrumpften ins Minus, ich lebte bereits vom gekündigten Bausparvertrag. Und doch war es mir unmöglich, meinen Liebeskummer mal beiseitezulassen und mich abwechslungshalber der Eindämmung meiner Existenznot zuzuwenden. Das echte Problem half auch nicht. Mist.

Drei Tage waren seit meiner Erleuchtung auf der Autorenlesung vergangen. Drei Tage seit der wiedergewonnenen, wenn auch bisher folgenlosen Erkenntnis, dass mein Platz eben *nicht* an der Seite von 119 war. Drei Tage seit der einsamen Geburtstagsnacht und der strahlenden Rückkehr der Einsicht, dass sich das *nie, nie, nie* ändern würde, weil 119 nicht krank, sondern einfach nur immun gegen meine Liebenswürdigkeit war. Frau D. war gekommen, um sie ein bisschen mit mir zu feiern, diese Rückkehr. Mit einer Schachtel Kleenex-Balsam-Tüchlein, den nasensanftesten von allen, und einer Welcome-back-Flasche feinstem Grappa. Und nun saßen wir mit Curd, der Schachtel und der Flasche idyllisch auf der Couch und überlegten alle gemeinsam, was man machen könnte, um die wiedererlangte Einsicht noch zu vertiefen.

»Ficken, ficken, ficken…«, riet Frau D. nach genauer Abwägung aller Umstände. Ein halber Liter Alkohol hatte die sonst liebenswert »charlottige« Concierge in eine atomare Mutante von Sexmacht Samantha Jones verwandelt. Zufrieden nahm sie den letzten Schluck Grappa.

»Was du jetzt brauchst, ist eine Affäre. Mehrere am besten, eine nach der anderen, egal mit wem.« Versonnen kraulte sie Curd Rock die kleinen Füßchen. »Ficken ist das fehlende Glied zwischen der richtigen Einsicht und dem Ziehen der notwendigen Konsequenzen.«

Curd Rock – Trost im Gedicht

Was für eim ORDIMÄRE Ausdrucksweise!!!

Ich persömlich bevorzuge ja die Sprache der Dichter: STUFEN vom Hermann Hesse… »Wie jede Blüte welkt umd jede Jugemd dem Alter weicht…« et cetera, et cetera…

Jetzt kommt: »Es muss das Herz bei jedem Lebemsrufe
Bereit zum Abschied seim umd Neubeginne,
Um sich in Tapferkeit umd ohne Trauern
In andre, neue Bimdungen zu geben…«
Neue Bimdungen… das klingt schöm!

»Umd jedem Amfang wohnt eim Zauber inne,
Der uns beschützt umd der uns hilft, zu leben…«
Hach, ich selbst hätte es nicht schömer sagem kömmen.

The show must go on – auch in Paderborn

Ficken, ficken, ficken, hatte die liebe Frau D. also geraten. Na fein. Für die folgenden Tage sah ich in erotischer Hinsicht allerdings eher schwarz. Es ging ins Erzbistum Paderborn, die westfälische Metropole, in der ich achtzehn Jahre meines Lebens ohne nennenswerte sexuelle Höhepunkte verbracht hatte, und es gab wenig Anlass zu hoffen, dass Paderborns Verantwortliche mich am bevorstehenden Wochenende dafür entschädigen würden. Meine Eltern feierten gemeinsam Geburtstag. Mama war siebzig geworden, Papa achtzig, der »Kleine Saal« im »Jägerhof« war reserviert. Am Samstag würde dort die große Sause zum 150sten steigen. Geladene Gäste: 170. Geschätztes Durchschnittsalter: 190. Chancen auf Geschlechtsverkehr: 0.

Stattdessen: essen, essen, essen. Wieder mal. Los ging's morgens um 11.00 Uhr mit einer *»Hannoverschen Hochzeitssuppe mit Spargel, Klößen und Eierstich«*, die natürlich nur den kleinen Hunger überbrücken sollte zwischen dem *»Leichten Jagdherren-Frühstück«*, das es für die bereits am Vortag angereisten Gäste bis 10.00 Uhr gegeben hatte, und der pünktlich um 12.00 Uhr gereichten *»Maispoulardenbrust frisch aus dem Ofen auf Salbeijus«*, die wiederum nur Vorspeise war für den exakt um 12.30 Uhr servierten *»Wildteller Jägerhof mit Medaillons von Hirsch, Wildschwein und Reh auf Wacholderrahmsauce, gebratenen Pfifferlingen, Gemüseauswahl und Röstikroketten«*. Bis zum Dessert mutete man den Gästen dann eine kleine dreiviertelstündige Pause zu, um den von verschiedenen Seiten liebevoll vorbereiteten und perfekt einstudierten Unterhaltungsdarbietungen Raum zu geben.

Mamas »Tischtennisdamen« präsentierten in lustiger Kostümierung Sketche. Ein früherer Schüler meines Vaters, der heute zu den Stars der Paderborner Kammerspiele gehörte, rezitierte Weltliteratur. Und Onkel Harald sang wieder mal *»My Way«*, das tat er mit großem Erfolg auf jeder Familienfeier, zuletzt bei der Beerdigung von Oma Greta, deren Weg im Alter von dreiundneunzig Jahren nach einem großen Stück Pflaumenkuchen mit Sahne, das ihren Blutzucker ungünstig beeinflusste, geendet hatte. Dann kam auch schon der Nachtisch.

Und danach kamen wir. Meine Schwester und ich, die Töchter des Jubelpaares. Von ihrer kleinen Showeinlage *»As time goes by«* erwartete man zweifellos den nichtkulinarischen Höhepunkt der Veranstaltung. Wir waren so aufgeregt, dass uns die *»Weiße Mousse au Chocolat auf flambierten Bällchen von dreierlei Melone«* ebenso wenig runterging wie die *»Kleine Französische Käseauswahl«*. Stattdessen leerten wir vorne in der Gaststube des Jägerhofs eine Flasche süßen Sherry und gingen unser Programm noch mal durch.

Wir hatten die bei solchen Anlässen immer gern gesehene Diashow vorbereitet, Papa als Säugling auf Bärenfall, Mama als dralle Badenixe an der italienischen Riviera, dazu ein paar schlüpfrige Witzchen, humorige Geschichten aus ihrer beider Leben, liebenswerte Anekdötchen aus ihrer fast fünfzig Jahre währenden Ehe, in der sie kein einziges Mal länger als eine Nacht getrennt gewesen waren.

Ich sah aus dem Fenster. Draußen wurde der Schauspieler, der ein bisschen krumm, aber sonst gar nicht mal so übel war, von seiner Gattin aufgepickt. Mit einem Kuchen-Paket, das mein Papa »dem Jungen« hatte einpacken lassen, obwohl es Kuchen eigentlich erst um 15.30 Uhr gab, stieg er zu einer sympathischen aschblonden Dicken, die sich wahrscheinlich umgehend über das Paket hermachen würde, in einen blitzblanken metallicblauen Opel Tigra und brauste davon. Ich nahm noch einen Sherry und wurde mir plötzlich der Komplexität meines Elends bewusst.

»Alle Guten sind in festen Händen«, sinnierte ich fernab unseres Programms. Meine Schwester, deren Mann auch vergeben gewesen war, als sie ihn kennen lernte, machte mir Mut. »Aber manchmal sind die festen Hände gar nicht das, was sie wollen, und sie brauchen nur ein wenig Vergleichsmöglichkeit, um das einzusehen.« Sie hatte gut reden, sie hatte immer jeden Mann bekommen, *jeden.* Mir gelang es noch nicht mal, einen aus der Kartei der Ladenhüter für mich zu erwärmen, nicht mal einen Verzweifelten, nicht mal einen Heini von der Partneragentur!

Der Kummer übermannte mich. Ich hatte eine Hochzeitssuppe, eine Hühnerbrust und einen Wildteller als »Dame ohne Tischherren« hinter mir (O-Ton der Fest-Koordinatorin: »Die Damen ohne Tischherren haben wir neben die Kapelle gesetzt!«). Doch das war nur ein Detail der demütigenden Gesamtsituation, in der ich mich befand. Obwohl ich mich modisch für eine Kreation von Yohji Yamamoto entschieden hatte, die dieser für Adidas entworfen hatte und die vermutlich deshalb sehr einer Mehrzweckhalle glich, hatte Onkel Willi, der den Tag stets mit einem Cognac begrüßte, bei meiner Ankunft laut gegrölt:

»Lchen, wir haben uns aber lange nicht gesehen, du bist ja obenrum noch gewachsen!«

Und gleich, bei unserem Dia-Vortrag, würden mich alle

mustern, und Tante Irmi mit ihrem geheuchelten katholischen Mitgefühl würde bis in die letzte Reihe hörbar flüstern:

»Jetzt hat das arme Kind sich schon Brüste machen lassen und kriegt immer noch keinen Mann.«

(Tante Irmi gehörte zum papsttreuen Strang der Familie, *wir* waren – Paderborn zum Trotze – Protestanten!) Ich konnte mich unmöglich da vorne hinstellen, *unmöglich*, meine Schwester musste die Show allein durchziehen. Schluchzend brach es aus mir heraus, das ganze komplexe Elend komprimiert auf die eine zentrale Frage: »Ich bin doch auch 'ne Gute, warum bin ich nicht vergeben?« Und gleich noch ein Likörchen. »Ich bin mindestens so gut wie dieser verhutzelte Provinzmime!« Einen Moment lang sah meine Schwester auch ganz unglücklich aus, dann tätschelte sie meine Hand und sagte: »Lchen. Hör mal. Du bist eine *Frau*, eine FRAU. Da sind die Besten nicht vergeben, sondern am schwersten vermittelbar.« Ach so.

Wohltuend sickerten die Worte in mein System und verwandelten sich dort zusammen mit dem Sherry zu so etwas wie trotziger Verwegenheit. Brust raus (*trotz* Silikon), Bauch rein (*trotz* Wildschweinmedaillons), dachte ich mir, und eine Stimme, ich glaube, es war die von Freddie Mercury, erfüllte mich: *The show must go on…*

Couragiert erstiegen wir die zwei Stufen zur Bühne des Kleinen Saals im Jägerhof. Meine Schwester in ihrem neuen, todchicen Secondhand-Kostüm aus dem Original-Fundus von Alexis Carrington, ich in meiner schwarzweißen Adidas-Yamamoto-Mehrzweckhalle, die Menge verstummte erwartungsvoll. Und… Wir fegten über sie hinweg! Wir packten sie bei ihren dicken ostwestfälischen Eiern und wirbelten sie durch die Luft! Die Pointen schossen durch den Kleinen Jägersaal wie bei Frank Sinatra, Sammy Davis Jr. und Dean Martin, wir hatten sie im Griff! Ich meine, wer waren die denn schon? Und vor allem, wer waren wir?

Meine Schwester hatte als Oberverwaltungsdirektorin täglich mit träger Masse zu tun, *täglich*! Ich selbst war ein alter Präsentationshase, in meinen goldenen Werberjahren hatte ich vor den Heads of Communication multinationaler Weltkonzerne Spots für Salatdressing präsentiert, auf Englisch! Und nun sollte ich mich von diesen nach 15000 Fett-Kalorien komatös vor sich hin dämmernden Paderbornern einschüchtern lassen? Ich zwinkerte meiner Schwester siegesgewiss zu. Wir mischten sie auf, wir versetzten die verdauende Masse in Lachsalven und erschütterten sie im nächsten Moment zu Tränen der Rührung, wir rissen sie mit im haltlosen Strudel der großen Emotionen, ach, wir waren so gut! Wir waren so gut…

Als es danach tosenden Beifall gab, bemerkte ich plötzlich, dass ich zum ersten Mal seit langem wieder so etwas fühlte wie… Stolz. Ja, Stolz. Die bedauernswerte alte Jungfer, die ledige Enddreißigerin mit falschen Titten hatte einhundertsiebzig missgünstige, vom Leben nicht minder enttäuschte, in Teilen sogar *katholische* Mitmenschen auf ihre Seite gebracht. Unter deren immer noch nicht ganz enden wollendem Applaus und den begeisterten »Zugabe!«-Rufen des mittlerweile sternhagelvollen Onkel Willi erklärte meine Schwester das Kuchen-Buffet für eröffnet.

Den Rest des Nachmittags verbrachten wir bei Torte und weiterem Sherry im neunzig Grad warmen Wintergarten des Jägerhofs. Dort saßen wir, genossen still unseren Triumph des Entertainments und sahen all den gut gelaunten Westfalen zu, die zwischenzeitlich zu »Blue Spanish Eyes« über die Tanzfläche brummten, um durch ein bisschen Bewegung Platz fürs Abendbrot zu schaffen. Und wenn uns dabei eine der Damen freundlich zuwinkte oder einer der Herren zum Zeichen seiner Anerkennung den Daumen in unsere Richtung hob, lächelten wir dankbar und grüßten zurück.

Nur ein einziges Mal an diesem Nachmittag wurde mir noch melancholisch zumute. Das war, als meine Schwester und ihr Lebenspartner sich ebenfalls zu einem Verdauungs-Tänzchen aufs Parkett wagten und ich allein mit meiner Schwarzwälder Kirschtorte im Wintergarten zurückblieb. Da fiel mir plötzlich ein, dass heute ja eigentlich »unser Tag« war, Samstag. Dass 119 mich nie zu so einem Fest begleiten würde. Und dass ich erst gar nicht auf die Idee gekommen war, ihn zu fragen, weil ein Familienfest im Kleinen Saal des Paderborner Jägerhofs eine mindestens ebenso große Zumutung für ihn war wie eine Woche in Bad Pyrmont.

Aber dann blickte ich wieder nach vorn. *The show must go on. THE SHOW MUST GO ON!* »Wo findet man nur einen Mann, der so etwas erträgt?«, grunzte ich mit Schwarzwälderkirsch in den Backen, sobald meine Schwester sich nach ihrer Tanzeinlage wieder in die dicken, floral gemusterten Kissen der Wintergartenbestuhlung plumpsen ließ. Nachdenklich tupfte sie sich mit einem Untertassendeckchen das vor Erhitzung Blasen werfende Make-up von der Stirn.

»Irgendwie gerätst du immer an so schreckliche Mimosen«, sinnierte sie dann. »Das ist eine ganz normale Familienfeier, Lchen, jeder Mann mit gesunden Stoffwechselfunktionen wäre dem gewachsen.« Sie folgte weiter ihrer Spur. »Vielleicht solltest du nicht immer nur im Computer suchen… Vielleicht meldest du dich mal in einem Fitness-Center an, zum Beispiel.« Ich nickte träge. Und nahm noch ein Stück Torte. Als zukünftiges Mitglied eines Fitness-Centers konnte ich es mir schließlich leisten…

Ästhetisch gesehem ist die Provimz natürlich eim Zumutumg…

Aber davom mal abgesehem…

Ist es eigemtlich gamz nett…

Mein innerer Arsch

Im Alter von nicht ganz sechs Jahren überraschte ich meine Mutter mit dem wohlüberlegten Entschluss auszuziehen. Sie stand gerade am Herd und röstete Brotwürfel zum Verfeinern einer Knorr-Tomatensuppe. Und obwohl ich mich sonst nie sonderlich an ihren Kochkünsten interessiert gezeigt hatte (nicht an der Tätigkeit an sich und noch viel weniger an deren Ergebnissen), ließ ich mir den Vorgang des Brotröstens an jenem Tag en détail erklären. Als meine Mutter dann irgendwann fragte, warum ich das denn alles so genau wissen wollte, teilte ich ihr völlig wahrheitsgetreu mit, dass ich es für mich an der Zeit fände, einen eigenen Haushalt zu gründen, und dass ich in diesem Zusammenhang erwöge, Tütensuppe mit gerösteten Brotwürfeln – im Gegensatz zu anderen Kompositionen ihrer Küche – in meinen Speiseplan zu übernehmen.

Es war nichts Besonderes vorgefallen. Kein Streit, kein inakzeptables Verbot, keine ungerecht empfundene Strafe. Mein Zuhause war, ich erwähnte es wohl schon, in nahezu jeder Hinsicht komfortabel. Ich hatte ein schönes, großes Zimmer ganz für mich. Ich hatte pädagogisch gebildete Eltern, die mir immer genau erklärten, *warum* sie mir den Hintern versohlten. Es gab keinen älteren Bruder, der mich gemein unterdrückte oder meinem geliebten Fifi die Beine auskugelte. Und auch kein jüngeres Geschwisterlein, das mir das Privileg auf das Gitterbett abspenstig machte, in dem ich mit fast sechs immer noch schlief (oder auf die Greifkette mit den Winnie-the-Pooh-Figuren, die noch immer auf Kopfhöhe gespannt war).

Nein, es gab keinen Grund zur Klage. Es war nur so, dass

mir das ständige Zusammensein so vieler Menschen – mit meiner Schwester waren wir immerhin zu viert – auf irgendeine Weise ganz entschieden widernatürlich vorkam. Wie konnte es zum Beispiel sein, dass vier völlig verschiedene Personen alle zur selben Zeit alle das Gleiche essen mussten? Selbst dann, wenn es sehr spezielle Dinge gab wie dicken Reis, gebratene Leber oder Linsensuppe. Warum musste ich den halben Sonntagvormittag still und tatenlos verbringen, nur weil meine Eltern noch schliefen, so fest, dass ihre Betten davon rhythmisch quietschten? Warum sollte ich sie bei ihren heiß geliebten Ausflügen auf Spielplätze begleiten und sie dort dann auch noch unterhalten, indem ich zu ihrer Belustigung wippte, schaukelte oder im Sandkasten sinnlose Haufen auftürmte? Dieses ganze ständige Zusammensein erschien mir ein wenig übertrieben und keineswegs ideal.

Ich war wohl insgesamt eher ein bisschen spröde mit sechs. Und ich erzähle das alles, denn daran musste ich zurückdenken, als ich mehr als dreißig Jahre später – in der Nacht nach der großen Sause im Jägerhof – in meinem alten Kinderzimmer im Bett lag. Ich war ein bisschen voll, der Boden wankte, und ich vermisste mein unfallsicheres Gitterbett mit der Greifkette und den Winnie-the-Pooh-Figuren, das dann doch irgendwann ausgetauscht worden war, etwa mit Beginn der Pubertät. Was wohl daraus geworden war? Wehmütig starrte ich das vertraute Tupfenmuster der Tapete an und erinnerte mich an mich selbst als nicht sehr anschmiegsamen, blasierten kleinen Arsch.

Und ich fragte mich, warum mir heute eigentlich die Vorstellung so unerträglich vorkam, ohne 119 zu sein. Sie hatte sich ja nie wirklich verwachsen, diese, ich sag mal, Arschigkeit. Im Gegenteil, als ich in die Schule kam, war ich in erster Linie entsetzt über dieses Unmaß an menschlicher Gesellschaft (Rechnen und Lesen fand ich allerdings genauso überflüssig). Selbst als ich ins mannesfähige Alter kam und Sozialkontakte durch die Möglichkeit des Geschlechtsverkehrs einen gewissen Erlebniswert erhielten, blieb Fifi der Einzige, dessen ständige Gesellschaft mich nicht spätestens nach drei Tagen ein wenig störte.

Beziehungen pflegte ich deshalb bevorzugt aus sicherer Entfernung. Ich freute mich unheimlich, wenn meine früheren Hasen freitagabends kamen, und heimlich, wenn sie sonntagnachmittags wieder fuhren. Zu ihrem Studium, zu ihrer Arbeit, zu ihren Ehefrauen… Welcher Umstand auch immer mir die ungeteilte Aufmerksamkeit meines Lieblings ersparte. Nicht, dass ich es von Anbeginn so plante, aber es hatte sich immer so ergeben, immer wieder – das konnte doch kein Zufall sein! Nein, das war das Werk des kleinen asozialen Arschlochs gewesen, das mich tief drinnen immer noch geritten hatte, auch bei der Partnerwahl. Doch wo war er jetzt, mein innerer Arsch? Wo?

Ich setzte sicherheitshalber einen Fuß aus dem wirklich stark wankenden Bett. Ich klemmte Fifi in die eine Armbeuge, Curd Rock in die andere – Festhalten, Jungs! –, und dann fragte ich mich noch mal: Also, Lpunkt, alter Suffkopp… WAS wäre so schlimm daran, wenn 119 samstagabends nicht käme? Wenn wir uns gar nicht mehr sehen würden? Wenn ich mich von ihm trennen würde? Ich wäre doch nur das, was ich früher immer so gern gewesen war: allein.

Allein, allein, allein… Das war alles, mehr konnte nicht passieren.

Mehr nicht.

Eine Mücke gibt Starthilfe

In der darauf folgenden Nacht lag ich wieder in meinem eigenen Bett. Meine Abfahrt aus Paderborn hatte sich verzögert, weil die Menüfolge des Festtages ebenso stündlich aus mir herausschoss, wie sie am Vortag serviert worden war. Ich hielt es für besser abzuwarten, bis auch *die klare Mitternachtssuppe mit Markklößchen und Petersilie* ihren Weg in die Paderborner Kanalisation gefunden hatte. Und so war es Abend geworden, bis ich mit meinem MINI wieder Richtung Hamburg gestartet war.

Als ich nach langer, staureicher Fahrt dort ankam, war es fast Mitternacht. Ohne auszupacken, hatte ich mich direkt hingelegt, und mein Entschluss stand fest: Schluss, aus, vorbei. Nie wieder würde ich Wildschwein essen. So lag ich da, matt und ausgezehrt. Von draußen hörte ich die Geräusche einer deutschen Sommernacht. Auf den Balkonen ringsherum wurde im Schein von Windlichtern leise geredet und ein wenig Wein oder Sangria getrunken. Kleine helle Lacher angeschickerter Damen schwirrten ab und zu wie Glühwürmchen durch die Luft.

Mich selbst umschwirrte seit geraumer Zeit eine Mücke. Nach wenigen Stichen war sie durch den Restalkohol in meinem Blut so enthemmt, dass sie alles Maß, allen Anstand, alle Vorsicht fahren ließ. Zu schwach für irgendeine Gegenwehr, starrte ich in die Dunkelheit und lauschte ihrem Summen. Und auch dem Verstummen des Summens, jedes Mal, kurz bevor es irgendwo an meinem Körper juckte. Dieses Mal juckte es im Gesicht, direkt zwischen die Augen hatte sie mich gestochen, direkt zwischen die *geöffneten* Augen, ein starkes Stück! Was für ein Hasardeur…

Ich setzte mich auf. Ich tappte mit den Füßen nach meinen Schlappen – im Dunkeln, damit nicht noch mehr Mücken kamen. Dann schlurfte ich ins Wohnzimmer und setzte mich an den Schreibtisch. Ich schaltete den Rechner ein. Sein liebes vertrautes »Plöm!« erklang, und nach kurzem geschäftigem Gebrummel des Betriebssystems strahlte sein Bildschirm mich diensteifrig an. Ja, was nun? Ich öffnete den E-Mail-Account. Acht Newsletter waren neu in meinem Postfach und die Online-Rechnung der Deutschen Telekom. Ich beschloss, sie später anzusehen. Erst musste ich diese Mail schreiben, die Mail an 119, jetzt sofort.

Lieber Hase, schrieb ich.

Dann löschte ich es wieder und schrieb stattdessen:

> *Hase!*
> *Bestimmt bist du ganz gespannt, wie das Familienfest war. Es war grauenvoll. Grauenvoll, grauenvoll, grauenvoll. Du hättest es wirklich erleben sollen. Aber du warst nicht dabei. Ich war alleine dort. Deshalb konnte ich dich nicht unterm Tisch anstupsen, als Tante Ria den Rest Diabetikerkuchen in der Handtasche verschwinden ließ. Und als Onkel Hartwig wieder mal seinen Vortrag über »die Mentalität des Südländers« hielt, konnte ich nicht zu dir sehen und die Augen verdrehen. Schade.*
> *DAS fehlt mir, verstehst du? Solche Sachen vermisse ich. Aber du würdest mich nie zu so einer Feier begleiten, nie. Und ich würde es dir gar nicht zumuten – das ist eigentlich noch viel schlimmer. Deshalb… Fick*

dich in Zukunft bitte selbst, Hase. Ich will einen Tischherrn.

Lchen

Ich hatte keine drei Minuten gebraucht, um diese Mail zu schreiben. Aber danach saß ich noch Stunden davor und las sie immer wieder. Immer wieder. Und obwohl sie sprachlich einige grobe Schwächen aufwies, veränderte ich kein Wort. Als hätte ich sie gar nicht selbst geschrieben, sondern von jemand anderem bekommen.

Aus dem Schlafzimmer war inzwischen auch die Mücke zu uns gestoßen. Eine Zeitlang blieb unklar, ob sie sich für meine Korrespondenz oder doch nur für meinen Körper interessierte. Gleichmäßig umkreiste sie den Bildschirm und mich. Dann ließ sie sich nieder, und ihre Absichten wurden offensichtlich. Still saß sie auf meiner Hand, meiner *rechten* Hand, die ihrerseits auf der Maus des Rechners lag. Ein hübsches Bild. Mücke auf Mensch auf Maus. Ich klickte »Senden«.

Ja, so war das. So war das… So hatte ich meinem über alles geliebten Hasen also geschrieben, er möge sich ficken. Aber ich will der Mücke nicht die Schuld geben. Ich denke, ich hätte die Mail auch ohne sie abgeschickt, irgendwann im Laufe der nächsten Stunden, Tage, Jahre…

Trotzdem war ich im ersten Moment fürchterlich erschrocken. Die Mücke genauso. Aufgescheucht durch die winzige Bewegung meines Zeigefingers, erhob sie sich und schwirrte ab. Wahrscheinlich erwartete sie mich im Schlafzimmer. Aber ich war nicht in Stimmung, ich folgte ihr nicht nach. Ich blieb vorm Rechner sitzen und las schluchzend sämtliche Newsletter und die Rechnung der Deutschen Telekom.

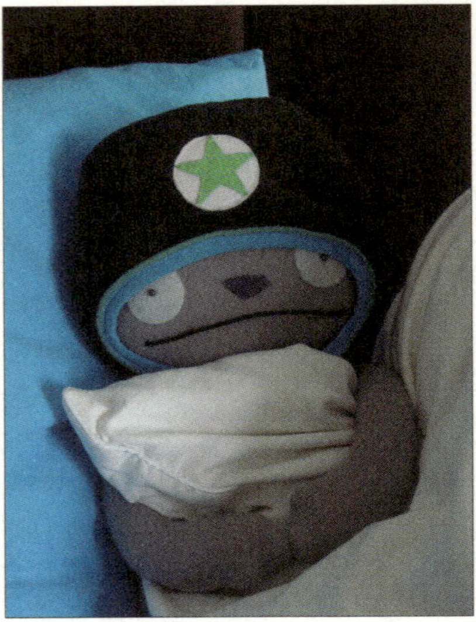

*Sie hat seim Bett abgezogem, **nur** seims, ich weiß, was das bedeutet…*

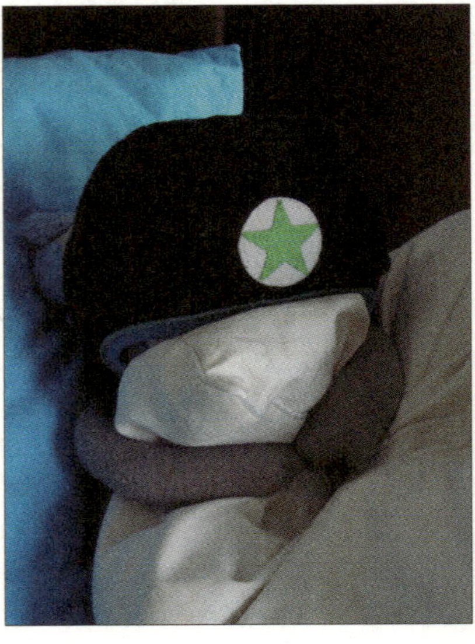

…!…!…!!!

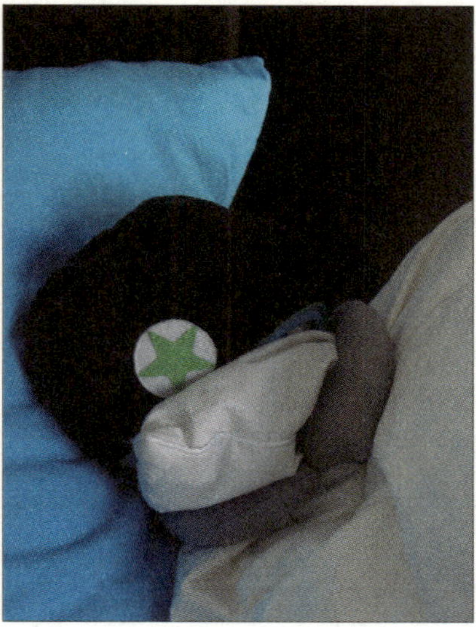

……………………………………
……………… . . . .

*Leb wohl, meim Freumd.
Ich werde dich nie
vergessem.*

Tiefpunkt im Eierlikör

Nach einer Trennung – einer wirklich ganz ernst gemeinten Trennung – hat man ja immer einiges zu tun. Und damit meine ich nicht das Weinen, das Schluchzen, je nach Temperament auch das Schreien oder die detaillierte Suizidplanung – das alles läuft schließlich so nebenbei, zumindest bei uns Frauen (Stichwort Multitasking). Parallel zu der inneren Tragödie zieht man die Betten ab, wäscht, putzt, bügelt… beseitigt die Spuren. Die Spuren einer Liebe. Und irgendwann steht man dann wieder mal vor der Zahnbürste. *Seiner* Zahnbürste. Und überlegt: aufheben oder nicht?

119s Zahnbürste war fast nicht benutzt und definitiv zu schade für den Müll. Deshalb entschloss ich mich, sie zusammen mit den anderen Sachen in dem kleinen Kistchen zu verwahren. Sie kennen sie wahrscheinlich auch, diese Ex-Gedächtnis-Kistchen, die man nach einer Trennung zusammenpackt. Mit Fotos, diversen Hinterlassenschaften aus dem Körperpflegebereich und sonstigen Erinnerungen: Servietten vom ersten gemeinsamen Restaurantbesuch (mit original Pesto-Sauce), die Figürchen aus den Silvester-Knallbonbons, Eintrittskarten von Autorenlesungen, Glückskekszettelchen, Schwangerschaftstests, die Quittung vom Autozug nach Sylt… all diese hübschen kleinen Beziehungssouvenirs. Man packt sie schluchzend in ein Kistchen, das man dann noch eine Zeitlang in der Wohnung aufbewahrt – erst unterm Bett, dann oben auf dem Schrank –, bevor man es irgendwann endlich auf den Dachboden schafft. Zu den anderen.

Aber so weit war ich ja noch nicht. Ich war noch bei der Zahnbürste. Ich wollte sie gerade feierlich aus dem Spiegelschränkchen in das Gedächtnis-Kistchen umbetten, als das Telefon klingelte. Endlich! Nach drei Tagen! Er hatte sich doch noch kein einziges Mal gemeldet, er hatte auf mein spätnächtliches Fick-dich in keiner Weise reagiert, kein Anruf, keine E-Mail, nichts, nichts, gar nichts... aber jetzt! Jetzt rief er an! Jetzt hatte er sich von dem Schock erholt und war fähig, den Hörer zu halten. Ich meinerseits ließ alles fallen, Zahnbürste, Gedächtnis-Kistchen, das zerknüllte Tempo... HOFFNUNG!!! Ich stürmte an den Apparat.

»JA???«

Nein. Nein, *so* schlimm war es nicht. Es war kein Mitarbeiter der Telekom, wie Sie vielleicht gerade gemutmaßt haben. Kein Call-Center-Angestellter, der mir einen neuen, fantastischen, noch ungünstigeren Tarif anbot. Es gab gar keinen ungünstigeren als den, den ich schon hatte. Es war schlimmer. Es war dieser Mann. Dieser Mann, der keine Dunstabzugshaube mit mir wollte. Der schöne Arzt, der glückliche Bräutigam, Mark, Arnd, Heinz, ich hatte seinen Namen schon vergessen.

»Hier ist der Onkel Doktor aus dem Freibad!«, meldete er sich sehr, sehr witzig. Das half auch nicht. »Ich wollte mal hören, was dein Blutdruck so macht!«

Ich sah 119s Deo-Stick, der schon im Kistchen gewesen war und nun leise über den abschüssigen Boden meiner winzigen Altbauwohnung kullerte. Vor meinen Füßen rollte er langsam aus.

»Ah!«, sagte ich. »Ah! Und selbst, was macht die Hochzeit?« Mein Ton war vernichtend. Das Letzte, was mein gedemütigtes Ego jetzt brauchte, war *noch* ein Mann, den ich nicht haben konnte. »Was kann ich für dich tun, vielleicht bei der Auswahl der Ringe behilflich sein?«

Das war wirklich das *Aller*letzte!

Mark, Arnd, Heinz spürte meine Kränkung. Er war ja Arzt. Und er schlug diesen unglaublich sanften, nachsichtigen, verstehenden »Ja, lass es nur raus, ich weiß, was Schmerz aus einem Menschen machen kann«-Tonfall an.

»Du warst schnell weg, als ich das erzählt hab… Dabei hatte ich eigentlich den Eindruck, wir hätten uns gut verstanden, richtig gut… Willst du grundsätzlich keinen Kontakt mit verheirateten Männern?«

Plötzlich fühlte ich mich beschämt. Da war ein *Mensch*, eine Seele auf der Suche nach Freundschaft, nach Verwandten. Doch ich hatte ihn auf Dunstabzugshauben reduziert. Schlimm.

»Nein, nein, das ist es nicht…«, stotterte ich kleinlaut. »Ich fand dich auch sehr nett, wirklich… Ich mache nur gerade eine sehr schwierige Trennung durch, da hört man nicht so gern, wenn woanders Hochzeitsglocken bimmeln…«

Ich mache gerade eine schwierige Trennung durch: das Versprechen vieler tiefgehender Gespräche und normalerweise die Zauberworte, um jede männliche Seele auf der Suche nach Verwandten in die Flucht zu schlagen. Doch er:

»Ich würde dich gerne zum Essen einladen!«

Zäher Hund.

»Du, sehr nett… Ich bin ja Bulimikerin zurzeit.«

So, das dürfte jetzt aber reichen.

»Na, dann… Um acht im ›Nil‹? Ich heiße übrigens Sven, falls du es vergessen hast.«

Ein Einsilber, also doch.

»Natürlich nicht, Sven, ich weiß sogar noch die Farbe deiner Badehose, ich bin nur nicht ganz sicher bei deinem Gesicht.«

Ha!

»Ich werde mir die Badehose auf den Kopf setzen, wenn du kommst.«

Das war jetzt mal sympathisch.

»Ist gut. Dann um acht im ›Nil‹.«

Warum nicht.

Und so… So stieß plötzlich aus finsterstem Himmel ein neuer Mensch in mein unwirtliches Leben. Und als er mir wenig später im Restaurant gegenübersaß, war ich wirklich, wirklich froh darüber. Auch wenn er die Badehose dann doch nicht aufgesetzt hatte. Na, später vielleicht…

Aber Svens Geschichten waren auch sehr unterhaltsam. Er hatte es wirklich nicht leicht gehabt im Leben, hier nur einige Stationen: Vor vierzig Jahren mit einem silbernen Löffel im Arsch geboren. Gescheitert als Imker, Philosoph und Biosaft-Erzeuger. Danach endlich bereit, Vatis Praxis zu übernehmen (eine dreißigköpfige Proktologen-Praxis, eine Goldgrube). Und die private Bilanz war ähnlich schillernd: Erste Scheidung mit zwanzig. Zweite Scheidung mit dreißig. Dann hatte er (zusammen mit der Praxis) auch Papas Geliebte übernommen, eine Sprechstundenhilfe, sehr tüchtig. Nun war es an ihm, sich für ihre langjährigen Dienste an der Familie zu bedanken und sie zum Altar zu geleiten. Ein Stammhalter war nämlich auch unterwegs, in sechs Monaten war es so weit.

»Sie ist eben ein Familienmensch«, zwinkerte Sven, er hatte einen großartigen Humor. Und inzwischen mindestens fünfhundert Promille. Frage war, was wollte er von mir?

»Und du hast dich nie für mich, wie man so sagt, als Frau interessiert?«, lallte ich rein interessehalber. Der Alkohol hatte auch meine Zunge gelöst.

»Wie man so sagt, nein«, lallte er zurück, »aber du bist ein wirklich spannender… *andersartiger* Mensch. Du hast sie irgendwie nicht alle, aber… *nett*!«

Das tat gut. Mehr Alkohol, schnell!

»Hach… Hätte ich gewusst, dass ich Männer auch durch meine Neurosen anlocken kann, hätte ich nicht drei Monatsgehälter in Brüste investiert.«

»Die sind nicht echt? Kompliment!«

Na endlich. Mein Ego blühte auf.

»Wirklich… *großes* Kompliment an den Kollegen.«

Hmpf.

So plätscherte der Abend dahin. Plätscher, plätscher, plätscher. Sven schüttete mir sein Herz aus, ich ihm meins, und der Alkoholspiegel stieg. Und als wir später Arm in Arm das »Nil« verließen, um noch ein wenig weiterzuziehen durch die gastronomische Landschaft, hatte ich das Gefühl, endlich endlich endlich einen *wahren* Freund gefunden zu haben. Keinen Gute-Ratschläge-Automat, keinen emsigen kleinen Problemlöse-Roboter, sondern jemanden, der genauso eine Pfeife war wie ich – aber… *nett*. Unnett wurde es erst am nächsten Morgen.

Normale Menschen wachen nach so einem Besäufnis neben irgendeinem anderen Menschen auf. Einem Menschen, von dem sie schwören, dass sie ihn noch nie gesehen haben. Oder einem Menschen, von dem sie schwören, dass sie ihn schon mal gesehen haben, aber in einer schöneren, intelligenteren Version. Oder (das ist das Wahrscheinlichste)… oder neben einem Menschen, von dem sie eigentlich dachten, dass sie ihn nur nett finden. So gehen Nächte wie die, die ich hinter mir hatte, normalerweise aus. Aber das Reich der Normalität hatte ich – ohne es zu merken – wohl längst verlassen. Irgendwann in den vergangenen ein, zwei Jahren musste das passiert sein. Und an jenem Morgen wurde es mir kläglich bewusst.

Als *ich* nach dem Besäufnis die Augen aufschlug, sah ich keinen mehr oder weniger unbekannten Menschen, sondern einen Deoroller. Und dazu eine Flasche Eierlikör. Den Eierlikör kannte ich aus meinem Kühlschrank, wo er mehr oder weniger unberührt drei Jahre lang rumgestanden hatte. Und der Deoroller war der von 119. Zuletzt hatte ich ihn im 119-Gedächtnis-Kistchen gesehen, das ich nach Svens Anruf wieder ordentlich zusammengeräumt hatte. 119-Gedächtnis-Kistchen **IV,** müsste man eigentlich sagen, denn ich packte diese Kistchen ja in etwa neunmonatigen Zyklen immer aufs Neue, immer aufs Neue. Und keins davon hatte ich je auf den Dachboden gebracht. So war das nämlich…

Als ich meinen Blick ein paar vorsichtige Zentimeter wandern ließ, sah ich auch die anderen Dinge aus 119-Gedächtnis-Kistchen IV: Eintrittskarten, Knallbonbons, Quittungen, ah, das Foto von 119 und Curd Rock im Federbett vom Möwennest, wie glücklich Curd da guckt… Das alles lag verstreut auf dem Fußboden im Wohnzimmer, und ich, Lchen, schön mittendrin. Neben einer Pfütze Eierlikör, in der ich auch glaubte, ein paar Stückchen des köstlichen Bœuf Stroganoff wiederzuerkennen, zu dem Sven mich am Abend zuvor freundlicherweise eingeladen hatte – *hello again*!

Meine linke Hand befand sich irgendwo außerhalb meines Gesichtsfeldes, aber mit meiner rechten umklammerte ich eine Zahnbürste. Seine Zahnbürste. Und da ich irgendwie nicht in der Lage war, mich ohne Schmerzen zu bewegen, blieb ich lieber erst mal liegen und dachte ein wenig nach. Lchen, dachte ich, Lchen… das ist alles nicht mehr gesund…

Vertrautes Terrain

Einigen von Ihnen war es möglicherweise schon eine ganze Weile klar. Aber mir ging das leider erst damals bei meinem unschönen Erwachen im Bœuf Eierlikör auf. Die Tatsache, dass es sich bei meinen Gefühlen für 119 nicht nur um eine große Liebe handelte. Und ebenfalls nicht nur um eine große Blödheit. Sondern um eine Abhängigkeit, eine Sucht quasi. Ja, ja.

Natürlich konnte man fragen: Welche Liebe ist das nicht? Zumindest zeitweise in den stürmischen Anfängen. Oder dann, wenn sie tragischerweise unerfüllt bleibt, wie in meinem Fall. Dann wird doch jede Liebe zur Sucht, zur schlimmen, leidvollen *Sehn*sucht. Von allen Süchten wohl noch die gesellschaftsfähigste, aber eben doch – je nach Ausprägung und Dauer – einigermaßen ungesund, wie Süchte nun mal so sind.

Schön war das nicht. *Sucht*, da hat man ja gleich all diese schrecklichen, schrecklichen Bilder vor Augen. Schmutzige Bahnhofsklos, siffige Trinkerhöhlen, Kotze auf billiger Auslegware, schlimm. Und man denkt an all diese armen, der Sucht verfallenen Menschen, Christiane F., Elisabeth Taylor, Papst Pius X., hach! Und doch stimmte meine eigene Sucht-Einsicht mich damals eigentlich eher optimistisch, als dass sie mich erschreckte. Weil sich meine Chancen, diese 119-Geschichte endlich zu überwinden, damit deutlich verbesserten. Weil ich in diesem Bereich nämlich besondere Qualifikationen mitbrachte, sozusagen. Was Sucht anging, konnte ich auf einen reichen Schatz an Erfahrungen zurückgreifen – Erfahrungen helfen immer. (Details dazu in meinem nächsten Buch: *Lpunkt – Die große Beichte*. Das wird spektakulär.)

Hier nur so viel: Ich hatte seit frühester Jugend einen gewissen Hang zu »suchthaftem Verhalten«, sag ich mal. Zum Glück lernte ich mit der Zeit, was ich tun oder besser lassen sollte, um trotzdem einigermaßen frei und fröhlich durchs Leben zu spazieren. Aber wer sich mit dem Thema auch nur ein bisschen auskennt, weiß, dass sich so ein Hang zur Abhängigkeit nie *ganz* verliert. Dass Suchtgefahr an vielen Ecken lauert, und zwar – das ist das Gemeine – in immer neuer, unerwarteter Gestalt (scheinbar harmloser Gestalt wie zum Beispiel Aspirin – auch das alles in *Die große Beichte*). Jedenfalls... Ein erfahrener alter Suchthase wie ich war stets auf der Hut.

Deshalb ist es mir eigentlich selbst ein Rätsel. Ich weiß bis heute nicht, warum es so lange dauerte. Weshalb ich nicht eher darauf kam, dass meine schöne große Liebe inzwischen mehr zu einer weiteren bösen kleinen Abhängigkeit geworden war. Jawohl, einer Abhängigkeit. Aber als ich da so mit verzerrtem Nacken im eigenen Erbrochenen lag, konnte ich das auf wundersame Weise plötzlich ganz klar sehen. Und auch die fantastischen neuen Perspektiven, die sich daraus ergaben. Ich hatte wieder festen Boden unter den Füßen. Vertrautes Terrain.

Ich werde diese Beziehung zukünftig gar nicht mehr wie eine Liebe behandeln, dachte ich, sondern wie eine ganz normale Sucht, ha-ha! Und meinen Liebeskummer werde ich auch nicht mehr Liebeskummer nennen, sondern einfach nur: Entzug. Diese äußerst unangenehme, ganz und gar unromantische, aber vorübergehende Sache, die mit jedem Tag ein bisschen leichter wird. Vor allem würde ich mich selbst nicht länger mit Romeo und Julia in eine Reihe stellen, beschloss ich, sondern mehr mit Ozzy Osbourne und Dittsche.

Und noch etwas nahm ich mir in meiner Eierlikörpfütze vor: Auch 119 würde ich ganz neu betrachten. Nett war das natürlich nicht, aber die Umstände erforderten es. Ich würde ihn nicht mehr als den lieben, wunderbaren Menschen sehen, der er natürlich war. Sondern als gefährliches Suchtmittel, eine teuflische Droge wie zum Beispiel… zum Beispiel… Eierlikör.

Das Telefon klingelte. Mit einem Satz war ich auf den Beinen. Für etwa fünf Sekunden, dann setzte ich mich lieber wieder hin. Leider war am Telefon nicht meine Droge, sondern meine Schwester, sie wollte mal hören, wie es so ging. Schwach erzählte ich ihr von meiner Absicht, 119 in Zukunft wie Alkohol zu sehen.

»Sehr gut, Lchen«, sagte sie. »Das ist genau der richtige Ansatz. Betrachte 119 einfach als Flasche.«

Sack zu und weg!

Nachdem ich also beschlossen hatte, die Liebe meines Lebens zukünftig wie ein gemeines Suchtmittel zu behandeln, ging es mir gleich besser.

Ich begann aufzuräumen. Und diesmal packte ich kein Gedächtnis-Kistchen, ich packte einen Schwerlast-Sack. Ich sammelte alles vom Boden auf, die Servietten, die Quittungen, die Zahnbürste, den Deo-Stick… Und ich verfrachtete es in einen dieser großen blickdichten Abfallsäcke – mit Zugband zum Verschließen. Doch nicht nur das. Auch sein schönes blaues Schlaf-Shirt warf ich weg. Er hatte es fast nie benutzt, aber wegen des Frischedufts hatte ich es trotzdem immer mitgewaschen. Sogar gebügelt hatte ich es, drei Jahre lang, jede Woche… Tschüss, T-Shirtchen, ab in den Sack mit dir.

Ich war wie im Rausch. Selbst vor Essbarem machte ich nicht Halt: *seine* Fleischwurst, *sein* Rosinenbrot, *seine* Salzheringe, *seine* Gürkchen… alles, was ich zu seiner kulinarischen Erbauung immer im Haus gehabt hatte… weg, weg, weg! Und schließlich sogar… die Fotos. Die Fotos waren am schwersten. Sie wegzuwerfen zerriss mir fast das Herz. Aber es musste sein, es musste sein! Ein Alkoholiker würde auch keine Fotos von einer Schnapsflasche unterm Bett verwahren. Nicht, wenn er wirklich trocken bleiben wollte, und das wollte ich doch! Also nicht hinschauen, nicht noch mal ansehen, die Fotos, einfach weg und… Sack zu! Poooeeh.

Dann schleppte ich den Sack runter zu den Containern. Und plötzlich fuhr mir ein schrecklicher Schreck durch die Glieder. Ich hatte nicht getrennt! Ich hatte nicht an die Umwelt gedacht, oweh! Es regnete. Ein erfrischender kleiner Sommerplatzregen. Und ich stand da und überlegte, ob ich den Sack wieder rauf in meine Wohnung hieven sollte. Ob ich den Inhalt ein weiteres Mal auf dem Fußboden ausbreiten und dann alles fein ordnungsgemäß sortieren sollte – Deo-Stick: gelber Sack, Fotos: blauer Sack, Gürkchen: Biosack… Ich fand mich nicht dazu in der Lage. Lpunkt, Single und Umweltsünder, ja, so sah's aus.

Meine Laune schlug um. Sie sollten einen roten Sack einführen, dachte ich grimmig. Oder eine Emo-Tonne. Irgendetwas, wo arme Menschen wie ich nach einer Trennung die materiellen Überreste ihrer Liebe entsorgen konnten, *unsortiert*, und dann einfach ab nach Gorleben damit. Ich war sehr angetan von dem Gedanken. Ich würde einen Brief ans Umweltministerium schreiben. Menschen, die eine Trennung durchmachten, sollten nicht auch noch den Müll trennen müssen, ach Mann… Der Regen war auch ganz schön kalt. Und wahrscheinlich hing der Öko aus dem fünften Stock schon wieder hinterm Fenster und beobachtete mich. Der blöde Arsch. Trotzig öffnete ich die Klappe des Restmüllcontainers. Und dann versenkte ich meinen Schwerlast-Müll darin, drei Jahre 119, drei Jahre Lieben und Hoffen und Kämpfen… und alles unsortiert… *weg!*

Mir wurde übel. Ich zitterte am ganzen Körper – und ich dachte, alles bestens, Lchen, alles bestens… nur die ganz normalen Entzugserscheinungen.

Strategie-Besprechung mit Curd Rock

Ich ging wieder hinauf in meine Wohnung. Der Öko kam mir entgegen, in seinem lächerlichen Trippel-trappel-trippel-trappel-Pony-Rhythmus federte er leichtfüßig die Stockwerke hinab. Umflattert von seinem fröhlichen orangefarbenen Fahrradregencape. »Wage es nicht!«, dachte ich. »Wage es nicht, mich jetzt auf das globale Müllproblem anzusprechen!« Er wagte es nicht. Sein Glück.

Ich meiner Wohnung atmete ich auf. Ich war schrecklich

erschöpft. Aber gleichzeitig auch ein bisschen stolz. So ähnlich musste es sich anfühlen, beim Ironman durchs Ziel zu kommen, dachte ich. Kriechend, auf allen vieren. Alles tat weh, aber es war geschafft. Iron-Lchen hatte diese Wohnung von 119 befreit. So fing es an. Der Beginn meiner Unabhängigkeit.

Nur *ein* Foto hatte ich behalten. Nur ein einziges. Weil es eigentlich nicht mir gehörte, fand ich, sondern Curd. Es war das Foto von ihm und 119 im dicken weißen Federbett. Die beiden... Dies *eine* Andenken sollte ich dem armen Curd doch lassen, hatte ich gedacht. Immerhin hatte dieser Mann einen schicksalhaften Einfluss auf sein Dasein gehabt. Er hatte ihn gekauft, ihn, er hätte jeden anderen kaufen können. Und wer weiß, wo Curd Rock sonst gelandet wäre. Er hieße vielleicht Purzel und säße irgendwo in einem Kinderzimmer. Kinder, völlig unter seinem Niveau...

Ich setzte mich zu Curd auf die Couch, um ihm ein bisschen beizustehen in den schweren Stunden. Und sofort traf mich sein trauriger Blick, der fragte:

»Werde ich 119 jetzt nie wiedersehen?«

Ich nahm seine Art Hand. Und ich sagte:

»Curd Rock, hör mir gut zu...«

Das tat er.

»*Nie wieder*, so etwas darfst du nicht sagen, *nie wieder* darfst du nicht mal denken!«

Er guckte ein bisschen verständnislos. Und ich erklärte ihm, wie die AA, also die Anonymen Alkoholiker, das machen. Wie die mit dem *nie wieder*-Thema umgehen. Die Anonymen Alkoholiker wissen genau, dass sie *nie wieder* trinken dürfen. Sie wissen es, aber sie sagen es sich nicht. Sie nehmen sich immer nur für *einen* Tag vor, nicht zu trinken, nur für den einen Tag, der gerade ist. Sie sagen sich: *nur für heute* keinen Alkohol. Denn *nur für heute* ist überschaubar. *Nur für heute* ist ein viel erträglicherer Gedanke als *nie wieder*. Und dieses *nur für heute* sagen sie sich jeden Tag aufs Neue. Jeden einzelnen Tag.

»Kommt doch auf's Gleiche raus«, sagte Curd Rock geistesgegenwärtig wie stets.

»Fühlt sich aber ganz anders an«, sagte ich.

Curd schwieg ein Weilchen.

»Also werde ich 119 *heute* nicht sehen?«, fragte er dann.

»Richtig, Curd«, sagte ich. »*Heute* nicht. Meinst du, das wirst du überleben?«

»Ungern«, sagte Curd.

»Gut«, sagte ich. »*Ich* werde 119 heute auch nicht sehen. Ich werde ihn nicht sehen, nicht anrufen und ihm nicht schreiben. Heute nicht. Und ich denke, auch ich werde es überleben. Ungern. Und morgen ist ein neuer Tag. Morgen sehen wir weiter, hm?!«

Nachdem das beschlossen war, nickten Curd Rock und ich ein bisschen ein. Es war ein anstrengender Tag gewesen. Angefangen mit dem schlimmen Erwachen im Eierbœuf. Die schwere Schwerlast-Beseitigung. Das Erfinden der Emo-Tonne… Wir hatten uns ein bisschen Ruhe verdient. Nur einmal wurde Curd noch wach.

»Aber eins verstehe ich nicht«, sagte er da. »Was gehen uns die scheiß Alkis an, 119 ist doch ein Mensch und keine Flasche?«

»Curd«, sagte ich, »und du bist kein Mensch, sondern ein Stofftier. Du kannst gar nicht reden. Also halt einfach mal die Fresse.«

Jetzt dreht sie durch!

Nur für heute

So überstanden wir ein Heute. Und danach noch ein Heute. Und danach noch ein Heute. Eigentlich war es gar nicht so schwer, für vierundzwanzig Stunden ohne 119 auszukommen. Einmal. Und noch einmal. Und noch einmal. Und als am vierten Heute die Sonne schien, widerstand ich der Versuchung, wehmütig aus dem Fenster zu sehen und mir dabei zu sagen: Ach, wie schön wäre es, jetzt mit 119 an die Nordsee zu fahren. Wie wunderbar wäre es, seinem kleinen festen Po folgend durch die Dünen zu stapfen. Wie herrlich, neben ihm im Strandkorb zu sitzen und in die Sonne zu blinzeln… Aber das wird nie wieder, niemals wieder geschehen.

Ich sagte mir all das nicht, denn *nie wieder* war tabu. *Nie wieder* wollte ich weder sagen noch denken. Stattdessen sagte ich mir: *Heute* wird das nichts mit 119 und der Nordsee. *Heute* wird das nichts mit dem Po, den Dünen und dem Strandkorb. Aber die Sonne scheint, es ist ein super Sommertag, es gibt vielleicht andere Dinge, die ich heute machen könnte. Dinge ohne 119. Dinge, die möglicherweise trotzdem ziemlich angenehm wären.

Ich könnte zum Beispiel wieder mal im Freibad liegen, überlegte ich. Ich könnte meinen neuen Freund Sven treffen und in der Sonne ein Eis mit ihm essen. Ich könnte ein leichtes Probetraining in einem chicen Fitness-Club absolvieren und mir dafür zum Eis sogar Sahne leisten, *Sahne*. Und plötzlich dachte ich, Donnerwetter. Eigentlich gar keine üblen Aussichten für diesen Tag.

Ich könnte mal wieder arbeiten, daran hatte ich eigentlich nicht gedacht. Und doch kam es so. Denn womit ich bei meiner Tagesplanung ohne 119 *nicht* gerechnet hatte: Mein kleines Existenzproblem tauchte aus der Versenkung meines Unterbewusstseins wieder auf. Winkend trat es aus dem Fahrstuhl, marschierte pfeifend durch meine Denkzentrale und pflanzte sich mitten in meine Aufmerksamkeit. Ganz plötzlich und unvermittelt, genauso plötzlich und unvermittelt, wie mein Telefon geklingelt hatte und mein Steuerberater mich sehr ernst an die immer noch fälligen 4000 Euro Steuernachzahlung erinnerte. 4128 inzwischen, mit Mahngebühr.

Ich blieb trotzdem bei meinem Tagesplan. Ein Grund mehr, noch einmal Sonne zu tanken. Die Zukunft würde anstrengend sein. Siegfried war in Amerika, und Roy musste es ab jetzt alleine wuppen, es ging nicht anders. Also noch mal erholen, ausruhen, Kraft schöpfen für das Unausweichliche: Arbeit.

Sven war hoch erfreut über meinen Anruf. Er hatte gerade Urlaub, und seine zukünftige Schwiegermutti war gekommen, damit man sich mal richtig kennen lernen konnte. Heute jedoch würde sie ihrer Tochter bei der Auswahl eines Hochzeitskleids behilflich sein. Nach jahrelanger fruchtloser Besteigung durch den Vater des Bräutigams sollten die Umstände, in denen die Tochter sich nun endlich, endlich befand, doch möglichst hübsch zur Geltung kommen. Sven jedenfalls war entbehrlich, seine Kreditkarte reichte vollkommen aus. Und so war er sehr gerne bereit, den Tag mit mir zu verbringen.

Als Erstes begleitete er mich zu einem Probetraining. Wir wählten das Fitnesscenter, in dem Sven selbst auch angemeldet war und regelmäßig... bezahlte. *Ich* wurde lebendiger Teil einer Fitnessgemeinschaft, und *er* bekam eine Körperfett-Waage als Prämie für die Freundschaftswerbung geschenkt. Im Anschluss an das kräftezehrende Fünf-Minuten-Programm waren wir dann ins Freibad gefahren, hatten am Pool gelegen und unsere frisch gestählten Bodys gebräunt. Nun saßen wir im Schatten neben der Eisbude, tranken Kaffee und hauten uns nach einem kleinen Currywurst-Snack jeder das dritte CAPRI in die Wampe. Sahne gab es leider nicht. Trotzdem lief der Tag so weit ganz gut, fand ich.

Mein Handy hatte ich natürlich auf Schritt und Tritt dabei. Denn selbst wenn ich beschlossen hatte, den heutigen Tag auch ohne 119 zu überleben, wollte ich nicht ganz auf die Möglichkeit verzichten, seinen Heiratsantrag entgegenzunehmen (man hörte doch immer wieder von diesen Spontanheilungen). Und natürlich musste ich für potentielle Auftraggeber erreichbar sein, das vor allem.

Angesichts der zugespitzten finanziellen Lage war ich entschlossen, jeden Job anzunehmen, jeden. Und wenn es sich um eine Kampagne für Zigaretten in Pelzmänteln handeln würde, ich durfte mich nicht wieder aus irgendwelchen an den Haaren herbeigezogenen Gründen drücken, wie ich es nun schon seit Wochen tat. Ich musste meine Angst besiegen, Roy musste sich der Herausforderung stellen! Ja.

Als das Handy dann tatsächlich klingelte, zeigte Sven mir gerade stolz den Penis seines Sohnes auf dem neuesten Ultraschall-Foto.

»Oh, nein!«, sagte ich erschrocken und starrte auf das Display wie ein Kaninchen in den Revolverlauf.

»Der wächst ja noch!«, sagte Sven beschwichtigend und betrachtete weiter verzückt das stecknadelkopfgroße Glied auf dem Foto.

»Mein Exchef!«, stöhnte ich. Ein eiskalter Schauer lief mir den Rücken hinunter. Der Geruch von Arbeit stach mir in die Nase.

»Na, geh dran!«, sagte Sven. »Der hat 'nen Job für dich! Du brauchst doch Geld!«

»Ja, aber doch nicht jetzt, ni-ni-nicht sofort! Ich leide, ich bin noch nicht bereit für Erwerbstätigkeit!«

»Bisschen arbeiten tut dir mal ganz gut, Lpunkt, das lenkt ab!«

Bisschen arbeiten? BISSCHEN arbeiten? In mir zog sich alles zusammen – was faselte dieser verwirrte Mann? Es ging hier nicht darum, ein *bisschen* im Gesäß anderer Leute rumzupulen! Ich war Werber, ich musste den Menschen in die Seele schauen, nicht in den Hintern! Ich musste Konsumbedürfnisse erspüren, nicht Hämorrhoiden! Wie sollte das gehen in meinem zerrütteten emotionalen Zustand, ich konnte unmöglich… Sven drückte den Knopf mit dem kleinen grünen Telefon:

»Hallo! Apparat von Lpunkt! Einen Moment, ich reiche Sie weiter!«

Oh, nein…

Zitternd nahm ich das Handy aus der Hand meines EX-Freundes. Und im nächsten Moment schlug das werbertypische Maschinengewehrfeuer von Fragenplacebos auf mich ein. Lauter freundlich interessierte Erkundigungen, von denen nur die letzte *wirklich* von Interesse war.

»Tach, Lchen, wie geht's dir, was machst du, wie läuft's so, bist du in Hamburg, warst du schon in Urlaub, kannst du für uns arbeiten?«

Ich schlug ihn mit seinen eigenen Waffen:

»Basti!?« (In der Werbung duzt man sich nicht nur, man verniedlicht sich.) »Basti, oh, wie nett, dass du anrufst. Tja, wie geht's mir? Gut so weit, gut, grad am Wochenende war ich bei meinen Eltern, großes Familienfest, Mensch du, da war was los, und meine Schwester und ich, wir mussten doch eine Re…«

»Kann ich dich buchen, oder arbeitest du gerade irgendwo?«

Unhöflicher Klotz. Der Rest meines CAPRI plumpste vom Stiel in meinen Schritt. Die plötzliche Kälte verursachte mir ein unangenehmes Ziehen, ein altvertrautes Gefühl. Schon als Kind hatte ich es gespürt, immer dann, wenn es hieß: *Hefte raus, Klassenarbeit.*

»Ob ich gerade arbeite?« Nervös trommelte ich mit dem leeren Eisstielchen auf das weiße Eisbuden-Mobiliar. Sven schüttelte den Kopf und formte mit den Lippen stumm »NEINNEINNEIN«, als stünde er hinter dem nicht zu öffnenden Fenster eines Wolkenkratzers und auf dem Wolkenkratzer gegenüber stünde ein Selbstmörder startklar zum Abflug.

»JA! Ja, ich arbeite, ich arbeite…«

Sven verdrehte die Augen. »NICHT VOM BECKENRAND SPRINGEN!«, dröhnte es im selben Moment aus dem Megaphon des Chefbademeisters, der sein Bad regierte wie Friedrich Wilhelm der Erste den Staat Preußen.

»… an meiner Sonnenbräune!«, spezifizierte ich meine vorangegangene Angabe, denn ich weiß, wann man eine Schlacht verloren geben muss.

»Super«, sagte Basti, »suuuu-*per*! Wir brauchen nämlich dringend Verstärkung! Am besten kommst du gleich morgen um neun zum Briefing!«

Ich rammte das Eisstielchen in das Geschlechtsteil des ungeborenen Sohnes meines Begleiters und flötete: »Okidoki, Basti, ich freu mich!«

Oje, oje, dachte ich und ließ Sven, der immer noch sprachlos an seinem CAPRI nuckelte, einfach sitzen. Oje, oje. Mir war nicht mehr nach Freibad, mir war nicht mehr nach neuen Freunden, mir war nicht mehr nach Fitness, *nur für heute* hatte ich die Schnauze voll. Erst der ganze Schlamassel mit 119. Jetzt auch noch Arbeit. In meinem Zustand, das konnte doch nur schiefgehen. Völlig verzagt radelte ich nach Hause, um mich mental auf das bevorstehende Martyrium einzustimmen, die nächste Niederlage, die nächste Demütigung, das nächste Scheitern – aber wenigstens wurde es bezahlt.

Geld, Geld, Geld…
Sie ist so schrecklich auf materielle Dimge fixiert…

Ich brauche keim materielle Dimge, ich brauche meim Zwillimg – umd Schokolade.

Soloversuch

Andererseits, dachte ich am nächsten Morgen, als ich kurz vor acht wie benommen von dieser sündhaft frühen Uhrzeit Richtung Badezimmer torkelte, andererseits bin ich ja ein Mensch, der immer erst mit dem Rücken zur Wand stehen muss. Denk an Paderborn, sagte ich mir, denk an den Triumph im Jägerhof, denk an diese Sternstunde des Show-Biz, deren Star du warst, Lchen, *du*, du verfluchte RAKETE!

So versuchte ich, mich aufzubauen. Auch da hatte ich doch vorher tief an mir gezweifelt, auch da hatte ich geglaubt, ich wäre der Sache nicht gewachsen, und was war geschehen? Der ganze Kleine Saal hatte mir zu Füßen gelegen, Paderborner Katholiken hatten mich *angebetet*, MICH, die Frau, die sich anmaßte, Gottes Schöpfung durch Silikon zu optimieren! Rote Rosen hätte es für mich geregnet, hätte die Jägerwirtin die Tischgestecke nicht kurz vorher abräumen lassen, weil Onkel Willi angefangen hatte, den diversen Damen seines Herzens damit den Hof zu machen (und wären diese Gestecke nicht außerdem aus rosa Nelken gewesen). Aber all diese schönen Erinnerungen nützten nichts, krampfgeschüttelt hockte ich wieder mal auf dem WC.

Noch mal andererseits, dachte ich zunehmend ausgezehrt, noch mal andererseits war damals ja auch meine große Schwester dabei gewesen, im Grunde war ich doch auch im Jägerhof nur der tragische Roy gewesen und sie – wie immer – die strahlend schöne Sieglinde. Und darüber hinaus hatte ich eine Flasche süßen Sherry intus gehabt, Sherry machte lustig, aber das kam nicht in Frage in diesem Fall. Diesmal erwartete man mich nicht im Jägerhof, sondern in Hamburgs Top-Agentur mit Blick direkt auf die Alster-Fontäne, die Sherry-Fahne sollte ich besser zu Hause lassen. Leider. Und zu spät würde ich auch noch kommen, mein Darm fesselte mich ans Haus.

Als ich um 8.59 Uhr, also tatsächlich wie befürchtet erst in allerallerletzter Minute, das großzügige Entree der Agentur betrat, in der – einer peinlich gepflegten Corporate Identity entsprechend – alles Mobiliar weiß und Teppiche sowie Wände grün zu sein hatten, zitterten meine Knie, meine Hände waren klitschnass, und mein Gesicht passte farblich perfekt sowohl zu den Schränken also auch zur Auslegware, immer abwechselnd. Ach, ich war so aufgeregt, so entsetzlich aufgeregt.

Es ging um Senf. Mein Job war, mir Funkspots für scharfen Mostrich auszudenken – an sich eine wundervolle kleine Aufgabe und wie geschaffen für mich. Bei manchen Produkten tat ich mich schwer, mich einzudenken (Finanzdienstleistungen oder Dinge, die einen Stecker hatten, zum Beispiel), aber bei Essbarem fand ich grundsätzlich sehr leicht Zugang. Um 9.15 Uhr hatte CD Basti mich gebrieft. Um 14.00 Uhr sollten die ersten Vorschläge zum Kunden. Abstimmung, Überarbeitung und Sprecher-Casting am Nachmittag. Produktion morgen. Ein typischer »Schnellschuss«, wie die Branche dazu sagt. Und das war das Problem.

Ich war ja, darüber sprachen wir bereits, nicht wirklich schnell. Mein Gehirn glich einem Segelschiffchen, das bisher von einem Schnellboot mitgezogen worden war – und das nun verloren in ein entsetzliches Fiasko trieb. Natürlich könnte ich den Job auch alleine schaffen, spätestens Weihnachten hätte ich einen tollen Funkspot fertig, der Weihnachtsmann persönlich könnte Senf zur langweiligen Gans empfehlen – ho-ho-ho! Leider benötigte man die Spots zur Grillsaison.

Ich saß bereits wieder auf der Toilette, bedauerte das Phänomen der Zeitverschiebung und überlegte, ob Olli um vier Uhr morgens wohl *sehr* fest schlafen würde, als mir der rettende Gedanke kam: Ich musste kupfern. Ich musste eine alte Idee als neu verkaufen, das war meine Chance! Denn für Branchenverhältnisse war ich selber alt, ich hatte riesige innere Archive, ich hatte das HB-Männchen noch persönlich im Fernsehen gesehen! Basti war gerade achtundzwanzig, einer dieser widerlichen Hochbegabten. Der kannte doch vieles sicher gar nicht, der wusste nicht, was alles schon mal da gewesen war – *aber ich!* Ich war schon Texterin, als CD Bastis Vokabular noch aus »Papa, Popo, Aua« bestand. Entschlossen drückte ich die Spülung, ich witterte Morgenluft.

Zwei Stunden später legte ich dem Grünschnabel meine Funkspots vor. Man hörte arme, vom Leben enttäuschte Würstchen, die sich danach sehnten, mal was echt Scharfes zu erleben. Abbinder: XY-Senf. Gähn. Sprechende Lebensmittel waren so neu wie die Werbung, ich hatte wirklich den allerältesten Hut wieder hervorgezaubert, und ich wusste es, ich wusste es, oje!

Aber zumindest machte ich nicht den Paradefehler vieler unsicherer Kreativer, ich versuchte nicht zu tun, als hätte ich das goldene Ei gelegt. Ich setzte mein Pokerface auf, ich gab mich völlig ruhig und gelassen. Wie einer, der weiß, dass gute Ideen keiner weiteren Worte bedürfen, sondern für sich alleine sprechen. Ich überließ CD Basti einfach meine Zettel und wartete ab.

»Super!«, sagte er. »Sehr lustig!«

Wie bitte? Das war billigste 80er-Jahre-Werbung, was war er nur für ein *Anfänger*!

»Sprechende Lebensmittel sind zwar nicht das Neueste, aber ist ja alles schon mal da gewesen. Prima, Lpunkt!«

Und was war ich für eine *Niete*, nicht mal kupfern konnte ich.

Die sich selbst erhaltende Lusche wacht auf

Als ich meiner Schwester am Abend von dem Debakel erzählte, war sie genauso entsetzt wie ich.

»Du bist gegen jedes Lob immun!«, schimpfte sie. »Kraft deiner negativen Gedanken neutralisierst du jedes positive Erlebnis! Selbst wenn sie dir den Nobelpreis verleihen würden, würdest du glauben, du kriegst ihn nur wegen deiner Titten – und auf die wärest du natürlich auch nicht stolz, denn die sind ja nicht echt!«

»Den Friedens-Nobelpreis für meine Brüste? Na, so gemeinnützig sind sie nun auch wieder nicht…«

»Du bist ein sich selbst erhaltendes System von Selbstzweifeln! Du bist der perfekte löschungsresistente Minderwertigkeitskomplex!«

»Perfekt? Hach, nun übertreib mal nicht…«

»Und soll ich dir noch was sagen? Daran ist er schuld, *er*, dieser blöde 119! Du warst ja noch nie Ms. Ich-bin-die-Größte, aber seit *ihm* hast du gar kein Selbstvertrauen mehr.«

»Na ja, aber das ist nicht seine Schuld. Ich bin doch die Lusche, die nicht loslassen kann…«

»DA! Da, da, da! Sich selbst erhaltend und löschungsresistent!«

»Du hast Recht. Fürchterlich…«

Ja, fürchterlich. Eine fürchterliche, sich selbst erhaltende Lusche war ich. Aber zum Glück hatten die aufrüttelnden Worte meiner Schwester schnell einen heilsamen Effekt. Mir ging auf, dass man mit meiner Arbeit zufrieden gewesen war. Und dass dies natürlich damit zu tun haben konnte, dass der Chef vielleicht ein unbedarfter Milchbart war. Aber dass es ebenso gut auch im Bereich des Möglichen lag, dass meine Arbeit tatsächlich zufriedenstellend gewesen war. Eine bedeutende Einsicht. Roys erste tapsige Schritte in die Solokarriere. Und dann geschah noch mehr.

Schon am nächsten Tag wurde der sich selbst erhaltenden Lusche eine weitere wichtige Erfahrung in den Schoß gespült. Eine Erfahrung, deren aufbauender Wirkung ich mich beim besten Willen nicht erwehren konnte. Ich begegnete Karl.

Wieder, müsste ich eigentlich sagen, ich begegnete Karl *wieder*, denn Karl war (m)ein Ex. Außerdem war Karl Schauspieler, und in jener Zeit, als wir liiert waren, schaffte er endlich den großen Durchbruch. Es gelang ihm, sich als Kleindarsteller in einer quotenstarken Vorabendserie zu etablieren, wir waren sehr stolz und erwarteten täglich den Anruf aus Hollywood – *the next step!* Karl arbeitete wirklich hart dafür. Vor allem entwickelte er den Ehrgeiz, seine überwiegend weibliche Fangemeinde ganz persönlich zu betreuen. Und zu vermehren. Eine seiner Verehrerinnen wurde schwanger. So kam ich auch endlich dahinter. Ach, Karl.

Doch das alles war längst Vergangenheit. Schon während meiner Agenturzeit war Karl mir mal als Reklame-Sprecher vors Visier gerannt. Ein ziemlicher Abstieg für einen Sohn des Rampenlichts. Als Hollywood anrief, war vermutlich besetzt. Aber als ich ihn diesmal im Tonstudio wiedertraf, war es besonders pikant. Karl war bestellt worden, um in meinen Senf-Spots eins der armen Würstchen zu sprechen. Von heute auf morgen hatte man leider »niemand Besseren« bekommen, sagte die Producerin. Ach, Karl.

Ich gebe zu, es war verlockend. Wenn ich gewollt hätte, hätte ich ihn vierzigmal hintereinander »Ich bin so eine langweilige Wurst« sagen lassen können, mit unterschiedlichsten Pausen, Geschwindigkeiten und Betonungen. Aber ich widerstand der Versuchung. Ich verzichtete auf die billige kleine Retourkutsche. Stattdessen sagte ich schon beim zweiten Take: »Perfekt!« Nein, genau genommen sagte ich sogar noch mehr, ich sagte: »Karl, die Rolle liegt dir einfach. Perfekt!«

Kurz und gut: Das kleine Arbeitsintermezzo entpuppte sich in jeder Hinsicht als Segen: Mein berufliches Ego erhob sich aus den Ruinen. Meine Miesen bekamen eine kleine wohltuende Spritze. Und auch den Herausforderungen meines Privatlebens fühlte ich mich neu gewachsen, denn eins hatte die Karl-Begegnung mir gezeigt: Wer heute deine unsterbliche Liebe ist, kann dir morgen schon wie die perfekte Wurst erscheinen.

Voller Optimismus wendete ich mich wieder meinem Trennungsprojekt zu.

Der Pfirsichmoment

Das *Nur für heute* begleitete mich durch meine ersten Tage ohne 119 wie ein Mantra. Ich war sehr froh, so gut mit den Abstinenz-Krücken der Anonymen Alkoholiker zurechtzukommen, als mir plötzlich ein Punkt auffiel, an dem Mann und Flasche doch nicht ganz vergleichbar waren. Jedenfalls hatte ich noch nie von einem Cognac oder einem Wodka-Martini gehört, der mitten in der Nacht Sturm klingelte. Zehn Minuten lang.

Ein nicht unwesentlicher Unterschied, dachte ich. Alkohol winkt zwar an jeder Ecke, schellt aber nicht. Ich lag wie versteinert im Bett, lauschte dem Klingeln und starrte mit aufgerissenen Augen ins Dunkel. Und ich fragte mich, was ich tun sollte: öffnen oder stehen lassen?

Die Uhrzeit ließ auf einen außerordentlich wichtigen Anlass schließen. Sehr wahrscheinlich wollte 119 um meine Hand anhalten. Oder vögeln. Der Rhythmus seines Klingelns (ich erkannte den Party-Klassiker »Blankenese-Polonaise«) legte außerdem nahe, dass er sternhagelvoll war. So oder so, morgen früh wüsste *er* davon nichts mehr, und *ich* wäre, wie man hier wohl sagen darf, die Gefickte.

Das Klingeln verstummte. Mit einem Mal war es ganz still, doch jetzt gaben meine Gedanken keine Ruhe. War es richtig gewesen, nicht zu öffnen? War das, was da eben geschehen war, wirklich nur ein Impuls im Suff? Oder war es der historische Moment gewesen, in dem 119s Herz sich geöffnet hatte? Für mich, zum Reinschlüpfen und für immer Dortbleiben? Und ich hatte ihn verpasst, ich hatte 119 stehen lassen, mit offenem Herz vor verschlossener Tür. Owei.

Der Gedanke ließ mich nicht mehr schlafen. Ein paarmal stand ich auf und drückte, obwohl es nicht schellte, sekundenlang den Summer. Vielleicht saß er ja noch da. Auf den Stufen zur Haustür. Vor Enttäuschung in sich zusammengesunken. Im Morgengrauen schlich ich schließlich hinunter und sah nach. Doch nein, da saß niemand. Erschöpft schleppte ich mich die drei Etagen wieder rauf, nahm zwei Schlaftabletten und nickte ein.

Als ich zwölf Stunden später zu mir kam, war ich nicht gut in Form. Mein Gesicht glich einem Party-Brötchen, das nach einem plötzlichen Gewitterregen im Garten übernachtet hatte. Auch mental fühlte ich mich matschig. Ich saß in der Küche, kühlte meine Lider mit Suppenlöffeln, erwartete die belebende Wirkung des dritten Liters Kaffee, da schellte es erneut.

Ich legte rasch ein bisschen Rouge auf, kombinierte gewagt Sonnenbrille und Pyjama, öffnete die Tür und… war entzückt. Der afrikanische Nachbar entschuldigte sich mit einem Pfirsich, dass er letzte Nacht geklingelt hatte. »Schlusel nicht gefinden!«, erklärte er. Na, so ein Pech. Ich schlurfte zurück in die Küche, nahm noch einen Kaffee, und in meinem Kopf blinkte ein Gedanke auf wie Neonreklame: Es gibt keine historischen Herzöffnungsmomente. Man hat den Schlüssel, oder man hat ihn nicht.

Ich war schrecklich traurig. Welche Hoffnungen der nächtliche Alarm geweckt hatte, merkte ich erst jetzt, als sie enttäuscht worden waren. In all den Tagen, die ich seit der Abschiedsmail so tapfer überstanden hatte, hatte 119 mit keinem Wörtchen reagiert. Und die ganze Zeit wollte ein Teil von mir immer noch glauben, dass er meinen Entschluss nicht einfach akzeptierte. Wie die meisten, die einen geliebten Menschen aus Vernunft, aber nicht aus Überzeugung verlassen, hatte auch ich die Hoffnung, dass er aufwachen und um mich kämpfen würde. Dass er im letzten Moment das Kästchen mit dem Weißgold aus der Tasche zöge, um mich zurückzugewinnen. Ganz ernst, für immer.

Ich biss in den Pfirsich. Diese ganze Entzugsnummer war ein Reinfall. Ich war ein Alkoholiker, der die Flasche stehen ließ, aber nur kraft der Überzeugung, dass sie dann von selbst ankommen und mich abfüllen würde. Der Saft des Pfirsichs lief mir am Kinn hinab, vereinte sich am Kinn mit meinen Tränen und tropfte auf meinen Pyjama. Ich wusste, dass es an der Zeit war, diese Hoffnung aufzugeben. Kein Kästchen, kein Weißgold, er ließ mich einfach gehen.

Danach habe ich übrigens nie wieder einen Pfirsich gegessen.

Letzter Versuch: Umdenken

Sven war der Einzige, den ich in dieser Zeit sehen wollte. Denn im Gegensatz zu meinen weiblichen Bezugspersonen war *er* jemand, der mir *nicht* uneingeschränkt zustimmte, dass die Trennung von 119 notwendig war.

»Du musst dich nicht von 119 trennen«, fand er.

MEIN FREUND!

»Du musst dich nur von deinen Vorstellungen von einer Beziehung trennen.«

Mein Freund.

»Ich weiß, im Moment denkst du, du willst Mann und Kinder. Aber eigentlich suchst du nach irgendwas, das dich zu einem respektablen Menschen macht, obwohl du eine Pfeife bist.«

Sven.

»Oder dich zumindest so fühlst.«

Mein Freund Sven und ich bummelten gerade ein bisschen durchs »Babyland« und suchten für seinen Ungeborenen nach Accessoires.

»Du hast einfach eine berufliche Krise, Lchen. Aber das geht vorbei, und dann bist du wieder glücklich nur mit deiner Arbeit. Also vergiss mal diese Kindersache und stell dir vor, du wärst steril.«

Die Verkäuferin bot uns ihre Hilfe an. Sven bohrte weiter.

»Also Kinder mal außen vor. Wie sähe denn dann die ideale Beziehung für dich aus?«

Ich war ein bisschen ratlos, also stellte Sven die Frage anders.

»Stell dir vor, der liebe Gott hätte sich, noch bevor du auf die Welt gekommen wärst, mit dir zusammen an einen Tisch gesetzt…«

Ich stellte es mir vor.

»Und er hätte dich gefragt: Lpunkt, hätte er gesagt, du wirst ja nun bald geboren, und schau mal, so ist mein Plan für dich, das habe ich mit dir vor…«

Ich stellte mir auch das vor und wie ich als Erstes den Geburtstermin verschoben hätte, denn Jungfrauen waren ein so unsympathisches Sternzeichen. Kritiksucht und Kontrollzwang stand auf den Zuckerstückchen.

Sven fuhr fort.

»Also, wenn es nach mir geht, wirst du einen ganz dollen Mann abkriegen, würde Gott sagen, wirklich ein Sahneteil, einen meiner besten. Nur ein winziger Haken ist dabei:

Ihr werdet nie zusammenleben, ihr könnt euch nur einmal pro Woche sehen – bist du trotzdem einverstanden, Lpunkt?«

Sven sah mich erwartungsvoll an. Ich überlegte. Einmal pro Woche? Und ansonsten allein und ungestört sein… nicht reden… nicht schön, nicht charmant, nicht enthaart sein müssen…

»Gar keine Frage«, antwortete ich. »Ich hätte Gottes Sahneteil genommen.«

»Na siehste«, sagte Sven und grinste zufrieden. »Und nichts anderes hast du doch jetzt bekommen. 119 ist doch ein Sahneteil, wenn ich dich recht verstehe. *Dein* Sahneteil. *Du* liebst ihn. Er kommt jede Woche zu dir, ihr verbringt einen herrlichen Abend zusammen, ihr verreist sogar zusammen… Ich weiß, er sagt, er liebt dich nicht, aber er hat auch keine andere – was man von vielen Männern, die behaupten, ihre Frauen zu lieben, nicht sagen kann!«

Ach Sven, mein Freund.

So konnte man es natürlich auch sehen. Und es war sehr verführerisch, es so zu sehen. Wirklich sehr verführerisch.

Sven stülpte sich eine Babymütze auf den Kopf. Eine himmelblaue, sehr chic, ein bisschen klein.

Die Sache war nur die… Die Sache war, dass ich *vor* meiner Geburt wohl davon ausgegangen wäre, dass es ganz *natürliche* Gründe geben würde, durch die der Sahnemann, den der liebe Gott für mich vorgesehen hätte, gehindert wäre, mich öfter als einmal pro Woche zu sehen.

Sven probierte alternativ eine gestreifte Mütze. Auch schön.

Ich wäre wahrscheinlich davon ausgegangen, dass der Sahnemann Astronaut wäre und unter der Woche in einer

Raumstation im Weltall leben würde oder so was in der Art. Ich wäre davon ausgegangen, dass der Sahnemann aber *im Prinzip* fürchterlich gern viel öfter mit mir zusammen wäre. Dass er gebührend darunter leiden würde, dass es nicht so wäre. Dass er sehnsüchtig vorm Guckloch schweben und mit tränenfeuchtem Blick zu mir hinabwinken würde da draußen im All. Hallo Lchen, mein Ein und Alles, mein Augenstern! So hätte ich mir das in meiner vorgeburtlichen Phantasie wahrscheinlich ausgemalt.

Sven schaute unentschlossen zwischen den beiden Mützen hin und her.

Und ja, unter solchen Voraussetzungen konnte ich mir *sehr gut* vorstellen, zufrieden zu sein mit einmal pro Woche. Aber die Realität war anders. In der Realität schwebte mein Sahnemann nicht im Weltall, sondern saß drei U-Bahn-Stationen weiter mit einem Bierchen auf seinem Sofa und sehnte sich nicht im Geringsten nach mir.

»Die blaue oder die gestreifte?«, fragte Sven.

Ich zuckte resigniert mit den Schultern. Die Realität war, dass der Sahnemann, obwohl er wirklich der allerallerliebste Mensch war, *mich* nun mal nicht liebte. Und ich hatte mich entschieden, mit diesem Plan für mein Leben nicht einverstanden zu sein. Ich war nicht einverstanden, ICH WAR NICHT EINVERSTANDEN! Und ich war auch nicht steril…

Sven entschied sich für beide Mützen.

*Wemm **mich** der liebe Gott gefragt hätte…*

… dann hätte ich mir eim deutlich geschmackvollere Couch ausgesucht. Aus Samt!

Umd vielleicht mit eim bisschem mehr…

… soziokulturellen Lebem.

Das Fitnessdebüt

Kurze Zeit später entschloss ich mich zu einem Besuch im Fitnesscenter. Ich musste mich ablenken, ich musste mal unter Leute gehen. Aber der Kummer der letzten Tage hatte mich zu einem verhärmten, bösen Menschen gemacht. Schnell stieß ich auf Schwierigkeiten, mich in die Fitnessgemeinschaft zu integrieren.

Ich war gerade auf einem Stepper. Und direkt vor mir auf einem anderen Stepper stand so ein goldbraunes Mädchen mit pastellfarbenen Frotteeshorts, Brillantsteckern und blondem Mini-Pferdeschwanz. Ein bisschen zu fett. Kaum waren zehn Minuten vorbei, wollte sie ihr Handtuch nehmen und gehen. Sie kaute mit ihrem von rosa Lipgloss glänzenden Mund auf ihrem Kaugummi, strahlte unter ihrer Schirmmütze einmal in die Runde und sah dabei furchtbar nett und arglos aus. Und als sie an mir vorbeiging, schlüpfte es mir raus. »Bleib doch noch ein wenig, dickes Mädchen.«

Es war widerlich. Und schon im nächsten Moment schämte ich mich. Ich war so bitter und wütend und vergiftet, dieser glückliche babyfarbene Wonnemensch wirkte wie ein Punchingball auf mich. Warum nahmen andere alles so leicht? Warum fiel mir selbst alles so entsetzlich schwer? Diesem Mädchen hatte man sicher auch schon das Herz gebrochen, bestimmt musste sie für ihr Geld auch schwer schuften, und so ein Hintern war gewiss auch eine Last. Aber sie strahlte, sie *strahlte* vor Selbstzufriedenheit.

Ich lief ihr hinterher. »Es tut mir leid«, stotterte ich, »es tut mir wirklich leid, ich… mein Freund… wir haben uns getrennt, und ich… ich hatte immer noch gehofft, aber… aber… Es tut mir leid.«

Sie musterte mich. An mir war nichts rosa, es sei denn, sie spuckte mir gleich ihren Erdbeerkaugummi ins Gesicht. Doch dann überzog ein Lächeln ihr hübsches vollmondförmiges Gesicht.

»Ist schon okay«, sagte sie.

Nett. Und später, als sie mit ihrem kleinen, hellblauen BMW-Roadster auf dem Parkplatz an mir vorbeibrauste, winkte sie mir sogar noch mal zu. Sehr nett.

Ich nahm mir fest vor, das Leben auch ein bisschen leichter zu nehmen. Ich war gesund, ich hatte genug zu essen, im Gegensatz zu diesem netten Mädchen sah man mir das nicht mal an. Also, was war denn schon passiert? *Was?* Eine Beziehung war gescheitert, das passierte täglich Millionen Menschen. Ich musste mich endlich wieder zusammenreißen…

Sport ist scheiße.

Deutliche Fortschritte

Danach war alles anders. Ich machte deutliche Fortschritte. Ich war nicht mehr verzweifelt, ich war auch nicht mehr wütend. Ich war deprimiert.

Eines Abends kam mein Freund Sven, um mich ein wenig aufzuheitern. Er brachte sogar kleine Geschenke mit, das war ein bisschen ungewöhnlich. Eine Flasche Wein für uns. Die beiden Mützen für Curd Rock (seiner Braut gefielen sie nicht). Und für mich eine DVD: »Vergiss mein nicht«. Gemeinsam saßen wir auf der Couch und schauten sie an. Der Film erzählte die Geschichte von einem Mann namens Joel, der seine große Liebe Clementine nicht vergessen kann. In einem Institut, dem *Institut für Gedächtnislöcher*, will Joel die Erinnerungen an Clementine deshalb löschen lassen. Doch es klappt nicht, nicht so ganz. Trotz all der Schmerzen, die sie ihm verursachen, hängt Joel wohl zu sehr an seinen Erinnerungen. Eine Komödie übrigens.

»Siehst du«, sagte Sven, der den Film offenkundig mit Sorgfalt gewählt hatte, »manche Erinnerungen tun weh, aber sie sind ein Teil von dir, sie machen dich aus.«

»Wenn *das* ginge«, sagte ich finster, »wenn ich die Erinnerungen an 119 löschen könnte, ich täte es sofort.«

Es war mein voller Ernst. Ich hätte alles getan, um diesen Kummer endlich loszuwerden, alles. Eine halbe Stunde später war die Komödie zu Ende, der Wein war leer, und ich lag mit Sven im Bett. Das nannte man wohl *»fuck to forget«*.

»Vergiss die Ringe nicht«, sagte ich, als ich Sven später zur Tür brachte, denn am darauf folgenden Wochenende war seine Hochzeit.

Er gab mir einen Kuss auf die Nase, zwinkerte mir zu und verschwand wortlos im Treppenhaus.

»Und danke für die DVD!«, rief ich ihm, als er schon fast unten war, noch leise nach. »Schöner Film!«

Er steckte seinen Kopf übers Treppengeländer und schaute zu mir hoch. »Ich kannte ihn auch nicht…«, rief er leise zurück, »aber der Titel gefiel mir.«

Ah… ach so… so.

Von Zwillingen hörte man so etwas ja auch immer wieder. Diese Geschichten, in denen der eine vom Pflaumenbaum fällt und dem anderen plötzlich schwindelig wird. In denen der eine sich verletzt, und der andere tausende Kilometer weit entfernt denselben Schmerz verspürt. Und irgendwie bildete ich mir ein, 119 müsste gefühlt haben, dass mir etwas zugestoßen war. Ein Penis. Und doch auch ein Unfall. Denn so empfand ich den Geschlechtsverkehr mit meinem Freund Sven, jetzt, nachdem er passiert war, eine Kollision unter Alkoholeinfluss.

Als Sven weg war, ging ich deshalb sofort an meinen Rechner, um nach neuer Post zu sehen. Ich hatte das Gefühl, genau in dem Moment, als ich mit dem anderen Mann ins Bett gegangen war, wäre vielleicht eine Mail von 119 gekommen. Die Antwort, auf die ich so lange gewartet hatte. Ein: »Halt! Stopp! Tu's nicht! Schlaf lieber mit mir! Schlaf für den Rest deines Lebens nur mit mir!« – in mehr oder minder expliziter Form. Aber mein Gefühl hatte mich getäuscht. So was… Nur eine neue Nachricht von Robert war gekommen. Und die Online-Rechnung der Deutschen Telekom, schon wieder, da erst wurde es mir klar: Vier Wochen waren vergangen, *vier Wochen!* So geht's ja nicht, jetzt reicht's… In Tränen aufgelöst rief ich 119 an:

»Hase, ich verstehe das nicht! Ich verstehe das einfach nicht! Ich habe Schluss gemacht, und du meldest dich nicht mal!«

Er sagte nichts. Eine Weile schluchzte ich hemmungslos ins Telefon, dann beruhigte ich mich. Ich hörte, dass er rauchte.

»Geht's wieder?«, fragte er leise.

»Glaub ja«, sagte ich.

»Möchtest du reden?«

»Ich fürchte, du kannst mir nichts sagen, was mich trösten würde.«

»Nein, Maus, leider nicht.«

Wir schwiegen noch ein bisschen. Dann legte ich auf.

Curd Rock – sucht sich neuem Menschen

Ich bim weggelaufen.

Ich werde zu neuem
Memschem gehem!

Warum holt mich denn keimer zurück???

Lpunkt sucht Lmitte

Ich weiß nicht, ob es in der Natur der Sache liegt, dass *Sex, um zu vergessen* auch Sex ist, den man vergessen kann, aber in diesem Falle war es eindeutig so gewesen. Es hatte nicht gepasst zwischen Sven und mir, vorne und hinten nicht. Unsere Seelen waren zweifellos verwandt, aber unsere Körper *absolut* nicht kompatibel. Und wie das häufig so geht nach »so was«: Wir sahen uns nicht wieder.

Eine Zeitlang grübelte ich darüber nach, ob mein Freund Sven den Sex wohl geplant hatte. Ob er vielleicht sogar gewusst hatte, dass er den netten Kontakt danach beenden würde. Ob der Abend quasi seine Junggesellenfeier gewesen war – im ganz intimen Kreis. Oder ob er bei einem weniger vergessenswerten Verlauf unserer Begegnung vielleicht geneigt gewesen wäre, das Verhältnis in dieser Form über die Hochzeit hinaus weiter zu pflegen. Alles interessante Fragen. Die Antworten würde er mit in die Ehe nehmen. Viel Glück, mein Freund.

Ich beschloss, dass es vielleicht klüger wäre, die Fragen an mich selbst zu richten. Mein eigenes Verhalten war ja nicht weniger zweifelhaft. Und nach eingehender Überlegung kam ich zu dem Schluss, dass Geschlechtsverkehr in dieser Phase meiner Trennung von 119 vielleicht doch nicht das Richtige war. Dass ein anderer Penis keinen nennenswerten Abstand zwischen Hase und mich brachte. Im Gegenteil, ich hatte ihn danach ja sogar angerufen, ich blöder Esel.

Vielleicht sollte ich es machen wie Robert, dachte ich. Robert, Sie erinnern sich, mein Internetfreund, der mir regelmäßig über seine Schlachten in der Liebe und an der Kalorienfront Bericht erstattete. Er war gerade von einem dreimonatigen Indienaufenthalt zurückgekehrt, hatte fünfzehn Kilo abgenommen und war sehr erleuchtet.

Seit ich meine eigene Mitte gefunden habe, fresse ich nicht mehr!, hatte er in seiner letzten Mail geschrieben.

Und ich hatte ein bisschen gemein zurückgeschrieben:

Deine Mitte ist ein kalorienfreier Ersatz für Pizza? Ist ja toll, wann gibt's die bei Lidl?

Aber Robert ließ sich nicht provozieren und antwortete wie ein Guru:

DEINE Mitte kann auch ein Ersatz sein. Für alles, wonach du hungerst, Lpunkt.

Ja, ja. Scho' recht.

Ich stimmte ja durchaus zu, dass ich mich ein bisschen verlaufen hatte in meinem Leben. Dass es mir ein wenig an Orientierung fehlte. Und dass es ein Fehler gewesen war, mich an die Körpermitte anderer Menschen zu klammern, um Erfüllung zu finden. Aber die eigene Mitte, die *eigene*, das war so eine Sache. Man konnte sie sich nicht so einfach zulegen wie Implantate. Und mit Yoga hatte ich es schon versucht.

Also versuchte ich es lieber mit einer anderen Technik. Einer Technik, die auch von vielen Menschen praktiziert wird, die inneren Halt suchten, und für die ich nicht nach Indien musste: mit Arbeit. Nachdem ich meinen Roykomplex auch nur ein bisschen überwunden hatte, erschien mir Arbeit mit einem Mal wieder sehr sinnvoll. Zumal es da ja noch immer dieses andere Problem gab. Ein Problem, das auf jedem Millimeter meines Bewusstseins, den der Liebeskummer nicht länger im Griff hielt, explodierte wie eine Drosophilakultur: mein Geldproblem. Das *echte* Problem. Das hatte ich ja auch noch. Plötzlich wimmelte es nur so vor

Rechnungen, Unterversicherungen und Versorgungslücken. Darum musste ich mich als Erstes kümmern, Mitte hin, Mitte her.

In den folgenden Wochen nahm ich deshalb jeden Auftrag an, der kam. Ich brütete über Kampagnen für Rasierschaum und Brotaufstriche, für Gartenschläuche und Asienzertifikate, für Babywindeln und Hundefutter... Mein Leben hatte wieder Sinn. Dafür bekam ich nicht viel Schlaf. Ich riss mir Tag und Nacht den Hintern auf. Stets sah ich mich verpflichtet, mein mangelndes Talent durch Fleiß zu kompensieren. Ich hechelte nach Lob, Bewunderung und Anerkennung, aber es war schwer, es war so schwer für Lchen. Der Ehrgeiz war einfach viel größer als ihr Können.

Und mit der Zeit wurde ich ein bisschen unleidlich. Neid und Missgunst keimten in mir. Grimmig saß ich in Meetings und staunte, wie selbstsicher die andern alle waren. Nicht nur die Großen und Verdienten, auch die Junioren. Die Assistenten. Die Assistenten der Assistenten. Sogar die Praktikanten! Junge Rebellen aus Geseke, Moers und anderen Metropolen, die ihren Eltern nach dem Abi frech die Kontonummer an die Pinnwand gepinnt hatten. Stolz auf eine Zwei im Deutsch-LK und ihr freches Zungenpiercing, verteidigten sie jedes ihrer Ideechen, als hätten sie das Rad neu erfunden. Woher nahmen die das nur? Wer oder was gab ihnen dieses Selbstvertrauen? *Sie* würden nie einem Menschen, der sie nicht liebte, jahrelang hinterherlaufen, hinterher*kriechen*, nie... Blöde Arschgeigen.

Die Unzufriedenheit quoll mir aus allen Poren. Und dann, eines Tages, schoss sie sehr unangemessen aus mir heraus. Als so ein vorlauter Juniorreklamefachmann mein schöpferisches Werk gönnerhaft kommentierte:

»Ich finde das schon ganz nett, aber noch *zu richtig* gedacht«, giftete ich ihn an:

»Ach ja? Und wen interessiert das, Pumuckl?«

Pumuckl.

Dann fing ich an zu heulen. Dicke Zornestränen tropften auf mein Blatt. Mitten im Meeting. Alle sahen mich an.

Wer hatte all diesen Menschen gesagt, dass sie so was Besonderes waren? Wer hatte all denen erzählt, dass sie fantastisch waren? Und vor allem: Wer hatte *mir* verflucht noch mal gesagt, dass *ich* es NICHT war?

Hach.

HACH!

Mutter Lpunkt

Und dann hatte ich mal ganz außerordentliches Glück. Ich weiß nicht, wie lange es ohne dieses außerordentliche Glück noch gedauert hätte, bis ich eingesehen hätte, dass auch die Anerkennung der Reklamefachmänner kein Ersatz für das war, was 119 mir nicht hatte geben wollen. Aber ich bekam einen Infarkt, und da beschloss ich, danke, das war's. Wenn ihr's nicht tut… Ab heute liebe ich mich selbst, ihr blöden Pimmel.

Ein noch größeres Glück war natürlich, dass es nicht wirklich ein Infarkt war. Obwohl ich schon seit geraumer Zeit einen atemberaubenden Bluthochdruck hatte (was sich angesichts meines rapide sinkenden Gewichts niemand erklären konnte), und obwohl ich – das hatte ich im Internet genau recherchiert – eigentlich alle notwendigen Symptome eines

Infarkts vorzuweisen hatte: starke Schmerzen in der linken Brust? Jawohl. Übelkeit? Kann man wohl sagen. Erbrechen? Bestimmt gleich. Angstgefühle? Jetzt ja. Atemnot? Ja-ja-ja! Ausstrahlender Schmerz in den linken Arm? Und ob, sogar taube Finger, ich konnte kaum die Zigarette halten! Oh, Gott.

Verstehen Sie, ich machte mir wirklich, *wirklich* Sorgen.

Nicht weit von mir gab es eine Notfallklinik. Aber irgendwie widerstrebte es mir, dort hinzugehen. Für mein stilistisches Empfinden war ein eleganter Auftritt in einer Notfallklinik prinzipiell nur ohnmächtig möglich. Geschoben auf einer Bahre, gesäumt von drei *Aus dem Weg!*-brüllenden Sanitätern. Oder, noch viel besser, getragen. Von den starken Armen eines völlig erschöpften, gutaussehenden Mannes, der mit letzter Kraft *Helfen Sie ihr!* ausstieß, bevor er – entkräftet von dem mörderischen Marsch durch Schnee und unbarmherzige Kälte – selbst zusammenbrach. Und Schnitt.

Ich dachte nach. Es war Spätsommer. Ich war bei vollem Bewusstsein. Von dem gutaussehenden Mann hatte ich mich schon vor einer Ewigkeit getrennt. Insgesamt war die Situation sehr weit von meiner idealen Notfallfantasie entfernt. Ich entschied also, noch ein bisschen abzuwarten. Und mich einstweilen *zu beobachten*, wie die Intensivmediziner wohl sagten. Und das tat ich dann auch. Intensiv. Und je länger ich mich intensiv beobachtete, desto intensiver wurden meine Symptome. Die Schmerzen wurden schlimmer, die Angst wurde größer, vor Atemnot wurde mir fast flau und, na bitte, na bitte, ich erbrach! Und so entschied ich mich schließlich, bei 119 anzurufen. Angesichts eines Infarkts erschien mir das zulässig. Wer wusste, wann sich das nächste Mal so eine Gelegenheit ergab – wenn überhaupt…

Ich setzte mich zu Curd Rock auf die Couch. Mit zitternden Händen wählte ich 119s Nummer. Kalter Schweiß stand mir auf der Stirn. Und während ich dem Tuten lauschte, malte ich mir aus, wie das Gespräch zwischen uns sehr wahrscheinlich laufen würde:

Er: »Hallo?!«
Ich: »… *(schweres Atmen)…*«
Er: »Hallo???«
Ich: »Hallo Hase, ich glaub, ich bekomme einen Infarkt… *(schweres Atmen)…*«
Er: »*WAS?* Um Gottes willen, ich bin *sofort* da!«
Ich: »Nein, nein, die Notfallklinik ist um die Ecke, bis dahin schaffe ich es schon… *(schweres Atmen)…*«
Er: »Geh nicht! Ich komme zu dir! Ich begleite dich!«
Ich: »Nein. Ich wollte dich nur bitten, die Tage noch mal durchzuklingeln, und falls ich nicht drangehe, Polizei und Feuerwehr zu verständigen… *(schweres Atmen)…*«
Er: »Warte, mein armer Schatz, warte, ich bin gleich bei dir!«
Ich: »Nein, Hase, mach dir keine Umstände.«
Er: »Es sind keine Umstände. Jetzt, wo du vielleicht stirbst, merke ich, dass ich dich liebe. Ich müsste ohnehin vorbeigekommen und dich bitten, meine Frau zu werden.«
Ich: »Ach so. Na dann, bis gleich.«
Er: »Halt durch, Liebes, halt durch, ist Bier da?«
Ich: »Ich hol schnell welches.«
Er: »Supi, bis gleich.«

Es tutete immer noch. Es tutete und tutete. Er war nicht da. Ich saß da, lauschte dem Tuten, und irgendwie ahnte ich plötzlich, dass das wohl auch besser war. Dass meine Vorstellung von dem Gesprächsverlauf vielleicht doch nicht ganz realis…

Er: »Hallo?!«

Als er sich plötzlich doch noch meldete, legte ich blitzschnell auf. Obwohl der Text bis dahin richtig war. Trotzdem…

Ich weiß nicht, ob es mich nur von der intensiven Selbstbeobachtung abhielt oder ob sich dadurch vielleicht irgendeine Verkrampfung im Brustkorb löste. Auf jeden Fall war es so, dass das intensive Schluchzen, in das ich plötzlich verfiel, auf meine Infarktsymptome überaus heilsam wirkte. Als ich mit Schluchzen fertig war, putzte ich mir gründlich die Nase, blickte mich um und begriff, dass nichts passiert war. Nichts, außer dass ich mich ein bisschen einsam fühlte. Aber dass Arbeiten bis zum Umfallen nicht der richtige Weg war, das zu ändern.

Und wenn ich mich noch so anstrengte: Niemand wäre durch meinen Fleiß von mir verzaubert. *Niemand* würde mich für meine tollen Margarine-Spots lieben (außer den Millionen Menschen, die sich allabendlich beim Fernsehen auf die spannenden Werbeunterbrechungen freuten). Und *niemand* würde kommen, um mich auf seinen starken Armen in die Notfallklinik zu tragen. Das alles führte zu nichts, das war eindeutig der falsche Weg, Lpunkt, *so nicht*.

Obwohl es mir wieder gut ging, ließ ich am nächsten Morgen ein EKG machen, nur vorsichtshalber. Mein Herz machte einen »völlig intakten und unversehrten Eindruck«, beruhigte mich mein Hausarzt, ein sehr einfühlsamer, freundlicher Mann. Und wegen der kleinen Unpässlichkeit riet er mir: »Seien Sie mal ein bisschen lieb zu sich.« Herrje, sah man mir schon an, dass ich keinen Sex hatte? »Machen Sie frei, fahren Sie ein paar Tage an die Nordsee.« Hach, aber da hatte doch alles angefangen. »Und vor allem: Hören sie auf, sich von Salzstangen und Zigaretten zu ernähren, sonst werden Sie und Ihr unversehrtes Herz bald ins Gras beißen, das gebe ich Ihnen schwarz auf weiß.« Ah.

Und so kam es, dass ich noch am selben Nachmittag beschloss, die Sache selbst zu übernehmen. Mich lieb zu haben. Gut zu mir zu sein. Wie eine Mutter für mich zu sorgen. Und mir erst mal eine schöne Packung Vollkorntoast zu kaufen.

Herbsttag

Es war ein wirklich großartiger Sommer. Bereits im Mai hatte er begonnen, und noch immer wollte er kein Ende nehmen. Obwohl schon tiefer September war, kam er nach einer kleinen Pause noch mal wieder. Als fände er keine Ruhe, als hätte er noch etwas zu erledigen. Die Freibäder öffneten sogar wieder, weil es im September heißer war als im August.

Ich lag am äußersten Rand der Liegewiese. Dort, wo alte Bäume das Gelände säumten und Schatten spendeten. Im Frühsommer war dieser Bereich sehr frequentiert gewesen. Von all den Käsehäutigen, die sich nach dem Winter noch nicht in die Sonne trauten. Aber jetzt verkrochen sich hier nur noch wenige. Mütter mit winzigen weißen Neugeborenen. Menschen mit Laptops oder einer Sonnenallergie. Und ich.

Denn ich hatte, wenn ich so offen sein darf, Blähungen. Die Herbstwinde, die die Jahreszeit noch schuldig blieb, sie umfegten mich. Und dort im Schatten gab es im Umkreis von zwanzig Metern niemanden, der in Mitleidenschaft gezogen werden konnte. Ich lag da, alle viere von mir gestreckt, und mein Bauch wölbte sich wie der Deckel eines Joghurtbechers, der seit Monaten abgelaufen war. Acht Tage waren seit dem Infarkt vergangen. Seit acht Tagen rauchte ich nicht mehr, schlief genug und aß gesund. Seit acht Tagen hatte ich die Verantwortung für mich übernommen, war lieb zu mir und hatte keinen Stuhlgang mehr. Meine Gelenke waren verschwunden, meine Finger und Zehen waren prall wie Partywürstchen, und ich war ein öffentliches Ärgernis. Aber ich war stolz auf mich.

Träge wie ein fetter Kater döste ich und lauschte dem spätsommerlichen Freibadsound: leise tuschelnden Baumkronen, die die ersten Blätter verabschiedeten… federnden Sprungbrettern, die nach den Strapazen der Saison ein bisschen ausgeleiert klangen… kreischenden Kindern, die klangen wie immer… und pfffffffft, oh, mir. Schuldbewusst blinzelte ich durch meine halb geöffneten Lider und hoffte inständig, dass niemand in der Nähe war.

Zu meiner großen Scham entdeckte ich keine fünf Meter von mir einen kleinen blonden Mann, der hinter seiner Sonnenbrille in etwa in meine Richtung sah, aber vielleicht betrachtete er auch den Baumbestand. Ich lächelte mehr aus Verlegenheit, hoffte rein als Menschenfreund, dass der Wind meine Gase nicht in seine Richtung trieb, aber er lächelte nicht zurück. Er war hübsch. Ein- oder zweimal genügte ich noch meiner Sorgfaltspflicht, sah rüber, ob er noch bei Bewusstein war, dann ließ ich es dabei beruhen und schlief ein. Sehr hübsch.

Mit Gänsehaut wachte ich nach unbestimmter Zeit wieder auf. Schleierwolken hatten die Sonne verhangen und ihr viel von ihrer Kraft genommen, plötzlich spürte man den Herbst. Um mich herum lag niemand mehr, auch auf den Sonnenplätzen war es leer geworden, das Wasser war milchig trüb und verlassen.

Plötzlich wurde ich sentimental. Ich dachte an das letzte Mal, als 119 und ich zusammen hier gewesen waren. Ich sah ihn vor mir, wie er mit kämpferischem Blick volle fünfzig Meter paddelte, er war ein noch miserablerer Schwimmer als ich. Und ich überlegte, ob vielleicht noch Moleküle von ihm in diesem Wasser waren, ein Haar, ein bisschen Haut, bestimmt, ganz sicher hatte er mal ins Becken gepinkelt, wie lange sich das im Chlor wohl hielt? Ich weinte ein bisschen. Es war ja auch alles sehr traurig. Nichts blieb. Dann plötzlich raffte ich mich auf, lief quer über die Wiese und stürzte mich ins Becken.

Großes Kino

Die Kälte des Wassers war erschreckend. Wirklich erschreckend. Ich japste wie ein Hund. Die Blähungen hätten mich eigentlich unsinkbar machen müssen, aber ich kämpfte mit dem Abwärtssog – acht Tage Stuhl zogen mich in die Tiefe wie ein Stein. Gleichzeitig verstärkte sich mein Harndrang, der mir bis eben vernachlässigenswert erschienen war.

Kurzum, es war nicht so, wie ich es mir vorgestellt hatte im Wasser.

Schockiert steuerte ich die nächste Treppe an, um diese *Piss*brühe auf dem schnellsten Wege wieder zu verlassen, da tauchte *er* plötzlich vor mir auf. Der kleine blonde Mann. Er bäumte sich vor mir auf wie Flipper, lachte auch genau so, sprach dann allerdings wie Rudi Carrell (den Akzent also im Folgenden bitte immer mitdenken, er lässt sich so schwer schreiben).

Er: »Du bist schön.«
Ich: »Du bist auch schön.«

Ich mag keine Komplimente.

Er: »Du hast schöne Augen.«
Ich: »Du hast auch schöne Augen.«

Ich gebe sie sofort zurück.

Er: »Du hast schöne Zähne.«
Ich: »Du hast auch schöne Zähne.«

Was ist mit meinen Ohrläppchen?

Er: »Du hast einen schönen Bikini.«
Ich: »Du… Danke.«

War's das? Ich bin beschäftigt, ich habe einen Harndrang zu kontrollieren!

Er: »Was arbeitest du?«
Ich: »Ich mache Werbung. Und du?«
Er: »Ich mache Kunst.«

Oh.

OHO. Ein bezaubernder kleiner Film setzte sich in meinem Gehirn in Gang, 119 war eine der Hauptfiguren. Dazu muss man wissen: 119 ist ein großer Freund der Kunst. Die Welt an sich ist ja voller Dilettanten, die wenigen Sterblichen, die er bereit ist zu bewundern, sind Künstler. Künstler sind für ihn die letzten wahren Könner (neben den Fußballern von Rot-Weiß Oberhausen). Und nun sah ich es schon vor mir, das zufällige Wiedersehen von 119 und mir auf einer Ausstellungseröffnung, einer... *Vernissage*:

119, blass vom Nikotin, verhärmt vor Einsamkeit, im Gespräch mit ein paar schwarz umwogten Kunstfreundinnen. Etwas weiter: ich, mit vollkorntoastgestählter Traumfigur im schlichten kleinen Spaghettikleid, die reinste Sex-Oase zwischen diesen Kulturwalküren. Dann erblickt 119 mich und kommt strahlend auf mich zu: »Die Bilder sind Weltklasse, was?« Ich lächle nur. »Du siehst aber auch toll aus, Lchen!« Ich lächle einfach. »Hast du den Künstler schon gesehen? Guter Mann!«, suchend reckt 119 den Hals nach dem begnadeten Maler. Ich lächle immer noch süß und sage: »Ich habe sogar schon mit ihm geschlafen.« Ha! Und dann, während ich so tue, als ob ich ebenfalls nach ihm Ausschau halte, beiläufig: »*Sehr* guter Mann.«

Hach, ein großartiger, ein *fantastischer* kleiner Film! Und als Nächstes gesellt sich dann Oberhausen-Legende Lothar

Kobluhn neben mich. Lothar (schäkernd): »Lchen, mein Engel, kleinen Prosecco?« HACH.

Kurzum: Ich blieb noch ein wenig im Wasser, und wir schwammen ein paar Meter, van Gogh und ich. Und nachdem wir über dies und das geplaudert hatten und ich einstweilen meinen Film genossen und hier und da noch ein wenig ausgeschmückt oder modifiziert hatte (mein Kleid ähnelte doch eher dem, das Sam bei dem Blowjob in Richard Wrights Büro trug), ging ich der Sache auf den Grund.

Ich: »Du bist also Künstler?«
Er: »Nein. Ich arbeite für Künstler.«

Ah. Na ja…

Ich: »Und als was?«

Als Galerist? Museumsdirektor? Als Leiter der Biennale?

Er: »So dies und das.«

Spannend. Dann frage ich mal andersrum…

Ich: »In welchem Hotel wohnst du denn?«

Atlantic? Steigenberger? Vier Jahreszeiten?

Er: »Ich wohne im Zelt. Auf dem Campingplatz.«

THE END. Die Filmvorstellung stoppte abrupt.

Ich lächelte. Und ich hatte das Gefühl, ich hätte erst mal genug geschwommen, ich musste dringend aus dem Wasser. Ein Holländer vom Campingplatz. Das… das hatte Stil. Ein Klassiker. Freundlich verabschiedete ich mich und paddelte zum Beckenrand. Ich sah zum Himmel, dicke Wolken waren aufgezogen, es war kühl. Fröstelnd tapste ich über die Wiese zu meinen Sachen und schlang das Handtuch um mich.

Plötzlich fiel es mir wieder ein: Schwere Gewitter waren für die kommende Nacht vorhergesagt. Womit sich auch das Geheimnis meiner Schönheit klärte. Ich drückte mein Gesicht in das weiche Frottee, schloss einen Moment die Augen und zog eine Grimasse zum Spannungsabbau, AHRRRRG! Was hatte ich doch wieder mal ein Glück. Der Mann suchte einfach ein festes Dach überm Kopf für die Nacht. Aus Sorge um sein kleines Zelt grub er alles an, was nicht schnell genug wegschwimmen konnte. Ach ja, der Herbst kam und die Stürme… Aber schöne Ohrläppchen hatte er trotzdem.

Plötzlich stand er hinter mir, der Holländer. Abflugbereit in Hemd, Hose und mit einem Zettelchen in der Hand. Er sah mich ganz ernst an: »Das ist meine Telefonnummer. Was ist deine?« Natürlich gab ich sie ihm, ein Gebot der Gastfreundschaft, was hatten wir den Holländern im Krieg nicht alles angetan. Er guckte immer noch ganz ernst: »Du bist so schön, du bist ein Wunder.«

Nun, viel Schlaf, gesunde Lebensweise…

»Komm, lass uns auf die Toilette gehen.«

Auf die *Toi…???*

Zu gern, das versuchte ich ja seit acht Tagen. Ich lächelte ihn bedauernd an und verneinte. Blöde Käseköppe.

Als er weg war, sah ich auf den Zettel. Und musste unserem kleinen sympathischen Nachbarland eindeutig zugutehalten, dass es die merkfähigere Namen hatte. Er hieß DICK.

Und wieder mal ein Meilenstein

Ich weiß, ich weiß. Jede einigermaßen vernünftige Frau hätte den Zettel sofort weggeworfen, noch an Ort und Stelle, zu den schmierigen Eispapierchen in den Freibadmüll. Bah. Und dabei hätte sie vermutlich ein kleines Gebet gesprochen und irgendeiner höheren Macht gedankt, dass sie ihr diese Konzentrationsschwäche geschickt hatte. Deretwegen ihr dieser *blöde* kleine Zahlendreher unterlaufen war. Beim Aufschreiben ihrer eigenen Nummer. Wirklich *zu* blöd.

Aber ich, von Vernunft so weit entfernt wie ein Verhungernder von Trennkost, ich hatte keinen dummen Zahlendreher gehabt. Ich hatte diesem Mann meine *richtige* Telefonnummer gegeben, ohne Zahlendreher, denn... *Warum eigentlich nicht? WARUM NICHT?* Ich ging auf die vierzig. Die Bikinisaison meines Lebens neigte sich langsam gen Ende. Wie oft würden Männer mir noch sagen, dass ich schön war, ohne dass sie von der Abschiebung bedroht waren?

Zudem war ich seit Wochen Single, in meinem Unterleib regte sich nicht mal mehr die Peristaltik, ich war kaum in der Position, einen Mann abzuweisen, schon gar nicht wegen seines Zelts! Und wer sagte überhaupt, dass er sich ein Hotel nicht *leisten* konnte? Diese Kunstmenschen waren ja alle so schreckliche Individualisten. Wahrscheinlich hatte er sie einfach satt, diese normierten Kingsize-Betten und diese klischeehaften Früchtekörbe in den Suiten, vielleicht war er auch einfach nur gerne an der frischen, reinen Luft! Ich *als Nichtraucherin* konnte das gut verstehen, ja, ja.

Gut. Dass er mir Geschlechtsverkehr auf einer Freibadtoilette nahegelegt hatte, das war natürlich ein Skandal. Sex beim ersten Date, kein Problem, man wusste nie, ob es noch ein zweites gab – *carpe penem*, wie der Lateiner so sagt. Aber *vorm* ersten Date? Und auf einer Toilette? Na! Da wäre es mir dann doch lieber gewesen, wenn wir uns abends in einer schönen Hotelbar getroffen hätten. Wenn er mir erst zwei Stunden lang eine geschliffene Selbstdarstellung präsentiert und der Dame einen Shrimps-Cocktail spendiert hätte, die er beabsichtigte, zu penetrieren. Ja, das wäre natürlich *schon* schön gewesen – aber war es wichtig? Wichtiger als…

Wichtiger als dass er mir auf eine völlig unerklärliche Weise einfach irgendwie gefallen hatte? Er, nicht nur seine Ohrläppchen, oder lag es möglicherweise an seinem netten Akzent? Dieser Akzent, der so schöne, warme Gefühle weckte, Erinnerung an heimelige Fernsehabende, Mama, Papa, Kinder, Oma – alle zusammen guckten wir »Am laufenden Band«…

Solche Gedanken hummelten durch meinen Kopf, alles wirr und hin und her und durcheinander. Und so kam es, dass ich das Zettelchen mit der Nummer des Holländers schließlich in meiner Tasche verschwinden ließ statt im Müll. Ich war wohl wirklich etwas einsam.

Und schon am darauf folgenden Tag bekam ich eine SMS: *»I am sorry you really impressed me, I'd like to know you better. Dick.«* Beinahe reflexartig schrieb ich zurück: *»You impressed me, too.«* Doch kaum hatte ich die Antwort abgeschickt, erschrak ich über mich selbst. Ich rief meine Schwester an, sie hatte auch ein bisschen Bedenken.

»Ein Mann namens Dick, der dich nach dreißig Sekunden auf einer Freibadtoilette vögeln wollte? Und du findest ihn beeindruckend???«

»Na ja... beeindruckend heißt ja nichts! Beeindruckt kann man auch von einem Atompilz sein!«

Kläglicher Versuch.

»Warum hast du denn überhaupt geantwortet?«

»Ich, ich, ich... Ich weiß nicht! Ich vermute, ich stehe noch unter Schock! Ich... Ich hatte vor einer Woche einen Infarkt, und ich war allein! Verstehst du, *allein*! Weißt du, wie es ist, allein einen Infarkt zu haben?«

Ich war ganz aufgelöst. Was war mit mir los? Auf was ließ ich mich da ein? Wie tief war ich gesunken? Meine Schwester verstand, was in mir vorging.

»Lchen, hör mal... Natürlich ist es nicht schön, allein zu leben. Und erst recht ist es keine verlockende Perspektive, allein zu sterben. Aber ein bisschen anspruchsvoller darfst du trotzdem bleiben.«

PIEP! In dem Moment bekam ich wieder eine SMS. Ungläubig sah ich auf das Display. Mein Handy meldete einen Übertragungsfehler.

»Mein Handy hat die Nachricht an Dick nicht übermittelt!«, sagte ich entgeistert. »Es hat die Nachricht gar nicht übermittelt!«

»Schön!«, sagte meine Schwester begeistert. »Sehr schön. Der Zeitpunkt, dass die Technologie intelligenter ist als der Mensch, ist also da!«

Ich antwortete dem Holländer kein zweites Mal. Meine Schwester hatte Recht. Dieser Mann, den ich irgendwie spontan gemocht hatte und der *mich* irgendwie spontan hatte vögeln wollen (und es gesagt hatte!), war möglicherweise doch ein bisschen unter Niveau. Holländischer Lustmolch! Kleine notgeile Frikandel!

Aber es war schön, dass ihm nichts passiert war. Dass er das böse Unwetter offenbar überlebt hatte. Denn immerhin verdankte ich dem Lustmolch eine sehr angenehme Regung. Ich spürte… Hoffnung. Ich fühlte, es gab ein Leben nach 119. Mehr! Es gab ein *Liebesleben* nach 119! Dieses alte gebrochene Herz, es konnte noch schlagen, jawohl!

Noch am selben Tag kam übrigens auch meine Verdauung wieder in Gang. Ein weiterer Meilenstein in meiner Geschichte des Loslassens, das dürfen Sie mir glauben.

Mamchmal sehe ich etwas umd empfimde so eim gamz spomtane… imstinktive… überwältigemde… S y m p a t h i e !

Möglicherweise habe ich ja noch mehr Zwillimge auf der Welt??!!!

Mysteriöse Botschaft von 119

Schon als wir noch zusammen waren, hatte 119 diesen ausgeprägten Instinkt dafür, wann es Zeit wurde, etwas zu tun. Mal rief er unerwartet an, mal nahm er völlig gegen seine Art meine Hand, mal sagte er so etwas wie: »Diese Scheiße passiert uns nächstes Jahr nicht wieder.« Es waren Kleinigkeiten, viel zu raffiniert, um kalkuliert zu sein.

Denn 119 war kein raffinierter Mensch, er war ein *Mann,* und wie wohl die meisten Männer dachte er sich gar nicht *sooo* unglaublich viel, er verhielt sich intuitiv. Ich selbst jedoch dachte mir umso mehr. Ich interpretierte und folgerte und maß diesen Kleinigkeiten größte Bedeutung bei. Ich nahm sie so wichtig, dass sie mich im allerletzten Augenblick immer wieder davon abhielten zu gehen. *Diese Scheiße passiert uns nächstes Jahr nicht wieder.* Uns? Nächstes Jahr? Also doch! Auch Hase sah für die Beziehung eine Zukunft. Prompt hielt Lchen weiter die Stellung.

Und 119s Instinkt schien die Trennung zu überdauern. Obwohl es schon Wochen her war, obwohl wir uns gefühlte Ewigkeiten nicht gesehen hatten, schien er noch immer zu spüren, wann der *alleralleraller*letzte Augenblick gekommen war. Kaum war ich dabei, mich neu zu orientieren, kaum waren meine Gedanken mal eine Sekunde lang bei einem anderen Mann gewesen, kaum hatte ich es sogar für möglich gehalten, mich irgendwann neu zu verlieben, prompt bekam ich von 119 eine Mail:

Lchen,
Deine Frau A. ist SUPER! Danke für den Tipp.

Und diese winzige kleine Mail brachte Lchen sofort wieder auf Kurs.

Was zuvor geschah… 119 war ja auch nicht so der Vollblutwerber. Die Arbeit an sich war kein Problem, er war gut, sehr gut. Nur *persönlich* tat er sich manchmal schwer, in der großen quirligen Werberfamilie heimisch zu werden, er liebte ja mehr das Leise. Etwa ein Dreivierteljahr war es her, da war er deshalb zu einem »Personal Coach« gegangen. Eine richtungweisende Begegnung. Der Personal Coach hatte sehr gut gekleidet auf einer beigen italienischen Couch gesessen. Er hatte empathisch genickt, zwei dämliche, aber mit Bedeutsamkeit vorgetragene Fragen gestellt und nach achtundfünfzig Minuten dreihundertzwanzig Euro kassiert. 119 war begeistert: »Das machen wir auch!«

Ich wusste, dass das nicht das Richtige war. Ich wusste, dass es viel einfacher aussah, als es schien, und dass es sowohl 119 als auch mir nicht gegeben war, diese »Ich weiß wie der Hase läuft«-Aura zu verströmen. Egal wie fein gemacht. Aber haben Sie es bemerkt? Er hatte *gewirt*. Er hatte gesagt: Das machen WIR auch.

Ich sah es schon vor mir: WIR auf der italienischen Couch. WIR empathisch nickend (synchron). WIR zwei bedeutsame Fragen stellend (eine er, eine ich). WIR in *unserer* Praxis Schrägstrich Wohnung. Mit *unseren* Namen in geschwungenen Lettern auf einem Messingschild neben der Tür:

Frau Lpunkt & Herr 119
Superdolles Coaching-Team

Ich legte los. Ich entwickelte eine an mir selbst noch nie beobachtete Form der Energie. Ich prüfte sämtliche nationalen und internationalen Ausbildungsangebote für Personal-Trainer, reiste zu Informationsveranstaltungen, buchte Probetermine. Meine neue Lebensaufgabe bestand darin, jemanden zu finden, der *uns* beibringen konnte, für Nicken und zweimal Nachfragen dreihundertzwanzig Euro zu bekommen. Schließlich fand ich Frau A.

Ihre Hose war zu kurz. Ihr Blazer war zu eng. Ihre Schuhe waren abgelatscht. Aber wenn sie den Mund aufmachte, sah das niemand mehr, jeder hing an ihren Lippen. Sie war so ein Mensch, der immer die reine Wahrheit zu sagen schien und trotzdem stets verbindlich blieb. Ein gerader Mensch, der vor nichts und niemandem den Blick senkte (weshalb ihr wohl auch der Zustand ihrer Schuhe entging) und beim Lachen den ganzen Saal ansteckte. Attraktiv war sie außerdem, der Typ Schönheit, der morgens aus einem Zelt kriechen und gutaussehend in die Sonne blinzeln kann. Mit einer wilden, rot gelockten Mähne, weißer Haut und einem riesigen Entenmund, der auch ohne Lippenstift nicht zu übersehen war. Wenn ich ein Mann gewesen wäre, ich hätte mich auf der Stelle in sie verliebt (und ihr Schuhe geschenkt).

Und natürlich fragte ich mich, ob 119 es nicht auch tun würde. Ob *sie* vielleicht die Frau wäre, bei der er sich wohl fühlen würde. Und ob er mich unsichere, ausstaffierte Klette dann nicht sofort abstreifen würde wie eine, eine, eine… Fluse. Als ich ihm trotzdem erzählte, was für eine fantastische Coaching-Ausbilderin ich gefunden hätte, hatte ich deshalb etwas ungute Gefühle. Und ich war nicht ganz so enttäuscht, als 119 daraufhin sagte:

»Super, dann mach das doch bei der!«

Ich?

»Für mich ist dieses ganze Coaching-Ding wohl doch nicht so das Richtige, hab ich mir überlegt.«

Ah. Das Messingschild wurde wieder abmontiert.

Das war Anfang des Jahres gewesen. Und inzwischen hatte 119 sich wohl wieder anders besonnen. Nun wollte er wohl doch wieder Coach werden, wollte von der windigen Werbe- in die honorige Beraterbranche wechseln und hatte die tolle Frau A. kennen gelernt. Oje. Ich konnte an nichts anderes mehr denken. Der kleine holländische Atompilz, mein Vollkorntoastprojekt, all das war vergessen. Hatte 119 sich verliebt? Würde meine Frau A. jetzt *seine* Frau A. werden? Ich grämte mich vor Kummer, ich hatte schlaflose Nächte, und ich sah es schon vor mir, das neue Messingschild:

Frau A. & Herr 119
Superdolles Coaching-Team
und Ehepaar

Aber bei primitiver Eifersucht blieb es natürlich nicht. Ich war eine Frau. Eine hoch entwickelte und sehr komplizierte Frau. Und wie stets *mehrfach* über Bande denkend, interessierte mich nicht bloß, *was* 119 mir geschrieben hatte, ich fragte mich auch, *warum* hatte er es getan? Ha-ha! *Warum* wollte er mich eigentlich wissen lassen, dass er Frau A. kennen gelernt hatte? Auf meine Trennungsmail hatte er kein einziges Wort geantwortet. Wochenlang hatte er sich nicht gemeldet. Aber jetzt war es ihm plötzlich wichtig, mir mitzuteilen: *Deine Frau A. ist SUPER!* In-te-re-s-sant!!!

Kurzum: Selbst bei einem Einzeiler gelang es mir, zwischen den Zeilen zu lesen. Ich war mir nur nicht ganz sicher, was exakt dort stand.

Stand dort: *Ätsch, ich habe schon eine andere, da guckste, was*?

Zu simpel.

Stand dort: *Lchen, mein süßer Engel, bitte stirb vor Eifersucht und melde dich*?

Schon eher.

Stand dort: *Lchen, guck, WIR können doch noch Coach werden! Wir zwei…*

Hm, vielleicht, vielleicht.

Stand dort: *Lchen, es ist der alleralleralllerletzte Augenblick, komm zurück!*

Ich kam ins Grübeln. Welche verschlüsselte Botschaft enthielt 119s Mail? Hach, Männer, so sind sie, voller Geheimnisse, Tiefen und Rätsel…

Und ich… Ich war sehr versucht, mich zu Erforschungszwecken bei 119 zu melden. Sehr. Ich dachte wieder Tag und Nacht an ihn.

Lpunkt sucht das Weite

Nach Scheidungen oder Trennungen erscheint es vielen Menschen besonders tröstlich zu reisen. Mir erschien das nie so. Ich bin nicht sehr fürs Reisen, und ich glaube prinzipiell nicht an Luftveränderung. Solange nicht gerade ein Atomkraftwerk in meiner Nähe explodiert, kann mich nichts so leicht davon überzeugen, dass eine Luftveränderung zu meinem Vorteil sein kann. Im Gegenteil. Das Einzige, was Liebeskummer für mich noch schlimmer machen kann, ist, wenn ich gezwungen werde, meine Umgebung zu verlassen. Mein idyllisches, konstant um die vierzig Grad warmes kleines Zuhause über einem Fischgrill und einem Käseladen. Und doch – damals tat ich es. Ich trat kurzerhand eine Reise an. Und es waren sehr besondere Umstände, die mich dazu veranlassten: Ich bekam ein Angebot von Don Tom.

Don Tom war ein Ex-Kollege, der mittlerweile in leitender Funktion in einer Agentur im sonnigen Barcelona tätig war. Einer sehr renommierten Agentur. Nun hatte dieser Don Tom persönlich angerufen, um mich zu bitten, dort ein paar Tage »mit anzupacken«. »Wir brauchen dringend, dringend deine Hilfe«, hatte er gesagt. Und wir Werber sind schließlich alle eine große Familie. Wir denken, leben und arbeiten global, wir helfen einander, wo wir können… Außerdem war Don Tom nicht *nur* ein Ex-Kollege.

Don Tom und ich hatten Geschichte. Das Besondere an dieser Geschichte war, dass es sie nie gegeben hatte, obwohl wir beide sicher daran gedacht hatten, sicher. Es war eine Geschichte im Kopf, und sie begann vor mehr als zehn Jahren bei meinem zweiten Weihnachtsfest in der Agentur. Beim ersten hatte ich gerade erst dort angefangen, war dick und ein unbeschriebenes Blatt. Beim zweiten hatte ich ein paar Preise gewonnen, ein paar Pfund abgenommen und einen viele Zentimeter zu kurzen Rock.

Don Tom war der schönste Mann auf dem ganzen Fest. Groß, riesengroß, mit wildem Haar, tiefbraunen Augen und einem vertrauenswürdigen, ehrlichen offenen Gesicht. Olli bemerkte meinen Speichelfluss und stellte uns vor. Don Tom war auch der netteste Mann auf dem ganzen Fest. Nett in einem guten Sinne. Nicht diese geschmeidige, glatte Werber-Nettigkeit. Im Gegenteil, er wirkte so… redlich. Klar, integer und völlig gelassen. Wie ein Mensch, dem in seinem ganzen Leben nie etwas Böses widerfahren ist. Ein Mensch mit Grundsätzen, an die er glaubt und an die er sich auch hält, als wäre das gar keine Frage. Eine Frau A. quasi, nur als Mann, und sogar mit geputzten Schuhen. Doch leider stand Don Tom damals im Begriff, nach London zu ziehen. Er wollte die Welt sehen, schon immer.

Wir redeten und redeten und redeten. Die Party war zu Ende, der letzte Shuttlebus brachte uns zurück nach Hamburg, und wir redeten immer noch. Und dann, als es darum ging, *ein* Taxi zu nehmen oder *zwei*, war es fünf Uhr morgens, und wir hatten wohl beide das Gefühl, dass es besser wäre, es beim Reden zu belassen. Aber Don Tom sagte etwas sehr Schönes, er sagte:

»Wenn man von irgendwo weggeht, lernt man oft Menschen kennen, denen man gerne nähergekommen wäre.«

Und ich sagte:

»Vielleicht kommt man ja irgendwann zurück.«

Ach ja. Romantisch, romantisch, romantisch.

Die Jahre gingen ins Land. Ab und zu sahen wir uns wieder, auf irgendeinem Fest, einer Preisverleihung, einer Abschiedsparty… die Werberwelt ist klein. Und immer, *jedes Mal,* wenn wir uns zufällig über den Weg liefen, war einer im Begriff zu gehen. In eine neue Stadt, ein neues Land, zu einem neuen Menschen… eine Art Running Gag vom lieben Gott. Zwei, die sich immer und immer wieder sehen, aber jedes Mal sitzt einer davon in einem Zug, der gerade anrollt, steht auf der Reling eines Schiffes, das gleich ausläuft, man ruft sich noch kurz ein paar Sätze zu, dann setzt der eine sich in Gang und der andere steht da und winkt… Ha-ha.

Und nun sollte ich also kommen. Zu Don Tom. Ins sonnige Barcelona. Und zehn Tage lang dort arbeiten. Ich war mir nicht ganz sicher, was ich davon halten sollte. Nach all den Jahren fand ich diese Winkewinke-Affäre ganz schön und diesen Running Gag irgendwie poetisch. Ich war im Einklang mit dem Schicksal, das Don Tom und mich nicht füreinander bestimmt hatte, und abgesehen davon hatte ich ja diese Flugangst. Ich kann Ihnen sagen, wirklich eine *scheiß* Flugangst.

Reisen ist schon schlimm, aber Fliegen ist das Schlimmste. Beim Fliegen kumulieren sämtliche Ängste, zu denen ich fähig bin. All diese irrationalen, unfunktionalen, Energie verschwendenden Sachen wie Höhenangst, Angst vor geschlossenen Räumen, Angst vor öffentlichen Räumen, Angst vor Kontrollverlust, Angst vorm Sterben, Angst vor unerlaubtem Übergewicht… eigentlich alles, bis auf meine Angst vor Spinnen und Insekten vereinte sich beim Fliegen zu *einem* großen, überwältigenden ALPTRAUM. Unter normalen Bedingungen hätte ich Don Tom also ohne zu zögern abgesagt.

Doch es waren keine normalen Bedingungen. 119 hatte mir geschrieben. Und seine Mail hatte mich völlig verstört. Diese Sache mit ihm und Frau A. war in meinem kleinen emotionalen Kosmos tatsächlich so etwas wie ein atomarer Zwischenfall, alles geriet zunehmend außer Kontrolle. Und so entschied ich kurzerhand, dass eine Luftveränderung vielleicht genau das Richtige war. Ich musste weg. Ich musste mich ablenken. Ich durfte 119 *nicht* antworten und meiner quälenden Neugier *nicht* nachgeben, sonst ginge alles wieder von vorne los. Also nahm ich Don Toms Angebot an. Ich packte meine Koffer, ich ging tatsächlich auf Reisen. Und ich dachte, wer weiß, vielleicht hat der liebe Gott in den letzten Jahren ja genug gelacht.

Curd Rock – umd wieder schlägt das Schicksal zu

Erst muss ich mich von 119 trennem… jetzt auch noch von meim Couch…

*Mamchmal frage ich mich, was das Schicksal mir **noch** antum kann…?!*

Blödes Barceloma…
Blöder Dom Ton…

Ich hoffe bloß, wir
fliegem nicht Ecomomy.

Ich kann es nicht ändern…

Vierundzwanzig Stunden später. Nach einem Tag voller weltmännischer Lässigkeit inmitten des Getümmels europäischer Flughäfen saß ich geduscht, müde und mit exakt demselben Blick wie Bill Murray in *Lost in Translation* in der Businesslounge meines altehrwürdigen Hotels im Herzen Barcelonas. In meinem Drink klimperten leise die Eiswürfel. Ein Barkeeper verströmte angenehme Schweigsamkeit. Und als ich aufsah und blinzelte, kam aus dem Halbdunkel langsam, lächelnd die Zigarette meiner Träume auf mich zu. Ich hatte schreckliche Lust zu rauchen. Schrecklich. Nach fast zwei Wochen immer noch. Und ich dachte, was für ein Tag…

Im Flugzeug hatte ich wieder mal an die Anonymen Alkoholiker denken müssen. Nicht nur, weil mein Sitznachbar mit jedem Schnaps penetranter roch und ich gewünscht hatte, er söffe heimlich. Wie viele Menschen in akuter Lebensgefahr war auch ich mir plötzlich nicht mehr ganz sicher, ob ich weiterhin auf meiner atheistischen Haltung bestehen sollte. Und so fiel mir dieser Satz ein, ein Gebet, von dem ich wusste, dass es die Anonymen Alkoholiker bei ihren Treffen gemeinsam sprachen: *Gott, gib mir die Gelassenheit, Dinge hinzunehmen, die ich nicht ändern kann. Den Mut, Dinge zu ändern, die ich ändern kann. Und die Weisheit, das eine vom anderen zu unterscheiden.* Ja, das wär's.

Also… In dem Moment, als die Flugzeugtür sich hinter mir schloss, kam mir dieser Satz in den Sinn. Ich wusste, er war nicht gegen Flugangst gedacht, und wenn überhaupt, hätte ich Gott vielleicht um einen guten Flug bitten sollen und nicht um Gelassenheit darüber, dass ich abstürze. Aber dafür war es wohl zu spät. Das Flugzeug war kaputt, daran konnte der liebe Gott jetzt auch nichts mehr ändern. Ich hatte keinen Zweifel, dass es beim Start, in der Luft oder spätestens bei der Landung explodieren würde. Und mir war klar, dass der dicke, riechende Mann neben mir dann wahrscheinlich meine Hand nehmen würde.

Einen Moment lang packte mich das blanke Entsetzen. Aber dann fing ich mich wieder. Mein Gebet half. Ich war weise genug zu erkennen, dass ich daran nichts ändern konnte. *Ich kann es nicht ändern,* sagte ich mir immer wieder, *ich kann es einfach nicht ändern.* Ich werde mir hinterher einfach die Hände waschen.

Nicht gerade gelassen, aber bereit, mein Schicksal anzunehmen, kauerte ich in meinem Sitz, als das Flugzeug langsam in Startposition rollte. Und für die nächsten Stunden lenkte ich meine Aufmerksamkeit auf andere Dinge. Dinge, die abgesehen von dem bevorstehenden Absturz auch nicht schön waren, die ich aber vielleicht unter Umständen ändern könnte.

Ich bereitete einen Gesetzesentwurf für ein Verbot der Dreiviertelhose bei Männern vor. Zum Beispiel. Ich konzipierte ein neues Tarifsystem, bei dem Fluggäste nicht ihren Sitzplatz, sondern ihre geruchliche Ausbreitung im Flugzeug bezahlen mussten. Ich stellte Schuheausziehen unter Strafe. Ich verbot Huhn auf Flügen. Ich verbot Kinder auf Flügen. Ich verbot lustige Piloten auf Flügen. Ich verbot 4711. Ich stufte Sitzplätze mit weniger als zwei Metern Fußraum offiziell als Menschenrechtsverletzung ein. Kurz und gut: Ich reformierte gedanklich das gesamte öffentliche Beförderungswesen und war völlig erschöpft, als wir endlich landeten. Erstaunlicherweise, *ohne* zu explodieren. Das war an sich sehr erfreulich, ich hätte bester Laune sein sollen, aber ich war nur noch, *nur noch* erschöpft.

Als ich ins Hotel eincheckte, überreichte mir der Concierge eine Nachricht von Don Tom. Er schrieb, dass er sich freuen würde, wenn ich noch Lust auf ein Getränk hätte, und hinterließ mir seine Nummer. Hach, wie nett. Aber ich war wirklich zu müde und ausgezehrt, um mich für so einen wunderschönen Mann noch mal ins Zeug zu legen. Und ich dachte: Morgen ist ja auch noch ein Tag. Nur mit der Ruhe. Diesmal, *diesmal* läuft er mir ja nicht weg.

Ich nahm eine Dusche, setzte mich an die Hotelbar, guckte ein bisschen wie Bill Murray und vermisste 119. Ich vermisste ihn so sehr. Verstehen Sie, Tage wie dieser waren gewissermaßen der Stoff, der uns verband. Nach einem *Scheiß*tag wie diesem wäre es wunderbar gewesen, 119 abends auf ein Bier zu treffen und ihm von all den fürchterlichen, beängstigenden, empörenden Dingen zu erzählen, die mir mal wieder widerfahren waren.

Er hätte an seinem Bierchen genippt, gegrinst, mit tausend Fältchen um seine müden blauen Augen… und manchmal hätte er so lieb gekichert, wie nur er das konnte, ohne dabei stark homosexuell zu wirken. Und natürlich hätte er auch alle meine Gesetzesvorlagen unterschrieben, sofort. Wer sonst würde das tun? Wer sonst würde gemeinsam mit mir gegen die Dreiviertelhose kämpfen und für Nicht-Deodorant-Benutzer einen Schweißaufschlag bei Flugreisen fordern? Wer?

Ach, 119. Zweitausend Kilometer entfernt war er mir plötzlich so nah wie schon seit langem nicht mehr. Hätte ich mein Handy nicht in Hamburg vergessen, an diesem Abend in einer Hotelbar in Barcelona hätte ich ihn wahrscheinlich angerufen. Hätte ihm von meinen Reformplänen der Luftfahrt erzählt, hätte ihm erzählt, wie schlimm der Mann neben mir gerochen hatte, und hätte ihm auch erzählt, wie schrecklich, schrecklich *er* mir fehlte. Dann fiel mir Frau A. wieder ein. Frau A. und 119, was aus ihnen wohl werden würde? Einen Moment lang tat es sehr, sehr weh.

Ich wollte gehen, ich wollte aufs Zimmer, ich musste alleine sein, ich musste mit meiner Schwester sprechen, ich musste irgendwas *tun*, damit dieses schreckliche Gefühl wegging… aber dann blieb ich sitzen und tat einfach nichts. Nichts. Ich konzentrierte mich aufs Atmen. Ich atmete tief ein und wieder aus. Tief ein… und aus. Ich sah zum Barkeeper. Wortlos, mit routinierten, unauffälligen Bewegungen stellte er mir einen zweiten Drink vor die Nase. Ich nippte daran, drehte das Glas in meiner Hand und ließ die Eiswürfel leise klimpern. Dann steckte ich mir eine Zigarette an und dachte… *ich kann es nicht ändern.*

Lpunkt überm Berg

Es ist großartig, dachte ich am darauf folgenden Morgen. Großartig, großartig, großartig! Der Mensch sollte viel öfter reisen! In andere Kulturen, andere Lebensweisen eintauchen! Den eigenen Nabel links liegen lassen und die Welt bestaunen! Ach, Barcelona, *mon amour*!

Ich war also bester Laune, als ich am nächsten Morgen durch die erwachenden Straßen und Gassen der spanischen Metropole spazierte. Ich hatte zehn Stunden lang tief und fest geschlafen, so tief, wie man es sonst nur nach einer großen körperlichen Anstrengung tut. Und tatsächlich entdeckte ich nach dem Aufstehen am ganzen Körper Muskelkater, mit jeder neuen Bewegung an einer anderen Stelle, so als wäre ich nach Barcelona nicht geflogen, sondern eigenfüßig gerannt. Ich fand das aber nicht unangenehm. Und zu meinem *café con leche*, den ich wie ein waschechter Barcelonier auf dem Weg zur Arbeit nahm, erlaubte ich mir eine »canya«, einen mit leckerer Creme gefüllten köstlichen kleinen Kuchen. Wer die Alpen überquert hat, dachte ich mir, darf das wohl mal.

Strahlend frisch (bis auf den Fleck von der Cremefüllung) und auf die Minute pünktlich betrat ich kurz darauf die vornehme kleine Agentur. Don Tom erwartete mich schon am Empfang.

»Lpunkt!«, rief er herzlich, aber zum Glück nicht *zu* herzlich. Ich hasse es, wenn jemand zur Begrüßung theatralisch die Arme auseinanderreißt, als wäre ich die klunkerbehangene Erbtante. Er kam auf mich zu, und ich dachte, dass er noch immer der schönste Mann auf dem Fest wäre, ganz gleich auf welchem.

»Willkommen in Barcelona!«, sagte er. »Wie war dein Flug?«

Welcher Flug? Dann umarmte er mich auf diese elegante französische Luftküsschen-rechts-Luftküsschen-links-Weise, bei der ich mich normalerweise immer etwas ungeschickt anstelle und anschließend jeden weiteren Kontakt peinlich vermeide. Aber hier, in dieser lockeren kosmopolitanen Atmosphäre hatte ich es sofort drauf. Ich legte den Kopf in den Nacken, schloss halb die Augen, sog Don Toms frischen männlichen Geruch nach Seife und Rasierwasser ein, einmal rechts… (hach), einmal links… (hach) und dachte, selbst wenn er mir zur Begrüßung seinen großen Zeh in die Nase stecken würde, ich fände es wunderbar. Wunderbar.

Ich folgte Don Tom auf einen Rundgang durch die zu dieser Uhrzeit noch recht personalarmen Büros. Er lächelte mich an:

»Ich hatte eine Nachricht für dich im Hotel hinterlassen, falls du noch Lust gehabt hättest, was trinken zu gehen.«

Ich weiß, Schatz, ich weiß, aber diesmal haben wir ja Zeit.

»Ich hoffe, das war nicht aufdringlich, sicher warst du nach der Reise müde?!«

Ich lächelte. Und das Folgende sagte ich *exakt so*, wie Samantha es gesagt hätte, ich sagte:

»Na ja, ich bin ja noch ein paar Tage hier und dachte, erst die Arbeit (bedeutungsvolle Pause), dann das Vergnügen (sehr bedeutungsvoller Blick).«

Don Tom lachte laut auf. »Du klingst wie eine alte Studienrätin!«

Exakt so.

»Lchen, wir sind in Spanien!« Er führte mich in sein Büro. »Hier versucht man Arbeit und Spaß zu vereinen.«

Vereinen? Ohlala, warum schloss er die Tür?

»Na, nicht so schlimm. Ich wollte dich eigentlich nur schon mal ins Thema bringen.«

Ins Thema bringen?

»Aber dann erzähle ich jetzt nur das Wichtigste, und Marco macht nachher das ausführliche Briefing.«

Marco?

»Ich bin nämlich gleich weg…«

Oh Gott, bitte nicht schon wieder!

»Endlich, seit drei Jahren das erste Mal Urlaub.«

Das ist *nicht mehr* witzig.

»Meine Kinder wollen nach Disneyland«, er lachte, »ich natürlich auch, ich steh auf Bambi... und Dumbo... und Simba, König der Löwen!«

Und Lpunkt, Königin der Doofen? Ich lachte auch.

»Schade, Lpunkt, irgendwie verpassen wir zwei uns immer.«

Ja, schade, Don Tom. Schade, schade, schade.

Jeder wusste es. Jeder wusste, dass Don Tom Familie hatte. Dass er treusorgender Ehemann und glücklicher Vater war, seit Jahren. Nur ich, ich hatte es wieder mal nicht mitbekommen. Wie denn auch? Von wem? Wer hätte es mir sagen sollen? Ich spielte ja nur mit *eingebildeten* Freunden, flirtete mit *eingebildeten* Verehrern, liebte Männer, von denen ich mir nur *einbildete*, dass sie mich irgendwann auch lieben würden. LPUNKT – EIN LEBEN WIE EIN HOLLYWOODFILM. Alles nur gesponnen, alles nur gedacht.

Die Einzigen, die ohne Zweifel echt waren in meinem kleinen magischen Universum, waren Herr Eisenschmidt und Frau Dr. Wobotka. Herr Eisenschmidt war mein Sachbearbeiter beim Finanzamt Hamburg Mitte und Frau Dr. Wobotka meine exzellente, aber manchmal etwas grobe aus Polen stammende Zahnärztin – beide hätte ich mir niemals ausgedacht. Ach, es war wirklich lächerlich, lächerlich... Und dafür hatte ich die Alpen überquert. Tränen schossen mir in die Augen, und ich musste Don Toms Büro kurz verlassen, um mich frisch zu machen – wie man so sagt.

Doch es war nur ein kurzer Moment der Enttäuschung. Dann fing ich mich wieder. Immerhin war ich in Barcelona. Ich war in der Stadt von Picasso, Dalí, Miró, Gaudí – *Gaudí*, ein gutes Omen. Ich würde die Sagrada Familia sehen, die Casa Milà, Las Ramblas, die berühmten Stadtstrände, das weltberühmte Fußballstadion, die sagenumwogene Stadt der Toten, in der die Gräber Meerblick hatten... das alles, alles würde ich sehen, ha-ha! Ich würde morgens in meiner Stammbar meinen *café con leche* nehmen, mittags in Sandalen durch die kleinen Gassen flanieren, abends in kleinen Restaurants direkt am Meer sitzen und mir einbilden, fangfrischen Fisch zu essen... Sollten andere doch nach Disneyland, ich war in dieser einzigartigen, wahrhaft bezaubernden Kulturmetropole am Mittelmeer.

Allerdings... allerdings war ich ja eigentlich nicht zu einem Kultururlaub angereist. Eine Werbeagentur hatte mich gebucht. Und so kam es, dass ich, als ich Barcelona nach zehn Tagen wieder verließ, nicht wirklich viel von meinem Programm absolviert hatte. Ich hatte kein einziges Museum gesehen, keine Kirche betreten, kein Bauwerk bewundert. Nicht einmal die Stadt der Toten hatte ich besucht, sie würden es verwinden.

Dafür hatten mich die Lebendigen viel zu sehr beschäftigt, die quicklebendigen spanischen Kollegen. Und nicht nur durch Arbeit beanspruchten sie meine Zeit, leider nein. Ein lückenloses Unterhaltungsprogramm wurde für mich organisiert, auf keinen Fall durfte der Gast aus Deutschland abends im Hotel rumsitzen, jeden Abend war ich woanders eingeladen – am dritten wollte ich ins Wasser gehen, *allein*!

In Hamburg hätte ich ja einfach abgelehnt, aber im Ausland war ich nicht nur Individuum, sondern auch Repräsentant meiner Nation, und wir Deutschen sind ja ohnehin so schrecklich unbeliebt. Schlimm. Also blieb mir nichts anderes übrig, als bei jedem Angebot erfreut zu tun, jeden Abend auf kleinen, mit Lampions geschmückten Dachterrassen rumzusitzen, nachts am Strand spanisches Bier zu trinken und um die Wette nach Sternschnuppen zu gucken – und alles wegen diesem blöden Hitler.

Ich gewöhnte mich mit der Zeit daran. Am vierten Tag beschloss ich, dass mir das Wasser zu schmutzig war, um mich darin umzubringen, am fünften Tag kam mein ausschweifendes Sozialleben mir beinahe normal vor, und am achten wollte ich nie wieder nach Hause. Nein, es gab da niemand »Besonderen«. Keinen, der mich irgendwie zu Hollywoodfantasien inspirierte. Aber da waren einige wirklich nette, überaus freundliche Menschen.

Eines Nachts, im heimeligen Schein eines Mückenlichts, vertraute mir eine leicht alkoholisierte Kollegin namens Evita sogar ihren Liebeskummer an, *mir.* Sie suchte offenkundig meinen Rat. Sie spürte einfach diese Ausgeglichenheit und Stärke, die von mir ausging. Sie sagte:

»Du wirkst wie jemand, den nichts aus der Ruhe bringen kann.«

Nun.

»Wie jemand, der angekommen ist.«

Ich habe in meiner Kotze gelegen.

»Geht's dir gut?«

Ich stehe wieder, *muy bien*, *muy bien.*

Dann erzählte sie von Mateo, Mateo, der sie immer wieder betrogen hatte, und davon, wie schwer ihr die Trennung trotzdem fiel. Wie sie an einem Tag einen Zahnputzbecher nach ihm geworfen und ihn am nächsten angefleht hatte zurückzukommen. Einen Zahnputzbecher. Hach ja, die Südländer, ein ganz anderes Temperament.

Für einen Moment war ich geneigt, von meinen eigenen Erlebnissen zu berichten, nur damit die arme Evita wüsste, dass sie eine Schwester hatte im Schwachsinn, wenn auch ein bisschen stiller, aber dann… dann war mir nicht danach. Ich lauschte einfach ihren fremden und gleichzeitig vertrauten Geschichten, sagte in regelmäßigen Abständen »Oh, nein!« oder »So eine Arschgeige!«, und am Ende tätschelte ich ihren Arm und hörte zu meinem eigenen Erstaunen, wie ich sie leise tröstete: »Glaub mir… es geht vorbei.«

Spamische Couch ist famtastico! Ohme Polster zwar…

… aber dafür mit POOL!!!

Zugeklappt

Fliegen ist bekanntermaßen die sicherste Form des Reisens. Als ich nach zehn Tagen in Barcelona das Flugzeug bestieg, war ich deshalb sehr gelassen. Ich ging davon aus, dass ich mit sehr großer Wahrscheinlichkeit nicht abstürzen würde. Wenn überhaupt, hatte ich ein wenig Angst, was geschehen würde, wenn ich wieder zu Hause war.

Noch in der Luft wagte ich ein erstes vorsichtiges Resümee. Es ging mir gut. Mit großer Befriedigung stellte ich fest, dass auch ein großer Teil meiner Reformen bereits umgesetzt worden war. Meine Mitreisenden schienen deodoriert, Huhn war abgeschafft, die Dreiviertelhose war auch weitestgehend verschwunden.

Und was den Aufenthalt an sich betraf: Bis auf die *eine* Zigarette an der Bar und diesen kleinen Fauxpas mit Don Tom (ich machte mich so lange frisch, dass wir uns nicht mehr verabschieden konnten, und dabei rauchte ich den Rest der Schachtel), bis auf diese vernachlässigenswerten beiden Ausrutscherchen konnte ich mit dem Reiseverlauf zufrieden sein. Ach, und beinahe hätte ich es vergessen: Sogar meine Arbeit hatte man gelobt. So was.

Als ich in meine Wohnung kam, wünschte ich, ich hätte eine Putzfrau. Es war sicher viel angenehmer, nach einer Reise in eine *saubere* Wohnung zurückzukehren. In eine Wohnung, die aufgeräumt war und gut roch, weil die Putzfrau gelüftet hatte. Ich hätte meine Putzfrau gebeten, das Bett frisch zu beziehen. (Ein frisch bezogenes Bett war der Himmel auch ohne Brad Pitt.) Ich hätte sie gebeten, Palme zu gießen. (Palme sah wirklich grauenvoll aus, seit ich nicht mehr rauchte.) Ich hätte meine Putzfrau *dringend* gebeten, die Heizung ein bisschen aufzudrehen, bevor sie geht (warum lag Deutschland nicht ein bisschen näher am Äquator?). Konnte man eine Putzfrau auch bitten, den Kühlschrank aufzufüllen? Dann hätte ich auch das getan.

Darüber hinaus hätte ich sie angewiesen, bei meiner Rückkehr anwesend zu sein. Meine Sachen auszupacken. Zu waschen. Zu bügeln. Alles ordentlich wegzuräumen. Und während dieser ganzen Zeit bitte nett mit mir zu plaudern. Wie eine Freundin. Wie ein Mutter. Sonst würde ich sie der Einwanderungsbehörde melden. So.

Ich stand da. Zurück in meinem Reich. Früher hatte es für mich nichts Schöneres gegeben, als in dieser kleinen Wohnung allein und ungestört zu sein. Doch nun war mir plötzlich gar nicht wohl. Nun forderte Barcelona seinen Tribut. In zehn Tagen war ich vom einsamen Wolf zur Partymaus mutiert. Erbärmlich, ganz erbärmlich fühlte ich mich mit einem Schlag. Und einsam, ja.

Zum ersten Mal in der Geschichte unserer Freundschaft rief ich Frau D. an. *Ich sie. ICH… SIE.* Aber sie war nicht da. Wenn ich einmal anrief, *einmal*, dann war sie nicht da! So eine Frechheit. Unruhig sah ich mich um. Auf dem Schreibtisch stand mein Freund, der Rechner. Ich brauchte ihn nur anzuschalten, dann würde er eilfertig losbrummen und mich anstrahlen, mein tapferer kleiner Mac. (Natürlich ein Mac, wir Profis hatten alle Macs!)

Und plötzlich wurde mir klar, dass in diesem hübschen weißen Mac unsere ganze Geschichte war. Die Geschichte von 119 und mir. Alle E-Mails, die ich ihm je geschrieben hatte. Alle E-Mails, die *er* mir geschrieben hatte. Die Mails, die ich geschrieben, aber nie abgeschickt hatte. Mails, die ich abgeschickt, auf die er aber nie geantwortet hatte. All die

Fragen, die vielen schuldig gebliebenen Antworten, alles war in diesem kleinen flachen Ding. Ich stand da wie angewurzelt. Faszination der Technik.

Ich ließ das Gepäck einfach im Flur stehen. Ich behielt Mantel und Schuhe an, ging zum Schreibtisch und setzte mich. Hier hatte alles angefangen. Hier am Schreibtisch hatte ich 119 zum ersten Mal gesehen. Auf dem Computer. Er war doch die Nummer eins auf meiner Matchinglist bei *»Soulmates – Hier geht Ihnen das Glück ins Netz«*… Er hatte mir sein Bild geschickt, »freigeschaltet« genauer gesagt. Wie das so geht bei der Partnersuche im Internet. Man sendet eine »Kontaktanfrage«, man schreibt ein bisschen hin und her, und früher oder später bittet einer darum, das Foto des anderen ansehen zu dürfen – zeigst du mir deins, zeig ich dir meins.

Wir schrieben nicht lange. Schließlich sind wir beide Texter. Menschen, die anderen selbst Streichwurst als das ultimative Glück verkaufen. Wer wüsste besser als zwei Werbetexter, dass Worten nur bedingt zu trauen ist. Und außerdem machten wir das beide nicht zum ersten Mal. Als alten Soulmate-Hasen war uns klar, dass ein Bild nicht nur – wie es immer heißt – mehr als tausend Worte sagt, sondern dass es tausend Worte sehr, sehr oft überflüssig macht. Auch schon hundert, zehn… völlig überflüssig. Weil man beim Anblick des Fotos denkt: *Herrje, was für eine Nase!* Oder: *Oh nein, eine Designerbrille!* Oder: *Auwei, mein alter Mathelehrer!*

Bei 119 und mir war es zum Glück anders. Nachdem wir uns gegenseitig die Fotos freigegeben hatten, kam die Sache richtig in Schwung. Obwohl mein Foto nicht wirklich so ein Anturner war. Es war ein Foto, das Olli von mir gemacht hatte, hinterm Schreibtisch, im Büro. Ich besaß damals noch keine Digitalkamera, und die brauchte man ja für ein Foto, das man im Internet verschicken wollte. Aber in der Agentur gab es so was selbstverständlich, und Olli war ja Art-Director, genau der richtige Mann für den Job.

Allerdings wollte ich den Zweck des Ganzen doch lieber verdunkeln. Wer gibt schon gerne zu, dass er ein hübsches Foto braucht, um bei einer Online-Partnervermittlung mitzumischen. Also erzählte ich Olli irgendeine hanebüchene Geschichte, und der roch den Braten natürlich sofort. Er sagte: »Lchen, pass auf, ich geb dir noch ein bisschen *Pepp*!« Mit dem Bildbearbeitungsprogramm seines großen Art-Directoren-Computers zauberte er mir dann noch ein wenig Extra-Glanz in die Augen, ein kleines Blitzen auf die Zähne und einen magischen Glow um den Kopf. Hinterm Schreibtisch. Ich sah aus wie eine Finanzbuchhalterin auf Speed.

119s Foto war dafür umso charmanter. Es war irgendwo draußen aufgenommen, auf dem Balkon oder vorm Haus, jedenfalls vor Grün. Und 119 sah darauf aus wie auf diesen Bildern vom ersten Schultag, auf denen man lächelt, weil irgendwer sagt, man solle lächeln, und weil alle so tun, als wäre heute ein ganz super Tag. Aber man selbst spürt es. Irgendwie weiß man, dass da was faul ist. Und genauso sah 119 auf dem Foto aus: wie ein Kind, das ahnt, dass trotz der Tüte mit den Süßigkeiten ein Riesenhaufen Scheiße auf ihn zurollt. Er lächelte lieb, hatte das Köpfchen sympathisch schief gelegt, aber seine Augen sagten: *Lass mich um Himmels willen in Frieden, du blöde Kuh*. Viele Tage, bevor ich ihn kennen lernte, hatte ich mich schon in dieses bezaubernde Bild von ihm verliebt.

Eine Weile saß ich so da und blickte zurück. Aber nur in

Gedanken, nur in meinen Erinnerungen, den Rechner ließ ich aus. Selbst zum Blogschreiben hatte ich keine Lust. Ich machte die Fenster auf. Ich goss Palme (ob es half, wenn ich eine Zigarette in die Blumenerde steckte?). Und während von draußen die herbstlich klare Luft in meine Wohnung strömte, schleppte ich meine dicke, schwere Reisetasche ins Schlafzimmer, um auszupacken. Auf dem Nachttisch entdeckte ich mein vergessenes Handy. Die Batterie war leer, natürlich, nach über zehn Tagen. Ich steckte es ans Ladegerät, und sofort leuchtete das Display auf, eine Meldung erschien: 21 Kurzmitteilungen empfangen. Ein freudiges und zugleich wehmütiges Gefühl durchströmte mich. Hach, dachte ich, hach… Ohne mich ist eben nix los in Barcelona. Meine *compañeros* simsen ein letztes *Adios*.

100 Jahre Schlaf

Aber die 21 SMS kamen nicht aus Barcelona. Sie kamen aus Holland. Sie waren von Dick. (Sie erinnern sich? Der nette Mann aus dem Freibad, Mr. Lass-uns-auf-die-Toilette-gehen?!) In den vergangenen zehn Tagen hatte er mir jeden Morgen und jeden Abend geschrieben. Morgens hatte er mir einen guten Tag gewünscht. Und abends, nicht zu fassen, eine gute Nacht.

Trotz dieses an sich etwas redundanten Inhalts war es ihm gelungen, dass jede SMS anders und stets überraschend klang. Zum einen, weil er abwechselnd auf Deutsch, Englisch, Denglisch und Henglisch (Englisch-Holländisch) schrieb, was seinen Nachrichten Originalität verlieh und manchmal auch eine wahrscheinlich eher unbeabsichtigte Poesie *(Ich wünsche dir einen Tag, der so blau ist wie du).* Und zum anderen, weil er seinen Grüßen immer auch eine kleine Schmeichelei hinzugefügt hatte *(Good Morning, Beautiful – ich möchte deinen Kaffee kochen und deine Orangen drücken),* einen liebenswerten Gedanken (*Schlaf gut, Darling – want me to massacre moskitos in your bedroom?),* eine kleine perverse Phantasie (*Have a wonderful day – wish I could spend it with you),* eben einfach etwas Nettes, was jede Frau gern hörte (*Have a wonderful night – wish I could spend it with Julia Roberts).* So in etwa.

Jedenfalls… nachdem ich alle 21 SMS gelesen hatte, bat ich meinen Butler, mir ein Bad einzulassen, ließ meinem Manager durch meinen Agenten mitteilen, dass ich die junge Grace Kelly in der Spielberg-Verfilmung der Fürstin-Gracia-Biographie nicht verkörpern würde (auch wenn Clooney für die Rolle von Fürst Rainier bereits zugesagt hatte), und wies meine Sekretärin an, den Antrag von Robbie Williams höflich, aber bestimmt abzuweisen.

Mit anderen Worten, ich fühlte mich unwiderstehlich. Der Traum aller Männer. Eine wunderwunderschöne Prinzessin. Und eben noch hatte ich nicht mal eine Putzfrau gehabt. Ich lächelte dankbar, genoss das Gefühl eine weitere Viertelsekunde, griff nochmals zu meinem Handy und löschte den ganzen Mist. Ich war vielleicht ein bisschen einsam, aber ich war nicht bescheuert. Und so verzweifelt und leicht zu beeindrucken wie damals im Freibad war ich inzwischen auch nicht mehr. Selbst, wenn er mir *am laufenden Band* diese Schleimereien simsen würde. Hosentaschen-Rudi!

Plötzlich erfasste mich eine überwältigende Müdigkeit. Die letzten Tage und Wochen waren so anstrengend gewesen. Das ganze Trennen, das Angsthaben, das Totarbeiten. Der Infarkt, die Alpenüberquerung, die vielen Partys. Ich beschloss, die Taschen morgen auszupacken. Ich zog nur die Schuhe aus, ließ mich so, wie ich war, aufs Bett fallen und machte die Augen zu. Ich wollte einfach nur schlafen. Einfach nur die nächsten hundert Jahre schlafen. Und während die Lichter hinter meiner Stirn erloschen wie die Saalbeleuchtung, wenn das Fest zu Ende ist, huschte ein letzter, allerletzter Gedanke durch meinen Kopf: Wo bleibt eigentlich die Gute-Nacht-SMS von dem Verrückten?

Der seltsame Fall des Dr. Jekyll and Mr. Toilettenfick

Sie kam. Sowohl die Gute-Nacht-SMS als auch die Guten-Morgen-SMS am darauf folgenden Tag. Und so ging das eine ganze Weile – Gute Nacht, Guten Morgen, Gute Nacht, Guten Morgen, immer mit ein paar gewählten Worten – ich gewöhnte mich daran. Aber dann kam eine SMS am Nachmittag. Darin stand, dass er am folgenden Wochenende in Hamburg sein würde. Er schrieb, dass er mich sehen müsse *(... please, ich werde sonst ire!)*. Tatsächlich wirkte er ganz durcheinander *(Es ist wirklich impotent!)*. Na dann.

Eigentlich gern – nur weiß ich noch nicht, ob ich Zeit habe!, schrieb ich zurück. (Geee-schickt! Nur nicht festlegen lassen, Lpunkt!) Er schlug eine Bar vor, die nur ein paar Straßen weiter war, und fragte, ob ich dort hinkommen könnte. Irgendwann, wann immer es mir passte, er wäre da, er würde warten. Wenn ich eins nicht leiden konnte, dann, wenn man auf mich wartete. Ich antwortete: *Samstagabend um neun bin ich da.* (Nie festlegen lassen…)

Ich war hin- und hergerissen. Mir war das noch nie passiert: ein unbekannter Mann, der mich nur ein einziges Mal gesehen hatte und so verzaubert von mir war, dass er mich belagerte wie, wie… die schöne Helena. Per SMS. Und auf der anderen Seite war mir *auch das* noch nicht passiert: ein unbekannter Mann, der mir nach nur wenigen Minuten Verkehr auf einem Freibadpissoir angetragen hatte. Und das eigentlich Erstaunliche: Es war derselbe Mann. Der seltsame Fall des Dr. Jekyll and Mr. Toilettenfick.

Ich war schrecklich aufgeregt wegen dieser Sache. Ein »Date« an sich war ja schon spannend und in meinem Leben etwa so häufig wie der Halleysche Komet. Und nun auch noch mit diesem holländischen Homunkulus, diesem Verrückten. Als der Tag gekommen war, fühlte ich mich ganz krank vor Nervosität. Schon eine Stunde vor der verabredeten Zeit saß ich fertig angezogen auf der Couch. Mit Schuhen, Mantel und Handtasche. Wie Tante Erna vor der Kur, wenn sie im Dunkeln darauf wartet, dass der Taxifahrer schellt.

Ganz still saß ich einfach nur da. In meinem »Wohnzimmer«. Dem Zimmer mit meinem Schreibtisch und dem Mac… mit der weißen Couch… dem Fernseher… Und ich überlegte, ob nach diesem Treffen möglicherweise *doch* alles anders sein würde. Ob meine Unruhe daher rührte, dass dies die letzten Minuten vor einer schicksalhaften Begegnung waren. Doch dann wurde mir klar, dass das wohl eher unwahrscheinlich war. Zumindest, solange man Kondome benutzte und ich mir keine schicksalhafte Krankheit bei dem feurigen kleinen Kerl einfing. Ich entschied, die Sache kurz und schmerzlos durchzuziehen. Ich beschloss, zügig mit dem Mann zu schlafen, ihn danach umgehend zu verabschieden und mir eine doppelte Portion Huhn mit Broccoli zu bestellen. Und fünf Mini-Frühlingsrollen. Ich hatte vor Aufregung den ganzen Tag noch nichts gegessen.

Er erwartete mich vorm *Gloria*, so hieß die Bar, wo wir verabredet waren. Die Begrüßung verlief ein bisschen unbeholfen. Es kam mir vor, als wüsste er selbst *auch* nicht, wie er an diesem Abend auftreten sollte. Als hätte auch *er* die Orientierung verloren in diesem weiten Spektrum seiner Persönlichkeit. Einer Persönlichkeit, die zur schwärmerischen Belagerung ebenso fähig war wie zum Flachlegen in Rekordzeit. »Dick«, sagte ich, denn sein Name schien mir wie ein Kompass in dieser Verwirrung. »Dick, da bist du…« Ich schüttelte ihm die Hand und lächelte freundlich. »Na, dann mal los, gehen wir zu mir.«

Ich hatte mich entschieden. Ich hatte beschlossen, auf dieses ganze Theater zu verzichten. Man musste mir weder Hoffnung machen noch einen Shrimpscocktail spendieren. Es war völlig unnötig, mir einen Mr. Dick als Mr. Big zu verkaufen. Ich war eine erwachsene Frau, die die Wahrheit vertrug. Außerdem war es inzwischen 21.02 Uhr, und um 23.00 Uhr endete die Bestellzeit bei *Mr. Wok*, meinem bevorzugten Chinesen. Also, hopp, hopp.

Die drei Zauberworte

»Er liebt dich? Ach was.«

Meine Schwester war genauso von den Socken wie ich. Vierundzwanzig Stunden waren seit dem Treffen mit Dick vergangen. Vierundzwanzig Stunden, in denen viel geschehen war. *Zu* viel für mein Empfinden. Viel zu viel. Zum Beispiel hatte dieser Dick mitten in der »Aktion« tatsächlich *Ich liebe dich* gesagt.

»Irgendwas stimmt da nicht, Lchen. Nur zwölfjährige Katholikinnen sagen beim Sex *Ich liebe dich*.«

Die Bedenken meiner Schwester waren nicht von der Hand zu weisen. Dieser Dick war eindeutig ein etwas eigenartiger Mann. Beunruhigend. Andererseits hatten mich die letzten Jahre für die Kostbarkeit eines *Ich liebe dich* sensibilisiert. Ich verteidigte ihn. Ich erzählte meiner Schwester, was *er* mir – nach der Aktion – selbst erzählt hatte. Dass er nämlich schon im Freibad in mich verliebt gewesen sei. Auf den ersten Blick, wie man so sagt. Und natürlich unsterblich.

»Romantisch. Sehr romantisch«, bemerkte meine Schwester. »Und er fand, dass es ein adäquater Ausdruck seiner unsterblichen Gefühle war, dir vorzuschlagen, auf dem Klo zu ficken?«

Außerdem hatte Dick mir erzählt, dass er vier Jahre lang keinen Sex gehabt hatte. Und dass ihm das mit der Toilette rausgerutscht war, weil es einfach das war, was er in dem Augenblick gedacht hatte, ganz offen und ehrlich.

»Jetzt weißt du, womit er denkt«, resümierte meine Schwester.

Ich wies sie darauf hin, dass ich bei meiner ersten Begegnung mit Dick nur einen Bikini trug. Dass ich im Wasser mit ihm geflirtet hatte (ja, das hatte ich). Mit einem Mann, der nach vier sexlosen Jahren doch so depriviert sein musste, dass er vermutlich nicht mal mehr den Haustürschlüssel ins Schloss schieben konnte, ohne von Gedanken geplagt zu werden.

»Und *warum* hatte er so lange keinen Sex? Hat er irgendein Gelübde abgelegt? Ist er glücklicher Familienvater? Schüchtern oder verklemmt scheint er ja nicht zu sein...«

Nein. Nein, das war er nicht. Weder schüchtern noch verklemmt (ver-*was*?) noch Familienvater. Er hatte vor vier Jahren seine letzte Freundin gehabt. Danach war er, wenn ich ihn richtig verstanden hatte, ein bisschen schwer wieder in den Sattel gekommen. Aber ich war nicht in Stimmung, meine Schwester zu überzeugen. Weder sie noch mich selbst. Sie hatte ja Recht, dieser Mann war nicht geheuer.

Und bei aller Wertschätzung für die kleinen drei Worte *Ich liebe dich*, die mich das Schicksal gelehrt hatte: Wenn man sie nicht erwidern konnte, waren sie eben nur halb so schön. Und das konnte ich nicht. Das konnte ich wirklich nicht. Und ich hielt es für ziemlich ausgeschlossen, dass sich das jemals ändern würde. Denn Dick blieb nicht mein einziger Besucher in dieser Nacht. Es lagen, wie gesagt, bewegte vierundzwanzig Stunden hinter mir. Doch um Ihre Neugier nicht künstlich auf die Folter zu spannen: Mit dem Huhn wurde es nichts, *Mr. Wok* kam nicht.

Aber eins nach dem anderen...

Die Geschichte einer unerfüllten Liebe

Also, wir gingen auf direktem Weg zu mir nach Hause, der Holländer und ich. Und plötzlich wirkte er ganz schüchtern. Ich musste an Miranda denken, wissen Sie, die äußerlich so toughe Rechtsanwältin aus SATC. Da gibt es diese Episode, in der sie jeden Tag beim Zurückbringen der Videos, mit denen sie ihre schlimme sexuelle Durststrecke überbrückt, von so Straßenbau-Papagalli mit Fickofferten bombardiert wird. Und natürlich ignoriert sie diese Exemplare einer niedrigeren Kaste.

Aber irgendwann ist die Not so weit fortgeschritten, dass sie stehen bleibt und dem Oberpapagallo der Truppe zuruft: *Okay, nimm mich, hier und jetzt, aber besorg's mir richtig, du Hengst.* So ungefähr. Und schlagartig sind die Herren still und verkriechen sich hinter ihre Presslufthämmer. Wie gesagt, daran musste ich denken, als ich den kleinen blonden Holländer zu mir nach Hause schleifte. Ich hatte ihn verängstigt, ich Sexmonster.

Es kam mir plötzlich so vor, als hätte er gar nicht daran geglaubt, dass ich zu der Verabredung erscheinen würde. Mehr noch, als hätte er es vielleicht gar nicht wirklich gewollt. Als hätte er eigentlich lieber bis ans Ende seines Lebens morgens und abends eine SMS geschrieben. Jedes Mal eine andere, dreißig Jahre lang, und immer unerwidert. Das hätte ihm vielleicht viel besser gefallen, dachte ich. Das wäre so eine tragisch-schöne Geschichte, das hätte wirklich Stil.

Ich malte mir diese Geschichte aus, von der ich annahm, dass sie Dick gefallen hätte. Die Geschichte eines Mannes, der sich sein ganzes Leben nach einer Frau verzehrt, die er nur einmal gesehen hat, im Freibad. Alle hätten sich gewundert, warum er nie geheiratet hat (»Eigenartig, so ein attraktiver Mann…«). Und erst nach seinem Tod hätten seine Angehörigen erfahren, dass es da jemanden gegeben hatte: *SIE*, die rätselhafte blonde Frau im schwarzen Bikini (mich, mich, *MICH!).*

Denn seinem jüngsten, besonders feinfühligen Neffen hat

der Mann in seinem Testament den Auftrag hinterlassen, dieser Frau eine allerletzte SMS zu schreiben. Mit der Nachricht, dass er verschieden sei, damit sie sich nicht wundert und womöglich an seinen Gefühlen zweifelt.

Aber der Neffe – das hat der Verstorbene natürlich schon vorher geahnt – bringt es nicht übers Herz. Er beschließt, das morgendliche und abendliche Ritual fortzuführen, und so… Und so hätte die Frau aus dem Freibad weiterhin morgens und abends eine SMS bekommen. Diese Frau, bei der jeder sofort spürte, dass sie trotz ihres schönen Bikinis immer einsam sein würde, hätte sich bis zu ihrem Tod verehrt und geliebt gefühlt. Ja, *so* hätte Dick die Geschichte eigentlich besser gefunden, dachte ich. Aber nun marschierten er und die unerfüllte Liebe seines Lebens strammen Schrittes nach Hause zum Ficken. Tja.

Das war natürlich ein Irrtum. Diese Geschichte gefiel wohl eher mir selbst als diesem Holländer. Und falls er sich ein solches Schicksal doch jemals erträumt hatte, so passte er sich den realen Umständen jedenfalls sehr schnell an. Und fand auch daran Freude. So viel vorab. Nach etwa einem Drittel unseres kleinen Fußmarsches wurde er schon wieder ganz eloquent. Er hatte sich wohl nur einen kurzen Moment erschrocken, dass die Bastion mit einem Mal so leicht erstürmbar war. Er war auf eine längere Belagerung eingestellt gewesen, und nun standen ihm plötzlich die Tore offen. »Dann mal los, gehen wir zu mir!«, hatte die Angebetete gesagt. Na, so ein Flittchen. Und er hatte nicht mal die gute Unterhose an.

Unterwegs wurden dann noch flink die üblichen Fragen geklärt: Verheiratet? Kinder? Irgendwas, das ansteckend ist? – was man so wissen möchte vorm Geschlechtsverkehr.

Außerdem versuchte ich, dahinterzukommen, womit *genau* er sein Geld verdiente. Aber dann begnügte ich mich damit, dass er irgendwas mit Kunst oder Design machte und offenbar welches hatte. Er residierte im Zelt, trug aber Kleidung im Wert einer Einbauküche, alles ganz schlicht und ganz teuer. Er roch auch sehr angenehm, also… meinetwegen konnte es losgehen.

Aber *er* machte weiter Konversation. Ganz kultiviert. Als hätten wir uns über eine ZEIT-Annonce kennengelernt, als wären wir Herr Professor und Frau Doktor, die eine »Lebenspartnerschaft« erwogen und die nächsten Wochen erst mal ins Theater gehen und ihre gemeinsame Liebe zu englischer Literatur und gutem Wein entdecken würden. Sex erst nach Bayreuth. Ich blieb auf der Hut. Ich versuchte, nicht aus den Augen zu verlieren, was wir in Wirklichkeit waren: parfümierte Zweibeiner auf dem Weg zur Paarung – und das war's. Keine Zukunft, keine Perspektive. Danach gab's Huhn mit Broccoli. Mann, hatte ich Hunger!

Curd Rock – amgesichts des Hollämders emtdeckt er seim siziliamische Ader

Ich gebe zu, ich hab eim semtimentale Schwäche für Lpumkt. Ich habe sie verwöhmt.

*Deshalb glaubt sie, sie darf jeden **Tulpemkopp** mit auf meim Couch brimgen…*

Aber ich werde freumd-
lich zu ihm seim…
sehr freumdlich…

Du darfst nie jemamden,
der nicht zur Familie
gehört, merken lassen,
was du demkst.

Die Sexszene

Ich weiß nicht, wie es Ihnen geht, aber bei mir ist es so, dass ich während des Geschlechtsverkehrs denke. Und damit meine ich nicht Gedanken an mich und Brad Pitt in der Bettenabteilung bei Karstadt. Solche und noch heißere Phantasien nehme ich nur zu Hilfe, wenn die gebotene Erregung sich nicht durch die Situation allein einstellt, aber das ist zum Glück nicht oft der Fall. Nicht *so* oft. Ich denke an alles Mögliche. Nicht gerade an Differenzialgleichungen oder den Zitronensäurezyklus, aber an alles, an das man zum Beispiel auch beim Autofahren denken könnte. Die Welt steht ja nicht still, nur weil man Verkehr hat (jetzt mal abgesehen von dem *einen* glorreichen Moment).

Während Dick und ich miteinander schliefen, dachte ich sehr viel. Und die meisten der Gedanken betrafen, Sie kommen nie drauf, 119. Aber nicht in dem Sinne, dass ich mir vorstellte oder gar wünschte, Dick wäre er, so nicht. Es waren ganz andere Gedanken. Eigentlich eher Erinnerungen. Ich sah 119 und mich an unserem ersten Abend. Ich sah 119 und mich nach einem Tag am Meer im Auto. Ich sah 119 und mich kichernd in einer Galerie mit sehr spezieller Kunst. Also, alles völlig harmlos und eigentlich fast so etwas wie ein Best-of.

Manchmal wendete ich mich natürlich gedanklich auch meinem Gegenüber zu, dem Mann, der gerade in mich eindrang, Dick. Sein Körper war klein und muskulös, seine Haut war goldgelb wie ein Pfannkuchen, er hatte feines hellblondes Babyhaar, und seine Augen waren so blau wie ein kalifornischer Swimmingpool. Man sah nicht viel darin. Sein Aussehen gab überhaupt wenig Auskunft über ihn. Den meisten Menschen konnte man ihr Wesen und ihre Geschichte ja mit der Zeit im Gesicht ablesen, aber Dicks Gesicht war trotz seiner dreiundvierzig Jahre glatt wie ein Kinderpopo. Wirklich, kaum Falten. Ich würde auf jeden Fall noch fragen müssen, welche Gesichtspflege er benutzte, bevor er ging.

Natürlich verglich ich auch ein bisschen. Ich überlegte, wie der Sex früher mit 119 war und wie es jetzt mit diesem Dick so lief. Rein anatomisch, so viel ließ sich sagen, brachten beide vergleichbare Voraussetzungen mit. Allerdings strengte sich Dick verglichen mit 119 geradezu wahnsinnig an. 119 beteiligte sich an der Liebe ja generell eher passiv, im Bett genau wie im Leben sah er zu, dass er nicht zu stark ins Schwitzen kam. Trotzdem hatte ich den Sex mit ihm immer genossen. Und seine Zurückhaltung durch meine Einsatzfreude gerne ausgeglichen. Ich liebte ihn und war mir bewusst, wie viele Kalorien ich wieder mal verbrannte. Und es ist ja auch schön, wenn man sieht, dass man durch sein Mühen mal was bewirkt auf dieser Welt.

Mit Dick war es genau umgekehrt. Am Anfang waren wir ein bisschen schwer in die Gänge gekommen. Er hatte mich gebeten, meine Entkleidung übernehmen zu dürfen. Gott, warum nicht, dachte ich, solange er mir vor Ungeduld keine Knöpfe abreißt! Er ließ sich Zeit. Viel Zeit. Er tat so feierlich wie Oma beim Auswickeln der Meissner Sammeltässchen. Das sollte wohl so was sein.

Nach einer halben Stunde war ich endlich nackt, ich dachte erfreut, *na dann*, doch er machte immer noch keine Anstalten. Er setzte sich komplett angekleidet drei Meter entfernt auf einen Stuhl, um sich an der Betrachtung meines Körpers zu erbauen. In mir tobte das Verlangen nach Huhn. »Musst du noch was erledigen?«, fragte ich ganz vorsichtig. Münzen in die Parkuhr werfen? Zigaretten holen? Deine Steuererklärung einschmeißen? Und allmählich wurde mir auch frisch.

Ich konnte das noch nie leiden. Nichts dergleichen. Weder diesen Firlefanz mit vorher lasziv Nudeln essen und die Hand gedankenverloren über die Pfeffermühle gleiten lassen, noch diese »9 1/2 Wochen«-Sachbearbeitererotik, die mein kleiner neuer Freund aus Holland anscheinend mal ausprobieren wollte. Fehlte nur noch, dass er mir mit Eiswürfeln kam. Ich fröstelte. Ich fühlte mich schrecklich unbehaglich und sah Dick flehentlich an: »Dick, das ist wirklich sexy, puuuuuh… Aber wenn es noch länger dauert, ziehst du mir dann bitte die Socken wieder an?«

Er verstand den Wink. Er legte ab, gesellte sich zu mir, und danach wurde es angenehm. Wir waren kompatibel. Er war emsig wie eine Biene und ich faul wie Willi, die Drohne. Das war unbekanntes Land, aber ich fühlte mich gleich zu Hause.

Ich hatte früher auch schon Männer gehabt, die im Bett sehr initiativ waren. Aber anders als mein Studienfreund Flo, der aus jedem Sex ein Turnfest machte (und deshalb – wie ich später erfuhr – bei den Damen der Fakultät als »Turnfloh« bereits hinlänglich bekannt war), oder auch als Karl, der im Bett rumkommandierte wie Napoleon, achtete Dick ganz genau darauf, wie ich reagierte und was mir gefiel. Mein Vergnügen war das seine, quasi. Er genoss, wenn ich genoss. Und ich dachte: Genauso muss 119 sich mit mir gefühlt haben – nicht übel.

Dann kam der eher unangenehme Teil. Ich hielt Dick für einen Jäger. Ich war fest davon ausgegangen, dass diese ein wenig befremdliche Penetranz, mit der er mir seit dem ersten Moment unseres Kennenlernens zu Leibe gerückt war, sich nach der Penetration sofort erledigt haben würde. Doch ich hatte mich getäuscht. Mit derselben Eindringlichkeit, mit der er sich meinem Körper gewidmet hatte, widmete er sich nun dem Rest von mir. Er stellte tausend Fragen. Er wollte alles über mich wissen. Das wurde mir entschieden zu intim, und so schlief ich lieber gleich noch mal mit ihm. Da passierte es. Dabei sagte er es. Er sagte tatsächlich *Ich liebe dich*.

Meine Freude hielt sich in Grenzen. Denn natürlich konnte ich dieses *Ich liebe dich* nicht erwidern. Ich fühlte mich gar nicht wohl in meiner Haut, gar nicht, und ich überlegte angestrengt, wie ich reagieren könnte. Ich entschied mich für ein stilles, dankbares Lächeln. Das schien mir die freundlichste Art, ihm zu signalisieren, dass *ich ihn nicht* liebte, mir der Kostbarkeit seiner Worte aber bewusst war und sie an sich sehr zu schätzen wusste. Sehr. Lächelnd setzten wir den Verkehr fort.

Doch irgendwie war die erotische Atmosphäre nach Dicks Bekenntnis gestört. Ich lächelte beglückt, aber mein Körper sprach eine andere Sprache. Ich bemühte Brad, dann George, dann Brad *und* George, dann Mehmet Scholl, als er noch Haare hatte, und schließlich sogar meine kleine geheime Wunderwaffe Giovanni di Lorenzo. In der Bettenabteilung bei Karstadt war was los. Aber ach, an Ekstase war nicht mal mehr zu denken.

Dick spürte das natürlich, und wir brachen die Sache ab. Ich sah, wie enttäuscht er war. Plötzlich schimmerten Tränen in seinen schönen hellblauen Swimmingpool-Augen, oweh. Es gab nichts Schlimmeres, als *Ich liebe dich* zu sagen und dann allein damit zu stehen. Wer wüsste das besser als ich. Und nun lernte ich endlich auch mal die andere Seite kennen. Ich dachte: Genauso hat 119 sich bei meinen Liebesbekenntnissen sicher gefühlt – irgendwie wie ein… Arschloch. Toll.

Also, da lagen wir nun: Dick, ich und das *Ich liebe dich* zwischen uns. Keiner sagte was. Ich lauschte dem Regen, der gegen die Fensterscheiben prasselte. Irgendwann im Laufe des Geschlechtsverkehrs hatte er wohl eingesetzt. Und mir fiel ein, dass auf Dick ja der Campingplatz wartete. Wie traurig. Ein Mann, der Lpunkt liebt, sollte bei Regen eigentlich nicht im Zelt schlafen müssen, zog es mir durch den Kopf. Leider hatte er *ES* gesagt, sonst hätte ich ihn einladen können, über Nacht zu bleiben. Aber nach einem *Ich liebe dich* war das zu gefährlich, dann würde er beim Frühstück um meine Hand anhalten. Ärgerlich, wirklich ärgerlich, dachte ich. Warum konnten Männer dieses BLÖDE *Ich liebe dich* nie für sich behalten?

Ich hatte es doch auch so gemerkt. Ich hatte gemerkt, dass er mich gern hatte, *richtig* gern. Und dass er sich mehr erhoffte, viel mehr, das spürt man doch beim Sex. Als Frau… Deshalb sagen manche Leute zum Geschlechtsakt ja auch »Liebe machen«. Weil es vereinzelt immer noch Menschen gibt, die tatsächlich mit einem anderen schlafen, um Liebe zu *machen*. Dick war anscheinend einer davon. Ein anderer war ich. Genau dasselbe hatte ich bei 119 versucht, drei Jahre lang, und schließlich festgestellt: Liebe ist nicht *machbar*, egal wie gut man fickt – was für ein Resümee, was für eine Erkenntnis, dafür hatte es sich doch gelohnt.

Ich brachte Dick zur Tür. Und beide waren wir wieder genauso unbeholfen wie am Anfang. Ich gab ihm artig die

Hand, diesem Mann, der in den beiden Stunden, die seit unserer Begrüßung vergangen waren, so quasi jeden Zentimeter meines Körpers ergründet hatte, an den man ohne chirurgischen Eingriff herankam. Der über meine Implantate hinweggegangen war wie ein Gentleman. Und der mich angeblich sogar liebte.

»Ja, dann…«, sagte ich, »vielen Dank!« Ich merkte sofort, dass das nicht schön klang. Dass es sich anhörte, als wolle ich zum Ausdruck bringen, dass er es mir gut besorgt hatte. Dabei hatte ich doch eigentlich etwas anderes sagen wollen. Ich wollte sagen: Danke, dass du so hingerissen von mir bist. Für ein *Ich liebe dich* habe ich mir unlängst woanders den Arsch abgerackert, und du hast es mir einfach so geschenkt. Und auch, wenn ich das Geschenk nicht annehmen kann, das ist an sich ein dolles Ding. Merci.

»Gern geschehen«, sagte Dick. Und dann lachte er schon wieder, als sähe er das alles ganz entspannt. Trotzdem beschloss ich, die Sache auf der Stelle zu beenden, irgendwie fühlte ich mich unbehaglich. Entweder lieben beide oder keiner. Schluss und aus.

»Ich ruf dich an, Schatz.« Dick war offensichtlich anderer Meinung.

Fünf vor zwölf

Fünf nach elf. Für das Huhn war es jetzt zu spät. Unruhig lief ich zwischen Wohnzimmer und Küche hin und her. Ich aß Knäckebrot. Trocken zermalmte ich eine Scheibe nach der anderen und trank Martini dazu, ebenfalls trocken.

Meine Denkzellen liefen auf Hochtouren, konnten sich aber auf keine Richtung einigen. Es ging alles durcheinander. Und… drunter und drüber, wie wir gleich sehen werden.

Ich weiß nicht, was mich trieb. Ich weiß es wirklich nicht. Sexuelles Verlangen war es ganz sicher nicht, es sei denn, es gab spontane Nymphomanie. Ich wollte einfach noch mal mit 119 reden. Ich hatte das Gefühl, ich hätte ganz neue Einsichten gewonnen. Und ich hatte das Bedürfnis, sie ihm mitzuteilen. Die Frage wozu, *wozu* ich ihm meine Erkenntnisse mitteilen wollte, stellte ich mir nicht. Es musste nur unbedingt sofort geschehen. Mir war, als wäre es fünf vor zwölf.

Ich rief ihn an.

»Hi, Hase, wie geht's?«

»Lchen! Und selbst?«

»Bist du in diese Frau A. verliebt?«

»Nein. Ich bin in niemanden verliebt. Und sicher nicht in dieses Pferdegebiss.«

»Ja, schrecklich, nicht?«

»Widerlich. Und du, irgendwas Neues?«

»Ich weiß nicht, ich habe da jemanden kennengelernt.«

»Nee! Erzähl…«

»Er heißt Dick, und er liebt mich, sagte er.«

»Na, siehste wohl. Geht doch.«

»Ich liebe ihn aber nicht. Hase, ich liebe doch immer noch dich…« (Teufel Alkohol!)

»Ach, Lchen.«

»Es war falsch von mir, dir das immer unter die Nase zu reiben, hm? Ein richtiger Abtörner, stimmt's?«

»Na ja, Schwamm drüber…«

»Meinst du, es wäre besser gelaufen, wenn ich es nicht

gesagt hätte? Meinst du, du hättest dich verliebt, wenn ich dich nicht gleich überfahren hätte…«

»Lchen, lass doch. Ich weiß es nicht…«

»Und jetzt? Bist du ein bisschen eifersüchtig, dass ich jetzt jemanden habe?«

»…«

»Nicht ein *klitzekleines* bisschen?«

»…«

»Hach.«

Ich heulte ein bisschen. Aber ganz leise. Plötzlich wusste ich nicht mehr, was ich sagen sollte. Warum ich überhaupt angerufen hatte. 119 war so nett, den Gesprächsfaden weiterzuspinnen.

»Erzähl mal, was ist das denn für ein Mann?«

»Ich weiß es nicht! Ich habe keine Ahnung! Ich weiß es nicht…«, schluchzte ich.

»Wie heißt er denn, weißt du *das*?«, fragte 119 ganz nett und einfühlsam.

»Er heißt Dick…« Ich beruhigte mich ein bisschen.

»Dick? Na, das ist doch schon mal ein gutes Zeichen. Macht er seinem Namen Ehre?«

»Ich… ja, schon… aber… ich… ich möchte eigentlich viel lieber mit dir schlafen!« (Ich kann es nur wiederholen: TEUFEL ALKOHOL!)

»Das kannst du doch. Das konntest du immer, habe ich je was anderes gesagt?«

»Aber ich… ich… ich… wenn ich doch…«

»Na, dann hast du eben noch einen anderen, und wenn schon. Hauptsache gesund, sag ich immer, hm?«

»Das stimmt natürlich…« Ich musste ein bisschen lachen.

»Du fehlst mir, Lchen. Auch, wenn ich dich nicht liebe.

Nicht auf die Art, wie du dir das wünschst, aber trotzdem vermisse ich dich…«

»Ja, echt…?«

»Na klar. Du bist doch mein Kumpel. Mein Kumpel, der, wann immer er will, Sex mit mir haben kann…«

»Und du bist echt *gar nicht* eifersüchtig…?«

»Nein, ich bin nicht eifersüchtig. Aber trotzdem würde ich jetzt gern bei dir sein.«

»Jetzt?… Ich meine… *jetzt?*«

»Klar, warum nicht. Wir haben uns doch Ewigkeiten nicht mehr gesehen, was meinst du, was wir uns alles zu erzählen haben…«

»Ja, da hast du Recht… Wusstest du, dass ich in Barcelona war?«

»Nein!«

»Doch! Und ich bin geflogen! *Geflogen*!«

»NEIN!«

»DOCH!«

»Na, dann komm ich mal, hm? Das musst du mir in Ruhe erzählen.«

»Ja, gut… okay.«

Sagen Sie nichts.

Stiftung Beischlaf-TEST

Ich hatte es ja schon erwähnt, es war eine wirklich bewegende und bewegte Nacht. Und natürlich drängte sich danach die Frage auf, was besser war: Sex mit jemandem, den man liebt. Oder Sex mit jemandem, von dem man geliebt wird. Beides hat seine Vor- und Nachteile, resümierte ich. Willkommen bei Stiftung Beischlaf-Test.

Mit einem Menschen zu schlafen, den man liebt, ist ja per se beglückend. Man ist genau dort, wo man sein will, wenn man mit dem Geliebten Bauch an Bauch liegt. Selbst wenn man von einem Orgasmus vielleicht so weit entfernt ist wie beim Zahnarzt während einer Wurzelfüllung. Der Sex mit 119 jedenfalls hatte sich angefühlt wie nach einem kalten Wintertag nach Hause kommen. Und diesmal musste ich den Ofen nicht mal anheizen, damit er bullerte. Es war ja lange her.

Ganz anders mit einem Menschen, den man *nicht* liebt, aber von dem man geliebt *wird*. Mit Dick. Da hatte Sex doch gleich einen deutlich anderen Komfort. Jeder Wunsch wurde vorausgeahnt und erfüllt wie im 6-Sterne-Hotel. Und wenn man darüber hinaus noch was wollte, auch kein Problem. Man konnte laut sein, sich daneben benehmen, aus der Rolle fallen, egal. Es kannte einen ja niemand, man war fremd.

Also, abschließendes Urteil, zweimal GUT. Zufrieden war ich trotzdem nicht, ich war sogar weit davon entfernt. Ich wollte ein SEHR GUT. Und mir war klar, dass es das für mich nur dann geben würde, wenn Lieben und Geliebtwerden günstigerweise zusammenfielen, bei ein und demselben Verkehr. Eine vielleicht etwas konservative Vorstellung, tja, so sind wir Paderborner, aber es stand ja ohnehin nicht zur Disposition.

Wie immer war 119 auch dieses Mal gegangen. Und dass ich gehofft hatte, er würde bleiben, merkte ich erst, als ich ihm zusah, wie er seine Schuhe zuband.

»Hase, willst du nicht hier schlafen, es regnet doch draußen…«, machte ich einen schwachen Versuch.

»Ja, Lchen, aber ich schlafe nicht *draußen,* ich fahre zu mir«, grinste er zurück.

Ich dachte an die armen Menschen, die in dieser Nacht *kein* festes Dach über dem Kopf hatten, die da draußen im strömenden Regen lagen, ach ja… Und ich spürte einen dicken Kloß im Hals, als 119 seinem Kumpel Curd Rock zärtlich die Wampe tätschelte und sagte: »Mach's gut, alter Junge.« Curd sah ihn mit großen, verständnislosen Augen an.

Ich brachte 119 noch zur Tür.

»Dieser Dick…«, sagte er betont heiter, »meinst du, du kannst dich in den verlieben?«

Mir schoss das Wasser in die Augen.

»Nein«, sagte ich und schüttelte heftig den Kopf, »nein, Hase, niemals.«

Er sah mich einen Moment lang an, dann zwinkerte er kurz, versenkte die Hände in den Taschen und marschierte los. Auf der Treppe drehte er sich noch mal um:

»Viel Glück, Lchen… falls das mit euch doch was wird.«

Als ich die Tür hinter ihm geschlossen hatte, musste ich erst mal tüchtig heulen. Noch nie hatte ich in ein und derselben Nacht zwei Männer gehabt. Und noch nie hatte ich mich so einsam gefühlt.

……?……?…………

Das letzte Mal

Ich spülte die Gläser und zog das Bett ab, zum zweiten Mal in dieser Nacht. Nicht, dass ich *noch* jemanden erwartete, aber nach dieser Orgie sehnte ich mich nach weißer gestärkter Wäsche wie ein Katholik nach der Beichte. Mir fiel auf, wie viele Haare 119 verloren hatte. Kurze dunkelblonde Haare, die sich über Curds weiße Couch und mein weißes Bett verteilten. Nicht schön.

Männer hinterlassen überall Spuren, dachte ich. Sie selbst machen sich aus dem Staub, aber es ist unübersehbar, dass sie da gewesen sind. Im Bett, in der Küche, im Bad. Sie krümeln, sie tropfen, sie rauchen… Sie können kein Bier trinken, keine Salzbrezel essen, ohne ihr Tun für die Nachwelt zu dokumentieren. I WAS HERE – wie diese überflüssigen Schnitzereien auf öffentlichen Bänken sind die kleinen und großen Stationen ihres Aufenthalts auf diesem Planeten immer überall nachzuvollziehen. Niemand bringt Männern bei, sich spurlos zu benehmen, es sei denn, sie werden dafür bezahlt und stehen im Dienste des KGB.

Barfuß, nur in Pyjama und mit Gummihandschuhen, rotierte ich durch die Wohnung wie ein Amok laufender asiatischer Putzroboter. Ich glaube, ich war wütend. Ja, inzwischen war ich wütend. Solange 119 da gewesen war, hatte alles so romantisch ausgesehen, als wäre da etwas zwischen uns, das alles andere (selbst andere Liebhaber) überdauert.

Jetzt fühlte es sich anders an. Es störte ihn nicht mal, wenn ich noch andere hatte! Selbst das machte ihm nichts, was konnten die ihm schon? Im Grunde nahmen sie ihm noch Arbeit ab, er blieb der CHEF. Er verteilte seine Haare überall. Penetrant hingen sie in den Polsterrillen, bohrten sich durch das Bettlaken in die Matratze und markierten sein Revier: ***Land of 119** – A warm welcome to all visitors, friends and new residents!* So wurden die Gastarbeiter auf Lchen von seinen Haaren herzlich begrüßt.

Zornig zerrte ich den Staubsauger aus dem Schrank. Es war vier Uhr morgens, er dröhnte wie eine dreißig Jahre alte sowjetische Frachtmaschine und würde das ganze Haus aufwecken, aber darauf konnte ich keine Rücksicht nehmen. Gnadenlos sah ich zu, wie ein Härchen nach dem anderen in dem Absaugrohr verschwand. Und nach und nach wurde ich ruhiger. Mein Zorn wich, auch die Enttäuschung, die Demütigung, dass er mich so einfach dem holländischen Feind überließ. Dass er diesen Sex nur noch mal mitgenommen hatte wie die letzte Gelegenheit. Und statt des Zorns machte sich unendlicher Kummer in mir breit. Es war für ihn nicht die letzte Gelegenheit gewesen, sondern… *das letzte Mal.*

Jetzt erst wurde mir klar, dass dies eben *sein* Abschied gewesen war. *Seiner*. Bisher hatte immer nur ich mich verabschiedet, in regelmäßigen Zyklen hatte Lchen die Nase voll gehabt und war gegangen. Aber *er* war immer geblieben, er hatte sich nie bewegt, weder zu mir hin noch weg von mir. Freundschaft plus, das war seine Position, da stand er, da blieb er, und er wusste, ich würde wiederkommen. Diesmal war auch er gegangen. Das letzte Mal, es war unwiderruflich *das letzte Mal* gewesen, ein Farewell-Fick, sozusagen. Und ich hatte ihm doch noch gar nicht von meinem Flug erzählt… oh nein.

Ich stellte den Staubsauger ab. »Danke!«, tönte es von nebenan. Ich nickte stumm und zog die Gummihandschuhe aus. Ich robbte auf allen vieren übers Bett und suchte es nach den letzten 119-Härchen ab. Dann saß ich da und war unschlüssig, was ich nun damit machen sollte. Es war wieder so weit, dachte ich. Deshalb war ich doch schon mal in Therapie gewesen. Konnten diese Psychologen denn gar nichts, *gar nichts*? Hach, hach, hach.

Der Haartick

Sonntagmorgens krochen meine Schwester und ich früher immer zu unseren Eltern ins Bett. Ich selbst verspürte zwar nie den Wunsch dazu, aber meine Schwester, die, wenn sich die alltäglichen Rituale der Versorgung sonntags verzögerten, schnell Hunger bekam, kroch vor und ich solidarisch hinterher. Meine Mutter, anderer Pflichten enthoben, verschwand dann meistens schnell in die Küche, und es gab Frühstück.

Während meine Schwester im Bett meiner Eltern gewöhnlich wild herumtobte, lag ich reglos da wie eine Mumie. Den Grund sahen meine Eltern in meinem milden, zur Vernunft neigenden Wesen, aber die Wahrheit war, ich wusste Bescheid. Ich hatte sie gesehen, die schlimme Sache, die Papa da zwischen den Beinen hatte (er war Nachthemdträger). Mein Pietätgefühl verbot mir, ihn darauf anzusprechen. Drankommen wollte ich aber auf gar keinen Fall.

Eines Sonntags verhielt ich mich aus irgendeinem Grund nicht so still – ich glaube, meine Schwester und ich spielten *Daktari*, sie den schielenden Löwen Clarence und ich Schimpansendame Judy. Um wenigstens Judy zu beruhigen, lenkte mein Vater meine Aufmerksamkeit auf ein Haar, das ich verloren hatte. Er nahm es, hielt es hoch und sagte mit leiser Stimme:

»Guck, ein Haar von dir, wie lang das ist! Bestimmt war es viele Monate bei dir, vielleicht sogar Jahre… Was ihr alles gemeinsam erlebt habt!… Dieses Haar war mit dir in Italien, zusammen habt ihr schwimmen gelernt… Es hat dich an deinem ersten Schultag begleitet… Es hat mit dir gelacht und geweint… Und nun hast du es verloren und hättest das beinahe nicht mal gemerkt.«

Ich lag ganz still, lauschte Papas Worten und fühlte mich irgendwie nicht gut.

Von dem Zeitpunkt an bewahrte ich alle verlorenen Haare auf. Der Länge nach geordnet legte ich sie in ein mit dunkelblauem Samt ausgeschlagenes Kästchen, das meine Mutter nicht mehr brauchte, seit sie Zuchtperlen großbürgerlich fand. Meine Welt war fast wieder heil. Eines Tages jedoch fiel Mama mein Kästchen beim Saubermachen herunter, und wenig später verschwanden meine Haare in ihrem Staubsauger. Ich machte ein Riesentheater, ich brüllte wie am Spieß. Stunden, Tage, ich ließ mich nicht beruhigen. Meine Eltern versuchten es mit allen Mitteln der modernen Pädagogik, schließlich mit klassischem Arschversohlen. Nichts half.

Ein Kinderpsychologe wurde konsultiert. Er machte ein sehr besorgtes Gesicht. Nach eingehender Überlegung vermutete er ein sexuelles Motiv, das er dringend im Rahmen einer analytischen Therapie zu bearbeiten empfahl. Von sexuellen Motiven hielten meine Eltern dann doch nicht so viel. Ich bekam einen Friseurtermin. Mit einem Kurzhaarschnitt, meinte Papas Parteigenosse Wilfried, der immerhin Arzt war (Zahnarzt), wäre die emotionale Bindung, die ich zu dem einzelnen Haar aufbauen könnte, nicht so stark. Meine emotionalen Bindungen wurden auf einen Zentimeter verkürzt. Und um nicht so oft zum Friseur zu müssen, bestellte Mutti die kleine blaue Haarschneidemaschine von Neckermann.

Trotzdem sammelte ich heimlich weiter meine Haare. Bis Oma mir eines Tages erzählte, dass es für verlorene Haare gar nicht schön wäre, in einem dunklen Kästchen aufbewahrt zu werden. Und dass sie es sicher besser fänden, wenn ich sie freiließe, denn dann würde der Wind sie auf eine große Reise mitnehmen, und sie würden woanders als auf meinem Kopf auch noch viel erleben. Vögel würden meine Haare vielleicht in Baumkronen finden und Nester damit bauen. Kleine Küken würden es darin schön warm haben, so fänden meine Haare neue Freunde. Oma, der alte Fuchs.

Am nächsten windigen Tag ging ich mit meiner Haarsammlung auf den Balkon. Lange stand ich an dem Geländer, aber ich brachte es nicht über mich. Ich konnte die Haare nicht dem Wind überlassen, unmöglich, diese Haare waren mit mir in Italien gewesen, wir hatten im Sand gelegen und abends am Strand geschaukelt, sollten die Vögel ihre Nester mit was anderem bauen – meine Freunde vollscheißen, so weit kommt es noch!

Irgendwie verlor sich die Störung dann mit der Zeit. Endgültig aufgehört habe ich mit dem Sammeln aber erst, als Axel, meine erste Liebe im zweiten Schuljahr, mal erwähnte, dass er ausgefallene Haare ekelhaft fand (vor allem die mit dem weißen Zeug noch hinten dran). Was danach aus meinen gesammelten Haaren wurde… keine Ahnung. Vielleicht waren sie noch irgendwo zwischen meinen Kinderschätzen. Meine Eltern gaben ja nichts weg von dem alten Zeug, auch sie bewahrten alles auf. Für die Enkel, auf die sie immer noch warteten. Ach ja…

Dreißig Jahre waren seither vergangen. Dreißig Jahre. Und wieder stand ich da mit verlorenen Haaren, die ich nicht loslassen konnte. Nur, dass es diesmal nicht meine eigenen waren. Und dass ich saß. Ich saß im Bett und hatte die Haare meines letzten Liebhabers in der Hand. Eines Liebhabers, der offensichtlich eine Platte bekam. Wie die Zeit verging… Der Psychologe hatte vielleicht doch nicht so falsch gelegen mit dem sexuellen Motiv. Aber diesmal widerstand ich der Versuchung, sie in einem Kästchen aufzubewahren. Ich blieb einfach sitzen, und irgendwann nickte ich ein, die 119-Härchen hielt ich weiter in der Hand. Es war fünf Uhr morgens, und draußen zwitscherten schon die ersten Vögel. Scheiß Vögel, dachte ich noch.

Jetzt wird mir eimiges klar! Sie ist nicht nur eim Nymphomamim…

Sie ist eim IRRE!!!!!!!

Neues Terrain

Ich schlief noch tief und fest, als das Telefon klingelte. Oder der Wecker. Nein, doch das Telefon. Suchend tastete ich danach.

»Guten Morgen, hier ist Dick!«

Dick? Dick? Dick? Nach fünf Stunden Schlaf war ich noch nicht in Bestform.

»Hast du gut geschlafen?«

Wie ein Engel kam mir unpassend vor. Ich nuschelte irgendwas von *Danke und selbst*.

»Ich wollte nur sagen... Es war schön... *sehr* schön... Ich wäre gerne noch geblieben...«

Ja, das wäre toll gewesen, wir hätten Skat spielen können.

»Meine Gedanken waren die ganze Nacht bei dir.«

Na, hoffentlich halten deine Gedanken dicht.

»Und ich wollte dir *noch* was sagen...«

Dass dein Deutsch manchmal nicht perfekt ist? Dass dein *Ich liebe dich* natürlich mehr als Tätigkeitsbeschreibung gemeint war? So im Sinne von *Sie liebten sich die ganze Nacht* statt *Sie vögelten die ganze Nacht*?! Warum bin ich nicht überrascht???

»Ich wollte sagen, dass ich es wirklich so gemeint habe... Ich war vom ersten Moment an in dich verliebt.«

Oh.

»Ich bin es übrigens auch jetzt noch. Ich bin in dich verliebt.«

Und lass mich raten... Bestimmt soll ich mich jetzt auch in dich verlieben?

»Ich muss heute Abend zurück nach Amsterdam.«

Bis dahin schaffe ich es nicht mehr.

»Kann ich dich vorher noch mal sehen?«

Ich hatte eine anstrengende Nacht.

»Ganz kurz, bitte!«

Ich sagte Nein. Ich telefonierte mit meiner Schwester. Ich putzte und bügelte die Wäsche. Ich verwandelte 119-Land wieder in *mein* Land, *meins*. Und währenddessen dachte ich ein bisschen nach. Plötzlich hatte ich doch Lust, den Holländer noch mal zu sehen. Nein, Lust eigentlich nicht. Es war eher diese besondere Unruhe, die mich überkam.

Das »Last Exit«-Schild blinkte wieder mal (Single-Frauen über fünfunddreißig wissen, was ich meine), verbunden mit der Frage: Wie oft, *wie oft* wird mir das wohl noch passieren? Wie oft wird sich ein Mann noch in mich verlieben? Ein Mann, der hübsch aussieht? Ein Mann, der einen klugen und liebenswerten Eindruck macht? Ein Mann, mit dem zu schlafen ein ganz außerordentliches Vergnügen ist? Wie wahrscheinlich ist ein Sechser im Lotto mit Superzahl?

Aber Torschlusspanik war nur das eine. Da war noch etwas anderes. Ein Gefühl, das ich ebenfalls schon kannte. Dieses Gefühl, das ich auch bei 119 am Anfang hatte. Das Gefühl, etwas Wertvolles in den Händen zu halten, und die Angst, vielleicht nicht richtig damit umzugehen. Plötzlich war ich ganz aufgeregt.

Also rief ich ihn an. Zum Glück war er noch nicht abgefahren. Wieder verabredeten wir uns im *Gloria*. Und diesmal gingen wir tatsächlich hinein, nettes Lokal, aber nicht unser Terrain. Außerhalb des Bettes lief es gar nicht gut, gar nicht. Dick war plötzlich ganz schüchtern, er sagte kaum noch was. Als säße die nette nackte Frau, mit der er nachts so viel Spaß gehabt hatte, ihm plötzlich als Vorsitzende Richterin gegenüber, mit Perücke. Seine Hände zitterten sogar. Ich selbst wusste auch nicht, was ich sagen sollte. Nach zwei Minuten fragte ich mich, warum ich ihn noch mal hatte treffen wollen. Ich lächelte – lächeln, nie verkehrt. Aber ich war enttäuscht, ich sah ihn an und fühlte… *nichts.*

Na, mal abwarten, dachte ich. Gefühle brauchen Zeit, hieß es ja. Ich bestellte erst mal einen Kaffee und stellte ein paar freundlich-interessierte Fragen. Nach seiner Arbeit, seinen Lebensumständen. Aber er antwortete darauf nicht gern. Viel lieber wollte er über meine Schönheit reden. Oder, am allerliebsten, mich einfach nur verliebt ansehen.

Durch zähe Recherche erfuhr ich immerhin dies: Er war vor Jahren mal Lehrer gewesen, das hatte ihn nicht erfüllt. Dann Künstler, das hatte ihm Erfolg gebracht, aber auch kein Glück. Jetzt assistierte er anderen Künstlern. Oder restaurierte seltene Möbel, die er auf Auktionen überall auf der Welt günstig kaufte und dann nicht ganz so günstig wieder *ver*kaufte. Er liebte schöne Dinge, sagte er. Aber er müsse sie nicht unbedingt besitzen, schränkte er gleich wieder ein. Er hatte sich neben das Getümmel gestellt, so viel verstand ich von ihm. Aus irgendeinem Grund war er aus dem großen Rennen um Liebe, Besitz und Anerkennung vorzeitig ausgeschieden.

Dafür trieb er Sport. Im Sommer schwamm er täglich ein bis zwei Stunden, und im Winter trainierte er genauso lange auf dem Eis. Ich stellte ihn mir in einem dieser schönen paillettenbesetzten Kostüme beim eingesprungenen Rittberger vor und wollte zahlen. Aber dann erfuhr ich, dass er Eis*schnell*lauf meinte. Er lächelte entschuldigend und sagte, im Winter habe er deshalb einen fetteren Arsch. Wer nicht. Er lebe auf kleinem Fuß, gab er zu, aber frei. Er war Herr seiner Zeit und niemandem verantwortlich außer sich selbst.

Sein Leben sei perfekt gewesen für ihn, sagte er, im Gleichgewicht. Doch dann hätte er *mich* getroffen, und ohne mich wäre plötzlich nichts mehr gut. Lächelnd bestellte ich den zweiten Kaffee und fühlte immer noch nichts. So ein netter Mann eigentlich… Es war zum Verzweifeln.

Über Liebesbeziehungen sagte er nicht viel. Und ich fragte nicht nach, um keine Gegenfragen zu legitimieren. Von sich aus erzählte er nur, dass die letzte Beziehung vier Jahre hinter ihm lag. Dass SIE es war, die sie beendet hatte. Und dass er danach ziemlich angeschlagen war. Als ich daraufhin besorgt guckte, fügte er rasch hinzu, dass es nicht an *ihm*, sondern am Altersunterschied gelegen hatte, dass sie ging. Ich nickte verständnisvoll. Ja, diese jungen Frauen, schön, aber noch nicht angekommen. Sie sei zwanzig Jahre älter gewesen, sagte er. Ich rechnete blitzschnell, sie war… …… …? ……?? ………? …… circa… ungefähr… etwa… 63???!

Dreiundsechzig. Seine Verehrung erschien mir in neuem Licht. Und mir war, als hörte ich ein leises Pfffffffffff… Vermutlich von meinem Ego, das zusammensackte wie eine lecke Badeente… pff…f…f……t.

»Warum wollte sie dich nicht, bist du mit ihren Enkeln nicht klargekommen?«, scherzte ich ziemlich gequält. Er blickte ganz ernst. Und er beeilte sich hinzuzufügen, dass sie eine wirklich bemerkenswerte Frau gewesen sei. Dass wahre Schönheit seiner Meinung nach kein Alter kannte und dass Perfektion und Jugend langweilig seien. Er redet wie eine Shampoo-Reklame für das wachsende kaufkraftstarke Seniorensegment, dachte ich. Und plötzlich durchfuhr mich ein Verdacht.

»Dick«, sagte ich finster, »was willst du von mir?« War diese Dame *nur* älter oder rein zufällig betucht?

Er sah mich arglos an. Mit seinen hellblauen Unschuldsaugen. Seinem faltenlosen Kindergesicht. Ein tiefes, zorniges Misstrauen erfasste mich. An ihm war alles viel zu schön, zu glatt, zu gut. Ich lächelte immer noch, aber jetzt eiskalt.

»Wenn ich es richtig sehe, Dick, ist die Situation folgende: Du bist angeblich in mich verliebt (Pause), aber ich nicht in dich (gemeine Pause). Wir hatten Sex, und die Frage ist: Was nun?«

Ich trommelte ungeduldig mit den Fingern auf dem Tisch. Er wollte meine Hand nehmen, aber ich zog sie weg.

»Ich weiß, dass du nicht in mich verliebt bist«, sagte er. Er sah sich in dem Lokal um, als suche er zwischen den billigen Siebziger-Jahre-Lampen nach Worten. »Aber... hättest du vielleicht Lust, mich trotzdem kennen zu lernen? Könntest du dir vorstellen, dass ich dich besuche? Dass ich mal ein paar Tage komme, und wir unternehmen was zusammen? Du zeigst mir die Stadt, wir sehen uns Galerien an, essen zusammen, gehen einkaufen...«

Ha! Einkaufen! Wusste ich es doch! Wer bezahlte dem Mann aus dem Zelt wohl die feine Kleidung? Wer finanzierte dem Camping-Freund die edlen Düfte? Sicher hatte er in jeder Shoppingmetropole eine andere einsame, zahlungskräftige Schabracke. Arme Karriere-Frauen, die nichts hatten als ihre Kreditkarten. Aber bei mir war dieser holländische Gigolo an der falschen Adresse. Ich hatte doch nicht mal Geld! Nichts hatte ich, sogar in Afrika bedauerte man mich! In meinem Kopf gingen tausend Alarmlampen gleichzeitig an.

»Wozu?«, stieß ich aus. »*Wozu* willst du mich besuchen, Dick?«

Er griff schon wieder nach meiner Hand. *Aus!*

»Es war doch eine schöne Nacht…«

Nein, es war *keine* schöne Nacht! Es war genau genommen sogar eine schlimme Nacht, schoss es mir durch den Kopf. Schrecklich! Man vögelt und vögelt und vögelt… Alles für so ein bisschen *scheiß* Liebe! Aber es funktioniert nicht! Es passt einfach nicht, *nie*…

»Dick!«, sagte ich. »Hör mir bitte zu… Ich finde dich nett. Und sehr attraktiv. Aber ich bin nicht in dich verliebt, und *nur* Sex interessiert mich nicht. Nicht mehr. Ich will nicht, dass du mich besuchst!«

Ich hatte Tränen der Wut in den Augen. Und ehrlich gesagt: Ich spürte genau, dass ich Dick Unrecht tat. Er war kein Witwentröster und kein Gigolo, im Gegenteil. Es war, als läge ein Klumpen Gold vor mir, aber mit Panzerglas davor. Als stellte der liebe Gott mir kurz vorm Verhungern eine Dose Ravioli hin, ohne Öffner. Ich sah diesen schönen, wenn auch etwas seltsamen, ungereimten Mann. Einen Mann, der vor Verliebtheit wirklich nur so überquoll. Und ich war stinkwütend, dass ich *nichts, nichts, nichts* für ihn empfand. Nach mittlerweile drei Tassen Kaffee immer noch nicht. Zahlen!

»Lpunkt«, sagte Dick, und ich sah seine Bestürzung. »Lpunkt, ich fahre jetzt gleich nach Hause. Ich fürchte, ich habe irgendwas Falsches gesagt… Vielleicht reden wir einfach in ein paar Tagen noch mal?!«

»Vielleicht…«, sagte ich. Plötzlich hätte ich am liebsten seine Hand genommen. Rein platonisch.

Einsichten in der »Casa del Popo«

Ich war immer der festen Überzeugung, dass Sex nicht unmoralisch ist. Ich hielt auch promiskes Verhalten unter gewissen Voraussetzungen für akzeptabel. Mein Verstand sagte mir, dass ich kein schlechtes Gewissen haben musste wegen meiner doppelt belegten Nacht. Ich hatte niemanden betrogen, verletzt oder gesundheitlich gefährdet. Und doch hatte ich nicht mal meiner Schwester erzählt, dass nach Dick auch noch 119 bei mir gewesen war.

Ich nehme an, deshalb. Deshalb war ich kurz darauf in der misslichen Situation, dass mir täglich dutzende Liter Wasser in den Hintern geblasen wurden. Aber von vorne…

Ich habe Ihnen doch mal von Robert erzählt. Robert, meinem virtuellen Freund und Mitstreiter im ständigen Kampf gegen die Pfunde und um Frieden im eigenen Körper. Und an dem Abend, als ich vom Kaffeetrinken mit Dick nach Hause kam, fand ich wieder mal eine Mail von ihm. Er schrieb, er flöge übermorgen nach Mallorca. Zum Fasten. *Robert*, mailte ich spontan zurück, *ich komme mit!*

Fasten. Reinigung des Körpers und der Seele. Ruhe. Einkehr. Stille. Nach der Nacht mit Dick *und* 119 hungerte ich danach wie eine bekehrte Hafenhure. Und so saß ich zwei Tage später ganz spontan im Flugzeug nach Mallorca. Fliegen, immer wieder ein Vergnügen. Über Barcelona wollte ich fast abspringen, aber weiter ging's nach Palma de Mallorca. Robert erwartete mich am Aeropuerto Son San Juan. Nach fünf Jahren sahen wir uns zum ersten Mal. Und ich war kein bisschen überrascht.

Unter übergewichtigen Männern gibt es ja diese Unsitte, auf Buddha machen zu wollen. Buddha mit ein bisschen

Teddybär und Flens-Säufer (plopp!). Viele von ihnen versuchen, den Mythos des gemütlichen Dicken zu bedienen, obwohl er aus einer Epoche stammt, als Adipositas ein Zeichen beruhigenden Wohlstands war. In unserer heutigen Gesellschaft sind eher die Armen und Unglücklichen fett, nicht die, denen es gut geht. Robert war dick, aber er machte der Welt nichts vor.

Er spielte nicht den tapsigen Papa-Bär im Karohemd. Er spekulierte nicht darauf, dass nervöse, dünne Frauen sich in seine Arme kuscheln wollten. Er war trotz seiner Knuddelmaße ein Nervenbündel, das merkte man sofort. Er war fein, zurückhaltend und elegant – genau wie ich ihn aus seinen E-Mails kannte. In einem früheren Leben war er übrigens Lisa del Giocondo, die dritte Gemahlin des Florentiner Kaufmanns und Seidenhändlers Francesco di Bartolomeo di Zanobi del Giocondo, von der traditionelle Biographien sagen, dass sie Leonardo da Vinci für die Mona Lisa Modell gestanden habe. Auch als männliche Wiedergeburt hatte Robert noch große Ähnlichkeit mit Mona Lisa. Schön war er also nicht.

Wir nahmen uns einen Mietwagen, und während der anderthalbstündigen Fahrt vom Flughafen zu unserer Fastenresidenz brachten wir uns wechselseitig auf den aktuellen Stand. Robert sprach über seine ein bisschen so dahinschlingernde Ehe, die vor kurzem mit einem weiteren Baby oberflächlich gekittet worden war. Sein drittes Kind. Viele Menschen waren von ihm abhängig. Ganz anders als ich lebte er in einem dicht gewobenen Netz aus selbst geschaffenen Verpflichtungen. Einem Netz, das hielt, auch wenn die Liebe, aus der es mal entstanden war, sich zeitweise davonschlich und erst wieder aufkreuzte, wenn die Trennung zur Debatte stand. Wie das immer so ist.

Ich selbst verbreitete Aufbruchstimmung. Ich erzählte Robert von meiner Trennung von 119 und dass sie für mich immer noch sehr schwer, aber diesmal zweifellos endgültig sei. Ich verkündete nicht ohne Stolz, dass ich mich darüber hinaus auch von dem Mann freigeschwommen hätte, von dem ich – meinem früheren Empfinden nach – *beruflich* abhängig gewesen sei. (Das Lchen, guck mal einer an!) Und zu meiner großen Überraschung hörte ich mich als Nächstes berichten, dass ich einen sehr netten Mann kennen gelernt hätte. Dass ich mir allerdings nicht sicher sei, ob ich mich – wie man so sagte – »schon bereit für etwas Neues« fühlte.

»Nach dieser Woche wirst du es wissen«, sagte Robert.

Na dann.

Ich also auf Mallorca, im Kreise überwiegend weiblicher Moppelchen, die allesamt auf Schwarzwälder Kirschtorte geschworen hätten, dass es ihnen um spirituelle Reinigung und nicht ums Abnehmen ging. Schön, schön, schön.

Morgens standen wir mit emporgestreckten Armen am Strand und ließen die Sonne in unsere Körper strömen – statt Kaffee. Mittags gab's erst mal ordentlich Wasser in den Po *(Colon-Hydro-Therapie, der erste Schritt zur Darmsanierung* – davon hatte Robert vorher nichts erzählt!). Zur Abendbrotzeit: Diavorträge über die Gefahren der Verschlackung *(Der Tod sitzt im Darm)*, mit Bildern aufsehenerregender Darmfunde wie zum Beispiel dreißig Jahre im Hintern getragener Manschettenknöpfe oder faustkeilgroßer Kotsteine. Nachtisch brauchten wir nicht.

Das war natürlich alles nicht so erfreulich. Und oft dachte ich mit schlechtem Gewissen an die kleine Ruth. Mein armes Patenkind aus Afrika, das täglich zwei Stunden lang zum Wasserholen marschierte. Den Zehn-Liter-Kanister, den ihre reiche Tante hatte springen lassen, transportierte sie dabei kilometerlang auf dem Kopf. Zehn Liter Wasser für eine siebenköpfige Familie. Bei vierzig Grad. Und hier wurde das gute Wasser dicken Menschen in den Arsch gepumpt. Ach ja, es war alles nicht gerecht. Aber als mein betreuender Darmsanierungs-Therapeut meinte, es gäbe möglicherweise einen Zusammenhang zwischen meiner Migräne und altem Kotgestein in meinem Enddarm, fand ich den Versuch durchaus lohnenswert. Man weiß ja nie.

Außerdem waren diese Darmspülungen für mich persönlich ja gar nicht das Wichtigste an dieser Woche. Auch nicht das Nichtessen. (Gott, *gar nichts* essen war ja keine Kunst, das *Aufhören*, wenn man einmal angefangen hatte, da lag das Problem!) Das eigentlich Interessante waren diese Meditationsgeschichten während der Fastenzeit.

Bisher hatte ich nie Erfahrung mit so etwas gemacht. Es kam mir völlig unsinnig vor, irgendwo verdreht rumzusitzen, zu dem reinen Zweck, *nichts* zu denken, obwohl Nachdenken meiner Meinung nach nie schaden konnte und es wirklich schon genug Gedankenlosigkeit gab auf der Welt. Auf Mallorca änderte sich meine Haltung. Verglichen mit den Diavorträgen über Kot erschienen mir die täglichen Schweigemeditationen als ein verlockendes Unterhaltungsangebot.

Die größte Offenbarung ist die Stille, hieß es da immer. Und natürlich war mir klar, dass es dabei um die Offenbarung einer irgendwie universalen Energie gehen sollte. Um die Erfahrung einer allumfassenden Liebe. Um ein Gefühl des Angenommenseins. Nicht um die Offenbarung, dass ich in Beziehungsdingen mal wieder auf dem Holzweg war. Aber für 1200 Euro ohne Verpflegung (von Po-Wasser und

Fastenbrühe mal abgesehen) durfte ich während der Schweigemeditation wohl machen, was ich wollte. Meine Gedanken suchten nicht Gott und das Universum, sondern kreisten konzentrisch um meinen eigenen Nabel. Mal in kleineren, mal in größeren Kreisen.

Bei einer kleineren Umdrehung erkannte ich, dass ich mir Zeit lassen musste. Dass ich aufhören musste, rumzuvögeln. Dass die Sehnsucht nach 119 in den Armen eines anderen nur schlimmer werden würde, weil ich mir immer wünschen würde, der andere wäre er. Mir wurde klar, dass es unmöglich war, mein Herz neu zu verschenken, solange es noch für einen anderen schlug. Und ich würde Dick, der seinen Guten-Morgen/Gute-Nacht-Service nach unserem Treffen wieder aufgenommen hatte (und ihn wahrscheinlich auch fortsetzte – aber: keine Handys beim Fasten), ich würde Dick sofort nach meiner Rückkehr anrufen und ihm sagen, dass er seine Liebe und Energie verschwendete bei mir. Gold hin, Ravioli her.

Nachdem das geklärt war, ging es mir schon besser. Ruhe kehrte ein. Die Nabelumkreisungen wurden größer. Ich sah meine Situation mehr insgesamt. Ja, es war alles nicht *so* doll. Es war leicht, sich über mich lustig zu machen. Eine Frau mit falschen Brüsten, wenig Selbstvertrauen und keinem Mann.

Aber über wen konnte man sich nicht lustig machen auf der Welt? Ich musste mich nur umsehen. Regina, die reiche Unternehmergattin, die sich zu Tode langweilte, weil sie zur eigenen Unterhaltung nicht mal denken konnte. Helen, die mit siebzehn einen hoch dotierten Literaturpreis gewonnen hatte und sich nun über die Fechterfolge ihrer Kinder definierte. Robert, der nicht wusste, wie viele seiner Kinder er selbst gezeugt hatte, weil seine Frau ihn zwar liebte, aber unerotisch fand.

Über wen konnte man denn nicht lachen, wenn man wollte, sogar der Papst war nur ein armer alter Mann ohne Sex. Man musste sich vielleicht entscheiden, mit welchem Blick man schauen wollte – auf andere sowieso, aber auch auf sich selbst. Und ich entschied, mich zur Abwechslung mal freundlich anzusehen. Ja, ich war allein, na und? Was war so schlimm daran? Das machte mich noch nicht zum größten Versager unter der Sonne. Nicht, solange ich mir selbst ein bisschen Respekt entgegenbrachte und nicht jedem Heini zur Verfügung stand, der ein bisschen nett zu mir war. Jawohl!

So fluteten mindestens ebenso viele kluge und klare Einsichten in mein Innerstes wie Wasser in meinen Po. Über ihren Nutzen und den späteren Einfluss auf mein Handeln mag man ebenso spekulieren wie über den Zusammenhang von Darmgestein und Kopfweh, aber irgendwie ist ja nichts ganz umsonst.

Meine guten Vorsätze in Bezug auf Dick blieben allerdings folgenlos, das erwähne ich lieber gleich. Denn Dick hatte andere Pläne. Dick machte es mir schwer. Dick entpuppte sich als ein ganz außerordentlich harter Brocken, der nicht im Geringsten daran dachte, aus meinem Leben zu verschwinden, nur weil ich noch einem anderen hinterhertrauerte. Aber dazu später. Lassen Sie mich noch kurz diese Fastensache zu Ende bringen.

Das Beste kam nämlich noch. Das Spannendste war das so genannte »Fastenbrechen«, die erste feste Mahlzeit zum Beenden der Fastenzeit. Auch in der »Casa del Popo«, wie Robert und ich unsere Unterkunft inzwischen liebevoll nannten, war das ein ganz großes Ding. So ähnlich wie das Capt's Dinner auf einer Kreuzfahrt, nur nicht ganz so üppig. In einem von Kerzenlicht beschienenen Ritual saßen all die entgifteten Brummer – nach sieben Tagen Brühe rein und elfengleich und bis zu zweihundert Gramm leichter – an einer festlich geschmückten Tafel. Gereicht wurde, ta-da, ein halbes Äpfelchen. Ein halbes Äpfelchen. Mehr nicht.

Nach einem Tischgebet mit Anfassen griff man zu Messer und Gabel und kostete ein Stück. Und nach einem *Viertel* geschälten Äpfelchen beteuerte man sich gegenseitig, wie satt man war. Pap-pe-satt, so forderte es das Ritual. Robert und ich sahen uns an. Keine halbe Stunde später saßen wir in der nahe gelegenen »Bodegas Gusanillo« und kosteten als kleine Nachspeise das komplette mallorquinische Wurstsortiment. Keine *drei* Stunden später hing ich mit dem Gesicht überm Klosett. Fastenbrechen, wie gesagt, das Spannendste beim Fasten.

So gelangte ich zu einer Einsicht, die von all den Einsichten, die mir während dieser Fastenwoche kamen, wohl die allerwichtigste war. Lchen, sagte ich mir nämlich, während ich mich so erbrach… und erbrach… und erbrach… Lchen, nach längeren Zeiten der Entbehrung sollte man gaaanz langsam wieder anfangen. In kleinen Mengen. Maßvoll. Eine Einsicht, die nicht nur beim Essen, sondern auch beim Lieben von allergrößtem praktischem Nutzen sein kann. Ein Wissen, das jedem Menschen, dem es zuteil wird, allerlei Verstimmungen, Unverträglichkeiten und Abstoßreaktionen erspart. Vorausgesetzt, dass er es nicht wieder vergisst.

Drei Jahre hatte 119 mich auf Sparflamme gehalten. Drei Jahre hatte ich nach seiner Liebe gehungert und mich nach Nähe gesehnt – ein Elend. Und wenn ich, wie Sie im Folgenden erfahren werden, entgegen aller meditativen Einsicht *doch* gleich wieder eine neue Beziehung einging, so hätte ich es zumindest langsam tun müssen, *langsam.* Mit Ruhe, Vorsicht und *Maß*. Verdammt noch mal. Stattdessen stürzte ich mich in diese neue Geschichte wie ein Reisebus Pauschaltouristen aufs Begrüßungs-Büfett.

Also, im Grunde blieben wohl alle Erkenntnisse meiner Fastenzeit fruchtlos. Die Einsichten in der »Casa del Popo« waren durch die Bank für den Hintern, könnte man auch sagen. Trotzdem würde ich diese Fastenreise nie als unnütz bezeichnen. Denn ich hatte Robert endlich kennen gelernt, aus meinem virtuellen Freund war ein echter geworden. Und – auch das möchte ich erwähnen – meine Migräne wurde nach dieser Fastenwoche in der Tat ein wenig besser. Mit Blick auf Ruth will ich unbedingt glauben, dass es am Po-Wasser lag.

Irgemdwas ist amders…

… Bloß WAS?

Im Reich der Möglichkeiten

Es geschah nicht von heute auf morgen. Genauso wenig wie die Jahreszeiten sich nicht von einem Tag zum nächsten änderten. Aber nach und nach verwandelte sich dieses Nichts, vor dem ich innerlich gestanden hatte, als ich die Hoffnung auf ein Happy End mit 119 aufgab, in ein Reich der Möglichkeiten. Ich fühlte mich immer weniger allein und immer mehr frei. Und ich muss zugeben, dass es wohl der kleine, hübsche Holländer namens Dick war, der die Tür zu diesem neuen Reich aufgestoßen hatte. *Hast du einen, kannst du alle haben*, hatte meine Freundin Frau D. dazu bei unserem letzten 3MD-Treffen lächelnd bemerkt.

Die 3MD-Treffen mit Frau D. gehörten auch zu meinem neuen Reich. Bei diesem jüngst eingeführten wöchentlichen Ritual zwitscherten wir uns in einer Bar unseres Vertrauens ganz gemächlich drei Martini d'Oro und ließen den Ereignissen einfach ihren Lauf. Nicht selten stand dann plötzlich noch ein vierter Martini vor unserer Nase. Spendiert von irgendwelchen Herren mit feiner Beobachtungsgabe, die auf diese angenehme Weise ihr Interesse signalisierten. Obwohl ich nie ganz sicher war, ob Frau D. diese Herren vielleicht im Vorraum der Toiletten ansprach und für den kleinen Dienst an meinem Ego bezahlte. Sie war ein wirklich lieber und fürsorglicher Mensch.

Im Moment saß ich wieder mal im Freibad. Aber, nein, das heißt nicht, dass inzwischen sehr viel Zeit vergangen und schon wieder Sommer war. Wir befinden uns immer noch im selben Jahr, und ja, Sie haben Recht, das Freibad hatte eigentlich längst zu. Aber es gab ein Loch im Zaun. Wenn man will, gibt es immer ein Loch im Zaun.

Und irgendwie liebte ich dieses Bad. Es war eine herrliche Anlage mit vielen alten Bäumen. Und Schauplatz so vieler Begegnungen, Sie wissen ja, ich neige ein bisschen zur Sentimentalität. Ich war seit zwei Wochen von meinem Fastentrip zurück und hatte gerade zehn schrecklich anstrengende Tage und Nächte im Dienst der Werbung hinter mir. Ich saß auf den warmen Steinen und hielt das Gesicht in die Oktobersonne.

Mir fiel auf, wie viel sich verändert hatte. Die Bäume waren jetzt ganz gelb und teilweise schon kahl. Die Sonne war dicker und sanfter. Im Becken stand immer noch das Wasser, aber zum Baden lud es nicht mehr ein. Am Anfang des Sommers war es strahlend blau gewesen, später im Hochsommer oft trüb von bis zu 5000 pinkelnden Besuchern pro Tag.

Inzwischen war das Wasser grünlich-braun, der Pool, in dem ich mit 119 rumgeschwommen war, mit Sven, mit Dick… der Pool war jetzt ein Teich. Dick hatte inzwischen aufgehört, mir jeden Morgen und jeden Abend eine SMS zu schreiben, auch das hatte sich verändert. Er simste neuerdings stündlich. Wahrscheinlich, weil ich angefangen hatte, gelegentlich darauf zu reagieren. Aber wirklich nicht oft.

Ich glaube, es war dieses ständige Piep Piep. Dieses Piep Piep lockte Dicks Geschlechtskollegen an wie eine knisternde Brötchentüte die Entchen. Frau D. hatte Recht, seit Dick mir Avancen machte, kamen auch andere an, sogar hier. Das Loch im Zaun hatte ja nicht nur ich gesehen. Und nicht weit von mir saß dieser Mann, der auch im Sommer immer da war, immer in derselben altmodischen türkis-grünen Badehose, immer auf derselben Bank im Schatten, immer versteckt hinter seiner Zeitung. Jetzt saß er in einem weinroten Woll-Pullover angelehnt an die warmen Steine und las ein Buch. Er hatte mich gegrüßt, das hatte er früher nie gemacht. Gut, keine knallharte Anmache, aber immerhin.

Ich blinzelte durch die halboffenen Lider. Ein müder Wind spielte mit den Blättern, die die Bäume jetzt einfach fallen ließen, als hätten sie nie etwas mit ihnen zu tun gehabt. Langsam trieb er sie über das glitzernde Wasser, mal ein paar Meter hierhin, dann wieder dahin. Wo vor kurzem noch das Badeleben tobte, herrschte jetzt allerseits Gelassenheit, selbst bei mir. Wüsste Dick, was sein Piep Piep bewirkte, würde er es sicher sofort einstellen, dachte ich und musste plötzlich lächeln. Alles war so mild. Ich auch, ich auch…

Piep Piep! Schon wieder eine Stunde um. Was er wohl diesmal schrieb. Ich mochte diese kleinen Nachrichten inzwischen, wir hatten aber auch schon zweimal *richtig* telefoniert. Dabei war mir aufgefallen, was für eine schöne dunkle Stimme dieser Holländer hatte. Ich war zwar nicht verliebt, ich war wirklich nicht verliebt, aber ich genoss es immer mehr, dass *er* es war. Piep Piep! Oh, diesmal sogar zwei. Zwar waren Dicks SMS nicht mehr ganz so originell wie früher, sie wiederholten sich allmählich, aber bestimmte Dinge konnte man ja gar nicht oft genug hören.

Du pisst schön zum Beispiel, das schrieb er oft. Er sprach hervorragend, aber mit der deutschen Rechtschreibung stand er auf Kriegsfuß. Ohne Eile kramte ich mein Handy aus den Tiefen meiner lieben alten Schultertasche und sah mal nach. *Ich möchte dich noch ein Mal umarmen.* Hach. Orthographisch korrekt. Und wie dezent er sich mittlerweile ausdrückte, umarmen statt ficken, und Nummer zwei? *Jetzt mit t-online für 0 Cent ins deutsche Festnetz telefonieren…* Hmpf. Die schon wieder. Und was war überhaupt mit ausländischen Netzen? Ich hatte schließlich einen holländischen Bekannten, vor sechs Wochen und drei Tagen hatte ich ihn kennen gelernt, und zwar hier, genau hier… Plötzlich überkam mich so eine sentimentale Laune, und eh ich michs versah, tippte ich in mein Handy:

Lass uns auf die Toilette gehen…

Und SENDEN!

(An Dick, nicht an die Telekom.)

Curd Rock – der Beginn eimer neuem Zeit

Alles ist plötzlich so amders, ***alles,*** *gamze Welt!*

Lchem ist auch wieder viel netter zu mir…

Aber ich darf auf keinem Fall vergessem, ihr böse zu seim, dass sie 119 weggeschickt hat.

Immer schön nach vorne schauen

Kaum hatte ich die *Lass uns auf die Toilette gehen*-SMS losgeschickt, kam auch schon Dicks Antwort: *Darling, in sechs Stunden bin ich da, halt so lange ein.*

Sie kennen sicher den Totstellreflex. Ein im Tierreich vielfach bewährtes Verhalten zur Täuschung von Fressfeinden, wenn Flucht oder Gegenwehr nicht möglich ist. Der Totstellreflex war meine erste Reaktion. Lpunkt, Rindvieh und Opossum. Ich war völlig schockiert. Ich war in Panik. Gott, was hatte ich getan!? Objektiv gesehen hätte ich Dick sofort anrufen können. Ich hätte ihm sagen können, dass es nur ein Scherz war und dass ich ihn nicht sehen wollte. Falls mir dazu der Mut fehlte, hätte ich einfach mal wieder meine Eltern besuchen können. Oder das Land verlassen, oder zur Fremdenlegion gehen. Aber subjektiv gesehen hatte ich das Gefühl, dass all das nicht möglich war. Dass der Zug rollte. Ich selbst hatte – Gott weiß warum – das Startsignal gegeben, und jetzt war es zu spät abzuspringen. Oje, und eben war doch noch alles so gut gewesen. So mild.

Der Opossum-Zustand dauerte ein paar Minuten. Regungslos saß ich da und starrte auf das Display. Dann allmählich löste sich die Starre. Ich gewöhnte mich an den Gedanken. Dick war unterwegs. Geschlechtsverkehr stand an. Da musste ich nun durch, selber schuld. Ich packte meine Sachen, lächelte dem Mann mit dem Buch noch mal zu (hach, der hatte es gut), warf einen letzten wehmütigen Blick auf das Wasser und verließ mein kleines goldbeschienenes Reich der tausendundeins Möglichkeiten. Lchen, dachte ich, jetzt haste den Salat, es wird *real*.

Ich ging sonst nie zu SPAR. Schon gar nicht zu *dem*

SPAR. Er lag nicht in meinem Revier. Ich selbst wohnte in einem weit weniger vornehmen Viertel, da gab es nur PENNY und alle zwei Meter einen türkischen Obst- und Gemüsehändler, dem Obst- und Gemüseangebot nach mussten dort die gesündesten Menschen Hamburgs leben. Es war allerdings auch das Viertel, in dem die Cafés bis vor kurzem noch Löcher in die Löffel gebohrt hatten, damit die Heroin-Junkies sie beim Betteln nicht mitgehen ließen. Und im Moment wurde mein Viertel hip. Am Wochenende tummelten sich pummelige Akademikertöchter mit Dreadlocks in den Straßen, »junge Kreative« saßen bei Galao und portugiesischem Puddinggebäck und sprachen über ihre Projekte – eigentlich wollten sie ja nach Berlin.

Na, aber das war nicht mein Problem. Ich bekam Besuch. Kochen war nicht so mein Steckenpferd, aber ich wollte zumindest einkaufen, um guten Willen zu beweisen. Und vielleicht auch ein gewisses *Savoir-vivre* – schließlich war mein Gast ja mehr oder weniger ein Bohemien.

Ich überschlug gedanklich den Inhalt meines Kühlschranks, Mettwurst, Schlangengurke und Rotkäppchen-Camembert standen nicht für Savoir-vivre. Ich überlegte, vielleicht so ein Extrem-Baguette zu kaufen (diese superdünnen, langen), Wein (rot, trocken, fünf Euro aufwärts), französischen Brie und echten Gouda (ja, holländischer Gouda wäre doch eine nette Geste), Salami (italienisch, luftgetrocknet), dazu vielleicht ein paar eingelegte Oliven oder diese, diese… Antipasti, aber nichts, was blähte oder sich in die Zahnzwischenräume setzte, herrje, an was man alles denken musste, und rasieren sollte ich mich auch noch, was nützte Savoir-vivre, wenn ich aussah wie George, der aus dem Dschungel kam…

Und so, gedanklich schon voll in der kulinarischen und erotischen Abendplanung, schwang ich mich auf mein Rad und strampelte zu diesem Nobel-SPAR, der nicht weit vom Freibad in einem vornehmeren Viertel Hamburgs lag. Einem Viertel, in dem überwiegend reiche Menschen leben (die Eltern der lieben pummeligen Mädchen mit den Dreadlocks), einem Viertel, in dem 119 eigentlich *nicht* lebte, und deshalb frage ich mich bis heute, was er an diesem Tag eigentlich dort zu suchen hatte. Aber gerade als ich vorm SPAR-Markt vorfuhr, sah ich ihn schräg gegenüber aus einer Seitenstraße um die Ecke marschieren.

Er guckte genau zu mir rüber. Er strahlte und winkte. Ich tat, als sähe ich ihn nicht, und beschloss: Ich brauche keine luftgetrocknete italienische Salami. Auch keinen Gouda, kein eingelegtes Gemüse. Ich schwenkte um und trat in die Pedale. Und mein Herz tat in dem Moment so weh, so weh, so weh. Ich spürte förmlich, wie fassungslos 119 mir hinterhersah, ich meinte sogar zu hören, dass er mir nachrief: Lpunkt! Lchen! Aber es war eine sehr befahrene Straße, viele, viele Autos, da durfte ich mich auf meinem Rad nicht umdrehen. Ich musste fein geradeaus schauen. Immer schön nach vorne, nie zurück…

Endlich RIN

Wie Sie bereits bemerkt haben, bin ich immer auch bemüht, die *Ursachen* meines Verhaltens vor Ihnen auszubreiten. Sie wissen bereits, warum ich 119 so schwer aufgeben konnte (das war die Sache mit Fifi und Curd Rock). Und ich will

Ihnen auch nicht vorenthalten, was mich tiefenpsychologisch ritt, als ich diesen Dick so unvermittelt in mein Leben einlud. Einen wildfremden Mann, von dem ich beinahe nichts wusste. Nichts, außer dass er mich *anbetete*. Auch hier waren natürlich wieder schwere Kindheitstraumata der Grund meiner Dämlichkeit. Folgen Sie mir diesmal in den Paderborner Karneval…

Ich bin in der Zeit aufgewachsen, als Frauen ihre BHs wegwarfen und sich vornahmen, ihre Töchter zum Tragen von Verantwortung zu erziehen. Nicht anders als Jungen und quasi geschlechtsneutral. Sogar in Paderborn. Meine Schwester (8) und ich (7) spielten deshalb mit Fischer-Technik statt mit Barbie-Puppen. Wir hatten dieselben Haarschnitte wie unsere Cousins Frank (9) und Kläuschen (6). Und wir waren bereits in der zweiten bzw. vierten Legislaturperiode hintereinander Klassensprecherinnen, denn Verantwortung konnte man nicht früh genug übernehmen. Wenn wir nach Hause kamen und waren *nicht* wiedergewählt, gab's keinen Nachtisch.

Karneval stand vor der Tür. Das Jahr davor war ich als geschlechtsneutraler Fliegenpilz gegangen und das Jahr *davor* als Käfer. Diesmal schwebte mir etwas anderes vor. Ich beschäftigte mich schon eine ganze Weile mit der Thematik, genau genommen seit meine Klassenkameradin Barbara Schamholz beim letzten Karneval als Indianerin gegangen war. IndianeRIN. Mit langen schwarzen Zöpfen und mit rotem Lippenstift.

Meine Eltern hatten nichts gegen Indianerin. Und so begab ich mich am Karnevalstag zunächst in die Hände meines Vaters, der Künstler hatte werden wollen, bevor der Krieg ihn für die Vorzüge regelmäßiger Nahrung sensibilisierte.

Nun war er Beamter und in unserer Familie unter anderem zuständig für das Anmalen von Ostereiern und das Schminken zu Karneval. Mein Vater trug seinen Blaumann und hatte viele Töpfe vor sich stehen. Ich hatte kein gutes Gefühl.

Aber ich beruhigte mich gleich wieder, als ich die wunderschöne schwarze LANGHAAR-Perücke sah, die meine Eltern besorgt hatten. Und sobald Papa fertig mit Schminken war, überließ ich mich den geübten Händen meiner Mutter, die in unserer Familie unter anderem fürs *Kochen* der Ostereier und fürs *Nähen* der Kostüme zu Karneval zuständig war. Und auch fürs Frisieren, Emanzipation hin, Emanzipation her. Dann endlich durfte ich vor den Spiegel treten.

Vor mir stand der Geist der Avantgarde. Eine Mischung aus Grunge, Yamamoto-Chic und Jedi-Ritter, nur erkannte ich das damals natürlich nicht. Was ich sah, war ein umgedrehter Kartoffelsack mit den Fliegenpilzpunkten vom letzten und den Käferpunkten vom vorletzten Jahr. Dazu die zu einem Filznest auftoupierte Langhaarperücke. Und ein knallrotes Gesicht mit blau-gelben Streifen, in dem die ersehnten roten Lippen irgendwie nicht dieselbe Wirkung hatten wie damals bei Barbara Schamholz. Leider. Etwas überrascht war ich auch, als meine Mutter mir zum Finish einen Flachmann in die Hand drückte.

Aber natürlich erklärten mir meine Eltern die Hintergründe meiner Kostümierung dann sehr genau. Und so hörte ich gerade noch rechtzeitig wieder auf zu heulen, bevor Papas Kunstwerk ganz verlief. Und später, auf der Party, umgeben von Zigeuner-, Zauber- und gewöhnlichen Indiane*RINNEN*, gab ich dann nicht ohne Stolz weiter, was an mir das Besondere war. »Ich bin eine *moderne* Indianerin und werde ausgerottet!«, erklärte ich. »Die Amerikaner haben mein Land geklaut und geben mir Schnaps, damit ich meine Wurzeln verliere.« Dann nahm ich einen Schluck aus meinem Flachmann (mit Zitronensprudel)… und die normalen *RINNEN* staunten nur noch.

Ja, so war das. Und vielleicht verstehen Sie jetzt ein klein bisschen besser, weshalb ich so auf diesen Dick abfuhr. Weshalb ich mich in seinen Komplimenten wälzte und seine Anbetung genoss. Ich war endlich Barbara Schamholz, quasi, endlich, endlich, endlich. Denn wissen Sie, es klappte ja auch in den folgenden Jahren nicht so richtig mit dem RIN-Werden bei mir. Bei anderen Mädchen erledigte das Mutter Natur, aber ich blieb flach wie ein Brett. Zwanzig Jahre später konnte ich den Busen zwar nachrüsten, aber das RIN-Gefühl irgendwie nicht. Egal mit wie vielen Männern ich zusammen war, ich blieb immer der geschlechtslose Pilz, ja, ein Drama, ein Drama. Doch nun, dank dieses völlig verliebten, völlig verrückten Holländers, fühlte ich mich mit einem Mal vollkommen und absolut: RIN.

(Leider nicht allzu lang, dann fühlte ich mich wie nach dem mallorquinischen Wurstsortiment, aber nicht sofort, nicht gleich.)

Vielen Dank für die Blumen…

Eigentlich mochte ich keine Blumen. Aber wenn überhaupt, dann mochte ich die: dicke, weiße, runde Schneebälle. »Hortensien« heißen sie wohl auch. Wir hatten sie früher hinterm Haus. Der Strauch sah aus wie eine vom Himmel gefallene Wolke, in die man sich am liebsten mit ausgebreiteten Armen hineinstürzen wollte. Auch, wenn genauere Überlegung einen dann doch meistens davon abhielt. Dick hatte mir einen riesengroßen Strauß weißer Schneebälle mitgebracht. Ich schämte mich schrecklich, als ich ihn in einen Putzeimer stellen musste. Ich hatte nun mal keine Vase für so etwas.

Auch in dem Punkt waren 119 und ich uns immer einig gewesen. Blumen gehörten in den Garten. Oder auf Kinderschlafanzüge. Und ganz schlimm fanden wir diese Eppendorfer Er-Anwalt-Sie-Journalistin-Pärchen, die samstags mit großen Stroh-Taschen über den Ise-Markt spazierten und zum Wochenende frisches Basilikum und Schnittblumen kauften. Sieben lange dunkelrote Amaryllis für die schlichte hohe Glasvase, die immer irgendwo in der Fünf-Zimmer-Altbau-Wohnung existiert. Oder zwei elegante weiße Calla, die man abends zusammen mit einer Flasche Rotwein den Gastgebern mitbringt. Man ist doch bei André und Patricia eingeladen, einem befreundeten Paar aus der Medienbranche, André kocht. Schrecklich fanden wir die, schrecklich! Und insgeheim hatte ich mir immer gewünscht, wir wären auch so. Wenigstens ein bisschen, warum denn nicht? Tja, und nun… nun saß ich da. Mit Dick. Und seinen weißen Schneebällen in meinem blauen Putzeimer.

Er hatte mit nichts als diesen Blumen vor der Tür gestanden. Er sagte, er habe seine Tasche im Wagen, aber er wolle mich erst fragen, ob er sie mit reinbringen dürfe. Als ich etwas verdattert nickte, war er sofort wieder verschwunden, und ich stand mit den Blumen in der Hand alleine da. Zehn Minuten vergingen, fünfzehn. Und als das Telefon klingelte, dachte ich eigentlich, *er* wäre es. Um mir zu sagen, dass er es sich noch mal überlegt habe, dass er mich anders in Erinnerung gehabt habe, aber jetzt mit Kontaktlinsen… Es war 119.

»Was war das denn vorhin?«, fragte er lachend. »Warum hast du so getan, als ob du mich nicht siehst?«

Mir war nicht nach Lügen. Ich brauchte meine Kraft an anderen Fronten. »Weil Dick heute kommt, Hase. Weißt du, dieser Holländer…«

»Ach, der Mann, der in dich verliebt ist?« Er hätte nicht vergnügter klingen können. »Wird das denn jetzt was mit euch?«

»Ich weiß nicht… ich… keine Ahnung, ich…«, ich hätte nicht deprimierter klingen können, »ich muss jetzt Schluss machen.«

»Ohlala, ist er schon da?«

»Ja, er… Er war eben kurz da, aber jetzt ist er wieder weg.«

»Und da hast du dich immer über *mich* beschwert.«

»Er kommt wieder, denke ich, er will nur seine Sachen holen.«

»Seine Sachen? Jesses! Wie lange bleibt er denn?«

»Hase… ich muss wirklich Schluss machen… Ich muss eine Vase suchen, er hat mir Blumen mitgebracht.«

»Blumen? Na, da freut sich aber einer, hihi.«

»Ich weiß nicht… Doch, ich glaube, ich finde sie ganz schön. Wenn man sie geschenkt bekommt, ist es was anderes…«

Einen Moment lang war es still.

»Gut, Maus, dann… Mach ein bisschen Zucker ins Wasser, dann halten sie länger. Alter Gärtnertipp, hm?«

»Ja… Danke.«

Als Dick kurz darauf wiederkam, hatte er eine mittelgroße Tasche dabei. Eine Tasche, die man genauso gut für fünf Tage Rom mitnehmen konnte wie für einen Saunabesuch. Sie war schwarz und dick, mit allerlei Schlaufen, Ausstülpungen, Gebaumel und Bändern. Im Halbdunkel des Treppenhauses sah sie aus wie ein mutiertes Insekt, ich schwöre.

Und ihr Anblick löste bei mir prompt wieder diesen Reflex aus. Flucht oder Gegenwehr nicht mehr möglich, totstellen, Lchen, totstellen. Oder lächeln. Mein Gesicht war wohl eine Mischung, ein lächelndes Opossum. Dick bemerkte es und blieb zögernd vor der Tür stehen. Er habe auch das Zelt im Wagen, sagte er, und sein Blick war mindestens so ängstlich wie meiner. Wenn es mir nicht recht wäre, könnte er auch auf dem Campingplatz übernachten.

»Dick«, sagte ich und atmete erst einmal tief ein, tief aus, »das Problem ist… Ich habe keine Vase für die schönen Blumen.«

Er kam rein, stellte die Tasche ab und nahm mich in den Arm.

»Morgen früh kaufen wir eine.«

Daraus wurde nichts.

Im Land des Lächelns

Ich bin Jungfrau. Und Protestantin. Ich bin definitiv nicht der Typ für mehrtägige wollüstige Bettaufenthalte. Ich selbst wünschte, es wäre anders, und ich wäre so ein sympathischer, genussfähiger, vollschlanker Sinnenmensch, der den ganzen Tag nur essen und lieben kann, essen und lieben, essen und lieben, der ab und an reumütig beichten geht und sich ansonsten blendend fühlt. Aber das bin ich nicht. Essen ist für mich keine Lust, sondern komplizierte Kalkulation (wie viele Kalorien hatte ich schon, wie viele darf ich noch? Sprengt dieses herrliche Törtchen meine Marge? Wie lange muss ich auf den Stepper, um drei davon abzutrainieren?). Und was die andere Sache angeht… Nein, ich finde es auf einer höheren Ebene auch keineswegs befriedigend, den ganzen Tag nur zu vögeln.

Und doch. Mit Dick gelang es mir, meine Ansprüche zu drosseln. Auf einer niedrigeren Ebene genoss ich nicht nur einen Tag, sondern ganze *anderthalb* Tage ausschließlich mit Geschlechtsverkehr. Dick war dabei genauso fleißig, leidenschaftlich und selbstvergessen wie beim ersten Mal. Schön war das, wirklich schön.

Es begann am Nachmittag des zweiten Tages mit leichtem Unbehagen. Über Nacht wurde daraus Gereiztheit. Und am dritten Tag musste ich es mir einfach eingestehen: Dick ging mir auf die Nerven. Nein, eigentlich nicht er, aber seine allzu explizite Verliebtheit. Im Bett verstand er es, sie auf viele erfreuliche Weisen zu kanalisieren. Aber sobald wir aufrechte Positionen einnahmen (um Kaffee oder Nahrung zu uns zu nehmen), sah er mich nur noch schrecklich ernst an und sagte mit größter Bedeutsamkeit *Ich liebe dich.* Ich lächelte dankbar. Und zunehmend verkrampft. Die drei Zauberworte lasteten auf mir wie eine Tonne Blei.

»Ich bin nicht dafür gemacht, ich bin einfach nicht dafür gemacht!«

Stuhlgang kann eine Erlösung für den Menschen sein. Nicht nur für den, der ihn hat. Als Dick und seine liebevolle Aufmerksamkeit zur Morgentoilette im Badezimmer verschwanden, rief ich in tiefer Verzweiflung meine Schwester an.

»Das ist nichts für mich! Ich Esel hab mich die ganze Zeit nach was gesehnt, das ich gar nicht ertrage.«

Meine Schwester beruhigte mich. Nach anfänglicher Sorge verfolgte sie den Fall Dick neuerdings mit wachsender Sympathie.

»Ach, Unsinn, Lchen! Das geht einfach nur zu schnell. Normale Menschen sehen sich am Anfang erst mal stundenweise und nicht tagelang.«

»Das ist ja das Übel. Ich bin nicht *normal*, ich bin zurückgeblieben. Ich bin eine Neunjährige, die Jungs lieber aus der Ferne anhimmelt.«

»Ist doch perfekt, Dick wohnt fünfhundert Kilometer weit weg!«

»Ja, aber im Moment leider nicht. Im Moment benutzt er mein Bad. Gleich setzt er es wieder unter Wasser. Er weiß nämlich nicht, wie man einen Duschvorhang schließt!«

»Er ist eben *da*, Lchen, er ist *da*.«

»Ja, und das ist nicht zu übersehen! Überall sind seine Sachen! Klamotten von ihm, Kondome von seinem Kumpel! Krümel! Teller kennt man in Holland nämlich auch nicht… Und er hat Rotweinflecken auf die weiße Couch gemacht, Rotwein!«

»Lchen, so ist das nun mal. Wenn Träume wahr werden, können sie schon mal Flecken machen. Salz drauf streuen…«

»Das ist kein Traum, das ist ein Alptraum. Was ist bloß los mit mir, der Mann liebt mich, er ist intelligent und zärtlich und sensibel, wieso rege ich mich über so einen Scheißdreck auf?!«

»Ach Lchen…«

»119 war perfekt für mich. Ich kann nur unglücklich lieben, alles andere ist mir zu unordentlich!«

»Es ist nur ungewohnt.«

»*Ich liebe dich, ich liebe dich, ich liebe dich*, alle drei Sekunden! Ja, und nun? Herrje, ich würde seine Gefühle ja gern erwidern, aber wie, wie, wie? Ich sehe diesen Mann doch gar nicht, nur überall seine Krümel!«

»Vielleicht ist das ein Ansatz. Früher mochtest du doch das Krümelmonster?!«

»Ich… ich… ich spüre ihn irgendwie nicht, nur seinen Ständer! Ansonsten ist alles weich und nachgiebig und furchtbar… *ernst*! Kein Fünkchen Humor! Wirklich kein Fünkchen Humor!«

»Ja, ich weiß, Lchen. Und 119 hatte Humor. Einen fantastischen, wirklich einmaligen Humor. Aber viel gelacht hast du trotzdem nicht.«

»Ich trau mich kaum, mal 'nen Witz zu machen! Hier steht ein Mann, der liebt, da wird nicht gelacht! Nur süß gelächelt, seit zwei Tagen lächle ich, als hätt ich sie nicht alle. Ich flehe, ja, ja, nimm mich von hinten, nur um mal eine Weile mein Gesicht zu entspannen!«

»Und man kann dabei ungestört Zeitung lesen…«

»Wenn ich mal was Praktisches erwähne, zum Beispiel, dass wir Brot kaufen sollten, fühle ich mich, als hätte ich in der Kathedrale gefurzt.«

»Klingt nicht so gut.«

»Und manchmal verspüre ich so einen Wunsch, ihn zu schockieren. Dann sage ich komische Sachen wie *Ker, Bombenwetter, wa?!* Oder *WIR werden Weltmeister!* Aber er zuckt nicht mal! Noch ein Tag, und ich lobe Hitlers Außenpolitik – nur damit dieser Mann auch außerhalb des Bettes mal Stellung bezieht!«

»Verstehe.«

»Ach, mir geht's nicht gut, mir geht's gar nicht gut...«

»Sprich mit ihm! Hör auf mit dem blöden Gelächel! Sag ihm, dass es fürs Erste reicht, er kann doch keine Gedanken lesen! Und drück ihm einen Teller in die Hand, wenn er krümelt, dann musst du Hitler nicht bemühen...«

»Aber dann, zwischendurch, ist er natürlich auch wieder ganz hinreißend, wundervoll, zum Beispiel wenn... Oh, ich muss Schluss machen, ich glaube, er ist fertig mit der Überschwemmung...«

»Red mit ihm, hörst du? Jetzt gleich! Bei aller Ehrfurcht vor seinen Gefühlen, schick ihn weg, bevor dir von ihm übel wird!«

Meine Schwester hatte so Recht. Sie kannte mich so genau. Meine alte Schwierigkeit, den Punkt zu erkennen, wann es des Guten zu viel wird. Natürlich marschierte ich auch diesmal darüber hinaus. Besser gesagt, ich lächelte darüber hinweg. Und Dick blieb noch ein bisschen. Ein bisschen zu lang...

Curd Rock – Attacke auf Dicks Bälle

Oh, der nette Omkel aus Hollamd hat Blümchem mitgebracht…!

Ich liiiiiiieeebe Blümchen…

Ich könnte mich reimlegem!

Schlüsselszene

Im Nachhinein muss ich sagen, dass Dick damals wahrscheinlich nicht schlimmer war als jeder andere verliebte Mensch, der weiß, dass seine Liebe nicht erwidert wird, und der glaubt, dass es in seinen Möglichkeiten liegt, das zu ändern. Und ich selbst war vermutlich nicht schlimmer als jede andere Frau, deren Eierstöcke schon Pläne für den Ruhestand schmieden, während sie selbst noch Single ist. Wir wollten es wohl beide ein wenig zu sehr.

Nach dem Telefonat mit meiner Schwester hatte es einen ersten kleinen Zwischenfall gegeben. Er kam duftend wie eine Lilie aus dem Badezimmer, trug nichts als ein Handtuch um die Hüften und sah mich an, als wäre seine Mutter gerade gestorben.

»Wolltest du nicht mit mir duschen, Schatz?«, fragte er.

Ich hatte das Telefon noch in der Hand. Und ich bin doch so harmoniebedürftig. Also sagte ich:

»Ja, doch, das wollte ich… aber, hach, meine Schwester hat gerade angerufen.« Und dann hatte ich einen grandiosen Einfall: »Erst meine Schwester, und dann auch noch eine Agentur, und jetzt, jetzt muss ich morgen arbeiten, so ein Jammer, und wir wollten uns doch *eigentlich* noch ein bisschen Hamburg ansehen.«

Ich stand auf, um mit meiner feigen kleinen Lüge unter die Dusche zu huschen. Allein.

»Dick«, flötete ich im Vorbeigehen lächelnd, »ich bin flink im Bad, dann können wir gleich zum Abschluss noch was Nettes unternehmen!«

Ich freute mich darauf, unter der Dusche Fratzen zu schneiden. Aber er – wegen des charmanten Vortrags von der

Härte des Rauswurfs wohl nicht voll getroffen – huschte mir ganz aufgeräumt hinterher.

»Schatz, ich glaube…«, nach einem stummen Trommelwirbel ließ er sein Handtuch fallen, »ich glaube, ich bin noch nicht sauber genug.« Tusch!

Ich starrte auf seinen Penis. Und dann traten mir Tränen der Wut in die Augen, ich fuhr ihn an: »Doch! Ich glaube doch! Ich habe noch nie so einen strahlend reinen Penis gesehen! Wenn er noch sauberer werden soll, können wir ihn höchstens kochen!«

Muss man denn immer erst grob werden, verdammt noch mal?!

Einen Moment lang waren wir wohl beide erschrocken. Dann bückte sich Dick betreten nach seinem Handtuch. Ich strich ihm über den Rücken.

»Dick, ich… ich habe eine Bitte…«

Er sah mich an.

»Ich möchte alleine duschen. Ich bin das alles nicht mehr so gewohnt, weißt du, ich, ich…«

Vergeblich suchte ich in seinen Zügen nach Anzeichen des Verstehens.

»Aber vielleicht kannst du in der Zeit schnell einkaufen gehen?!«

Männer brauchen eine Aufgabe, seine Miene hellte sich auf.

»Wir haben keinen Kaffee mehr und keine Filtertüten, ich krieg Kopfschmerzen, wenn ich keinen Kaffee hab, deshalb bin ich ein bisschen… Entschuldigung. Tut mir leid.«

Jetzt lächelte Dick und ergriff entschlossen das Wort: »Kaffee und Kaffeefilter, okay, Schatz!«

Er sprühte vor männlichem Tatendrang.

»Hast du einen zweiten Schlüssel, damit ich nicht klingeln muss, während du duschst?«

Hach, und wie umsichtig.

»Nein, ich, du…«, ich sprach nicht zu Ende. Plötzlich fiel mir diese Sache mit 119 wieder ein.

Wir kannten uns damals etwa ein halbes Jahr. Und eines Abends gingen uns die Zigaretten aus. 119 wollte rasch zum Büdchen laufen, und ich dachte, Lchen, das ist *die* Gelegenheit. Ich gab ihm den Zweitschlüssel zu meiner Wohnung und sagte betont beiläufig: Behalt ihn ruhig.

Ich hatte noch nie einem Mann den Schlüssel zu meiner Wohnung gegeben, noch nie. Es war ein großer Liebesbeweis und als solcher so unentbehrlich wie das Hinweisschild »Rosa Elefant« vor einem rosa Elefanten. Was erwartete ich mir bloß davon? Dass 119 sagte: *Mensch Lchen, dein Zweitschlüssel, ist ja doll! Bisher mochte ich dich nur, aber jetzt, mit Zweitschlüssel,* ***liebe*** *ich dich, heirate mich!* Ja, genau das hatte ich wohl erwartet, tendenziell.

Natürlich funktionierte es nicht. Kein Liebesbeweis der Welt kann Liebe wecken, Liebe ruft keine Liebe hervor. Normale Menschen wissen das, aber Verliebte nicht. Und so war ich dann doch etwas enttäuscht, als 119 nach meiner historischen Schlüsselübergabe lediglich fragte:

»Fährst du in Urlaub, Maus? Muss ich Palme gießen?«

Hmpf.

»Nur für Notfälle«, rettete ich mich.

Ach ja, ach ja…

»Lpunkt?!« Dick sah mich fragend an.

Er wartete immer noch auf den Zweitschlüssel, den ich 119 damals aufgedrängt hatte.

»Nimm ruhig den Schlüsselbund, der vorne in der Wohnungstür steckt«, sagte ich und gab ihm einen versöhnlichen Kuss.

»Da sind zwar auch die Tresorschlüssel dran, aber ich traue dir.«

Da lachte er wieder. Und ich fügte überwältigt von einer zärtlichen Anwandlung hinzu:

»Schatz, ich würde deinem Penis niemals, niemals weh tun.«

Es kam anders.

Der Fall Curd Rock

So hatten Dick und ich die ersten gefährlichen Klippen gerade noch so umschifft. Im Anschluss verbrachten wir einen sehr angenehmen Abend in Kleidern. Wir bummelten ein bisschen durch die Stadt. Dick gestand, dass er einen Schuhtick hatte, ich gestand, dass ich am liebsten geschlechtsneutrale Sneaker trage. Als wir dann noch feststellten, dass wir beide dieselbe Schuhgröße haben, weil seine Füße ein bisschen zu klein und meine ein bisschen zu groß geraten waren, schien sich alles prima ineinander zu fügen, auch außerhalb des Betts. Einen herrlichen Moment lang malte ich mir die Fusion unserer Schuhschränke aus, die für mich persönlich möglicherweise sehr profitabel sein würde, höm.

Doch es lag nicht nur an den Füßen. Die Aussicht auf sein baldiges Verschwinden entspannte mich und öffnete mich ganz neu für seinen Charme. Von außen mussten wir wie Verliebte wirken, dachte ich zwischendurch, wir liefen sogar Hand in Hand. Mein Gott. Und um den netten Ausflug abzurunden, beschlossen wir, in einem feinen Restaurant zu essen. Zur Vorspeise bestellten wir frittierte Muscheln mit zwei Gabeln.

Ich *teile* mein Essen, schoss es mir dabei durch den Sinn, dass ich das noch erleben darf… Ich wurde ganz euphorisch. Erst recht nach dem zweiten Glas Wein. Freut euch nicht zu früh, ihr faulen Ovarien, dachte ich da, vielleicht wird das hier noch was! Aber später, als wir wieder zu Hause waren, kam es zu einem weiteren Zwischenfall. Und der hatte mit 119s altem Busenfreund Curd Rock zu tun.

Prinzipiell ist Curd Rock ja gerne am Ort des Geschehens. Tagsüber sitzt er am liebsten auf der Couch, nachts bevorzugt er die Bettkante. Ja, ja, wenn Curd reden könnte…

Also, der Zwischenfall. Sie wissen ja, ich bin absolut kein Freund der sexuellen Akrobatik. Und auch bei Dick und mir ging es nicht zu wie bei Familie Sarrasani. Man hätte also annehmen sollen, dass Curd Rock auf seinem Beobachtungsposten sicher war – aber dann passierte es. Aus irgendeinem Grund rutschte Curd ab und plumpste ins Bett. Ganz harmlos und unaufdringlich gesellte er sich ein wenig zu uns. 'n Abend!

Keine zwei Sekunden, da fensterte dieser Holländer ihn im hohen Bogen wieder raus. Ein Skandal. Doch um die Stimmung nicht zu verderben, schritt ich nicht ein. Manche Männer vertragen eben keine Konkurrenz, dachte ich nur. Bis es anfing, so eigenartig zu riechen. Da ging es mir auf: die Stimmungs-Kerze! Für einen Romantiker wie mich gehört sie zum Sex wie das ewige Licht zum Petersdom. Nun schmorte mein Allerheiligstes darin, 119s letzte Hinterlassenschaft… oh Gott!!!

Das vergleichsweise lapidare Risiko einer Penisfraktur in Kauf nehmend, stürzte ich aus dem Bett. Dick stöhnte auf, es war mir egal. Nur im allerallerletzten Moment rettete ich einen völlig verstörten Curd Rock vor dem irreparablen Brandschaden. Und noch unter Schock brüllte ich Dick an:

»BIST DU BEKLOPPT?«

Es waren nur drei Worte. Aber ich legte alles hinein, was sich in den vergangenen Tagen in mir aufgestaut hatte. Überdruss. Enttäuschung. Lust auf zwei Cheeseburger und zehn Chicken-McNuggets (vom Essen*teilen* wurde ja niemand satt!). Lust auf eine komplette Käsetorte zum Nachtisch (von Sex als Ersatzbefriedigung für Kuchen hatte ich langsam die Nase voll). Und WUT. Dieselbe Wut, die ich schon im *Gloria* gespürt hatte, dieser schlimmen Kaschemme.

Ich war böse, weil ich mich nicht in Dick verliebte. Nach drei Tagen und Nächten intensivsten Verkehrens ebenso wenig wie damals nach drei Tassen Kaffee. Obwohl er alles war und tat und sagte, was mir bei 119 gefehlt hatte. Er war so liebvoll, so aufopfernd, so zärtlich. An die Wand klatschen hätte ich ihn dafür können!

Schweigend lagen wir danach nebeneinander. Eine peinliche Situation. Und Sex kam nicht mehr in Frage, nicht bloß wegen der Fraktur. Kränkung lag in der Luft. Das Stimmungslicht war aus. Beide taten wir so, als wenn wir schliefen, aber das konnte natürlich keiner von uns. Ich starrte in die Dunkelheit, und plötzlich sah ich es wieder ganz klar: Das alles hatte keinen Zweck. Dick war ein wirklich toller Mann, aber er war zum falschen Zeitpunkt aufgetaucht. Das war mir doch eigentlich schon in der Casa del Popo aufgegangen, dachte ich zerknirscht. Warum nur hatte ich es trotzdem versucht? Warum hatte ich ihm Hoffnungen gemacht?

Brennende Scham erfasste mich. Mit Gefühlen spielt man nicht! Ich muss das Experiment sofort beenden, dachte ich, *sofort*! Und so fasste ich mir denn ein Herz und sprach es aus.

»Dick?«, sagte ich leise.

Er machte einen unbestimmten Ton. So als hätte er nur darauf gewartet und es zugleich gefürchtet. Er drehte sich zu mir, und ich spürte seinen fragenden, traurigen Blick durch das fahle Dunkel. Aber ich sah ihn nicht an, ich konnte es nicht. Ich lag auf dem Rücken wie eingegipst und fixierte die schwachen Umrisse der Deckenlampe.

»Dick. Wir sind in keiner schönen Situation.«

Ich hörte, wie er den Atem durch die Nase leise ausblies.

»Du bist in mich verliebt und ich nicht in dich.«

Jetzt war es ganz still.

»Und irgendwie… Dick, ich glaube, das wird nichts mit uns.«

Keiner von uns regte sich. Ich hörte, wie er weinte. Lautlos. Er atmete durch den Mund ein und dann wieder aus, damit seine verstopfte Nase bloß keine Geräusche machte. Ich kannte die Technik, ich hatte sie oft praktiziert, wenn ich neben 119 lag. Aber ich durfte jetzt kein Mitleid haben, ich musste ehrlich sein. Und endlich sagen, was ich schon lange dachte, aber nicht hatte wahrhaben wollen.

»Dick«, sagte ich und holte noch mal tief Luft. »Dick, ich glaube nicht, dass Verliebtheit kommt, wenn man darauf wartet… Ich glaube, sie ist ein zartes Pflänzchen, das sich im Dunkeln entwickeln will und nicht gedeiht, wenn man von Anfang an den grellen Suchscheinwerfer darauf richtet… und das tun wir, Dick, du und ich! Weil wir es uns beide *zu* sehr wünschen. Du, weil du in mich verliebt bist. Und ich, weil ich, weil ich… weil ich mich eigentlich schrecklich gerne in dich verlieben würde! Weil du toll bist… Und weil du mich liebst… Und weil ich mich in den vergangenen Jahren so danach gesehnt habe. Es gab da nämlich diesen Mann, weißt du… Noch bis vor ganz Kurzem… Und ich habe ihn *so* geliebt, aber er mich nicht, Dick, stell dir das vor, stell dir das mal vor, *er mich nicht…*«

Dick drehte sich von mir weg, jetzt lagen wir beide da wie eingegipst, verletzt, demoliert, aber ich musste es zu Ende bringen, ich musste ihm auch *das* noch sagen:

»Dick, und eigentlich liebe ich diesen Mann auch immer noch… und deshalb glaube ich nicht, ich glaube einfach *nicht…*«

In dem Moment brach es aus Dick heraus. Laut und heftig stieß er es in die Nacht, ein tiefes, lautes, kehliges… Schnarchen.

Was simd das nur für Memschem, die eim kleinem putzigem Geschöpf wie mir so etwas amtun…

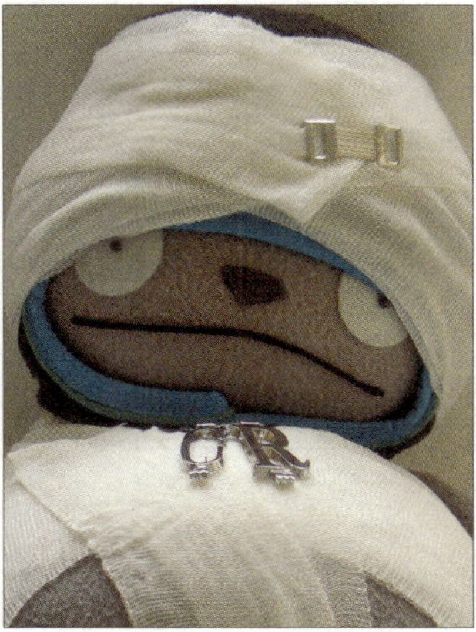

BESTIEM…

Sauce bolognese und Sauce hollandaise

Als ich meine Wohnung betrat, stellte ich als Erstes mein Laptöpchen ab, lehnte mich an die Tür und schloss die Augen. Es war Viertel nach neun. Am Morgen. Vor einer halben Stunde hatte mich Dick mit seinem Wagen vor der Agentur abgesetzt, von der ich so kurzfristig gebucht worden war. Angeblich. Er hatte mir die Brote gegeben, die er mir geschmiert hatte, während ich im Bad war und mich jobfein machte. Dann hatte er mich sehr umsichtig auf die Stirn geküsst, um meinen Lippenstift nicht zu ruinieren. Und schließlich hatte er mich ganz fest an sich gedrückt und mich dabei komplett abgeschminkt. Es war mir egal. Ich musste ja nicht wirklich in die Agentur. Und außerdem wusste ich, ich würde ihn nie wiedersehen. *Nie wieder* macht mich doch immer so sentimental.

Nur deshalb heulte ich. Ich stellte mir vor, dass ich in meiner Todesstunde vielleicht an ihn zurückdenken würde. In der Kategorie *Menschen, die mich liebten* würde sein Gesicht auftauchen, beim finalen Schnelldurchlauf. Das war natürlich ein trauriger Gedanke, allein schon deshalb, weil es sich um meine Todesstunde handelte, ich war ganz aufgelöst. Dick tröstete mich, und man sah ihm an, dass er nicht annähernd so erschüttert war, im Gegenteil. Meine Tränen machten ihn wahrscheinlich glücklicher als Marco van Basten im Halbfinale der Europameisterschaft 88, als er die Niederlande mit dem 2:1-Siegtreffer gegen Deutschland in der 89. Minute ins Finale schoss.

»Wir sehen uns ja bald wieder«, sagte er mit glänzenden Augen.

Er hatte letzte Nacht nichts mitbekommen. Meine kleine

Ansprache war an den Toren seines Tiefschlafs abgeprallt wie ein Freistoß gegen die Latte. Er strich mir über den Kopf und flüsterte:

»In bin doch bald wieder bei dir.«

Ich lächelte und dachte, denkste.

Danach war ich ausgestiegen, hatte Dick noch mal zugewunken und war mit meinem Laptoptäschchen ganz busy durch die spiegelnde Glastür des vornehmen Bürogebäudes marschiert. Drinnen war ich in einen der großen Fahrstühle gestiegen und in den ersten Stock zum »Dentallabor Kleinemann« gefahren. Die Agentur, von der ich angeblich gebucht worden war, residierte zwar im sechsten Stock, aber wozu Strom vergeuden.

Ich hatte mich noch eine Weile im Flur rumgedrückt und durchs Fenster zugesehen, wie das blaue Auto mit dem holländischen Kennzeichen sich durch den dichten morgendlichen Berufsverkehr schlängelte. Wie es an der Ampel vorm Ufa-Palast warten musste, dann auf die Abbiegerspur wechselte und schließlich aus meinem Blickfeld verschwand. Danach hatte ich der Empfangsdame vom Dentallabor noch mal zugelächelt und mich auf den Heimweg gemacht. Drei Stationen mit der Bahn, zehn Minuten zu Fuß. Und nun war ich zu Hause. Und allein. Endlich. Pooooeeehh.

Dicks Schneebälle im blauen Putzeimer warfen bereits die Blätter ab. Ihr Anblick löste bei mir wieder mal diesen schlimmen postsexuellen Putzreflex aus. Dieses übermächtige Bedürfnis nach Sauberkeit und Ordnung im häuslichen Reich, sobald meine kleine neurotische Innenwelt durch sexuelle und/oder emotionale Eindringlinge durcheinandergewirbelt worden war.

Noch im Mantel stülpte ich einen Abfallsack über Dicks

Bälle und stopfte sie vorschriftsmäßig in die Biotonne. So fing es an. Das war der Auftakt. Dann schlüpfte ich in meinen Sepp-Maier-Gedächtnisanzug, streifte die Gummihandschuhe über und warf meine CD »Musik zum Putzen« ein (mit den großen Putzsongs der Film- und Videogeschichte von *I want to break free* von Queen, in dem der unvergessene Freddie Mercury der Welt gezeigt hat, wie man als Frau mit geradem Rücken saugt, bis zu *California dreamin'*, das die Hongkonger Imbissbudenaushilfe Faye auflegt, als sie die Wohnung von Polizist 663 vom Liebeskummer befreit – in Wong Kar-Weis Meisterwerk »Chunking Express«, die schönste Putzszene aller Zeiten…).

Also, ich putzte. In den nächsten vier Stunden beseitigte ich alle, wirklich *alle* Spuren des Dickbesuchs. Hätte ich ihn umgelegt, Interpol hätte nicht nachweisen können, dass der Mann je bei mir zu Hause gewesen war. Und nach und nach ging es mir besser.

Dann rief ich Robert an. Ich erzählte ihm die ganze Verwirrung. Von meiner anfänglichen Sympathie, der schlimmen Wut bis zu dem plötzlichen Widerwillen. Aber Robert war nicht in Plauderstimmung. Er hatte in der Nacht eine böse Nudelorgie veranstaltet, und nun hatte er seinen »Fresskater«, wie er es nannte.

»Oweh, so schlimm?«, fragte ich.

»Ist dir schon mal Sauce bolognese zur Nase wieder rausgekommen?«

»Klar, Robert, wem denn nicht?«

»Mit Magensäure und Parmesan?« Er war am Boden zerstört. »Ich konnte wieder mal nicht aufhören«, stöhnte er, »und jetzt wird mir schlecht, wenn ich nur dran denke. Nie wieder werde ich Spaghetti bolognese essen, *nie*!«

»Ach, Robertchen, Unsinn…« Trotz meiner eigenen Tragödie fühlte ich aufrichtig mit. »Du liebst Spaghetti bolognese! Du wirst noch viele wunderbare Portionen Spaghetti bolognese essen, du wirst in Positano sitzen, über den Golf von Neapel blicken und die Sauce bolognese wird dir nur so um die Ohren spritzen. Du hast dich nur ein wenig überfressen.«

»Ich weiß«, sagte Robert und klang plötzlich ganz zackig, »natürlich werde ich das. Und *du* wirst noch viele herrliche Nächte mit diesem Dick verbringen. Die Sauce *hollandaise* wird *dir* nur so um die Ohren spritzen.«

Robert!!!

»Solche Bedürfnisse regenerieren sich ganz von selbst, mein Liebes.«

Aber…

»Vergiss das Ganze einfach mal 'ne Weile und kümmere dich um andere Dinge. Geh zum Beispiel mal wieder arbeiten, Lchen, so wie ich gerade. Von Liebe allein kannst du nicht nur nicht leben, du siehst, es wird dir davon sogar schlecht!«

»Jetzt kommste mir so.«

Er hatte ja Recht.

Ich sah mich um. Meine Wohnung blitzte und blinkte. Ich ging an den Rechner, um nach der sexbedingten Pause meine Mails durchzusehen. Und um mein Weblog auf den neusten Stand zu bringen: »Holland rausgeflogen!«, das war doch mal eine Meldung. Ich schrieb mir alles von der Seele. Dazu genehmigte ich mir eine große Kanne Kaffee mit viel Milch.

Danach stellte ich den Fernseher an und setzte mich mit Dicks Lunchpaket zu Curd auf die Couch. Das, als einzige

Hinterlassenschaft meines Besuchers, hatte ich noch nicht beseitigt, Essen wirft man nicht weg. Ich öffnete die Tupper-Dose. Dick hatte von allen Broten die Krusten abgeschnitten.

Ich war gerührt. Ich aß die Krusten zwar am liebsten, aber die Geste war nett. Und als ich die verstümmelten Schnittchen aus der Dose nahm, lag unter jedem ein kleines zusammengefaltetes und beschriebenes Butterbrotpapier. Ich freute mich auf ein *Ich liebe dich* zum krustenlosen Käsebrot, doch ich täuschte mich.

»Dich fegt der Wind vom Balkon« stand auf dem ersten Zettelchen. Das hatten meine Eltern früher immer gesagt (allerdings immer nur zu meiner Schwester).

»Bei dir hat man ja Angst, dass man dich zerbricht«, das auch.

»Iss, sonst rutschst du beim Duschen durch den Apfluss«, ich wusste gar nicht mehr, dass ich ihm das erzählt hatte.

Guter Mann, dieser Dick, dachte ich. An sich. Das mit dem b und dem p würde ich ihm irgendwann noch beibringen müssen. Ich biss in die Brote.

Knall und Pling

Und dann passierte etwas Wunderbares. Olli rief an. Mehr, Olli war zurück. Aus Amerika. Über die Gründe gab er mit seiner ihm eigenen Ausschweifigkeit bereitwillig Auskunft: »Nee, da war nicht so mein Ding.« Spätere Ermittlungen ergaben, dass ihm – wie vielen kulturverwöhnten Europäern – im *Land of plenty* ein gewisses Niveau gefehlt hatte. Die

Fußballkultur steckte in Amerika eben doch noch in den Kinderschuhen. Und ohne Fußball war Olli ein unglücklicher Mann. (Ja, und vielleicht gab es auch noch andere Gründe, aber die würde Olli mit ins Grab nehmen.)

Die Nachricht von Siegfried & Roys Wiedervereinigung ging durch die Werbewelt wie eine Wanderdüne. Mehr durch Zufall schneite dann aber doch ein kleiner Job ins Haus, den wir gemeinsam antreten durften. Es lief fantastisch, wie in alten Zeiten. So brachte ich tatsächlich ein bisschen heilsame Distanz zwischen mich und meinen Privatschlamassel. Statt meinen eigenen Gefühlen weiter auf der Lauer zu liegen wie einem entflohenen Kriminellen, suchte ich mit Olli nach genialen Werbeideen für Raumbefeuchter.

»Mensch, Lchen«, bemerkte Olli dabei eines Tages, »Mensch, Lchen, du hast ja wieder richtig Schwung!«

Und als ich strahlte:

»Na, siehste, dann hat's wenigstens einem gutgetan, dass ich weg war.«

Mein Olli!

Das Leben ging weiter, dann eben ohne Mann und Kinder. Zumindest hatte ich einen Job, der mir wieder Spaß machte. Dick wurde zur Nebenfigur.

Allerdings war *er* damit nicht einverstanden. Noch am Tag seiner Abreise hatte er sein Piep! Piep! wieder aufgenommen. Sogar verstärkt, meine Tränen hatten ihm Auftrieb gegeben. Ich selbst hatte mich mit einem kurzen Anruf für die Brote bedankt. Dabei hatte ich über den aufreibenden Job gejammert, den ich angeblich hatte, und versprochen, mich zu melden, sobald ich wieder mehr Zeit haben würde. *Ihn* hatte ich gebeten, so lange auch still zu sein.

»Dick«, hatte ich gesagt, »solange ich gebucht bin, schreib

mir bitte nicht. Es ist lieb, aber es macht mir Stress. Denn *eigentlich* würde ich gerne antworten, jetzt, wo wir uns kennen, aber dazu fehlt mir die Zeit.«

Ich hatte lange daran gefeilt. Und er hatte gesagt:

»Lchen, das geht nicht. Wenn ich jetzt aufhöre, vergisst du mich.«

Und damit das nicht passierte, simste Dick also munter weiter, zehn-, fünfzehnmal am Tag. So vergaß ich zwar nicht *ihn*, aber *mich* – doch nicht gleich, nicht sofort. Zunächst schaltete ich mein Handy einfach stumm. Und verpasste drei lukrative Jobanfragen seinetwegen. Da wurde ich dann doch langsam böse. Ein Anruf von 119 entging mir ebenfalls. Wie mir die Frikandel denn bekäme, hörte ich seine Stimme später über die Maße vergnügt auf meinem Band. Frikandel! FRIKANDEL! So was Obszönes! Dann fing er an zu singen: »Lalala… lalala… Nulpen aus Amsterdam…« NULPEN! Frechheit. Und dann fragte er noch ganz keck: »Lchen, sag mal… gibt's den Typ eigentlich wirklich, oder hast du dir den nur ausgedacht?« Ich reagierte nicht, ich wollte nur noch meine Ruhe. Blöde Bande.

Abends, nach getaner Arbeit, bereitete ich mich darauf vor, die Affäre Dick zu beenden. Nichts regenerierte sich, wie Robert geweissagt hatte, *nichts,* ich war fertig mit Sauce hollandaise. Ich beschloss, Dick eine SMS zu schreiben, ja, eine SMS, er liebte diese Kommunikationsform doch so sehr. Außerdem wollte ich seine Stimme nicht hören, diese tiefe, samtige Stimme war gefährlich für mein Projekt. Ich probierte etwa dreihundert Text-Versionen aus. Die Worte sollten sitzen und keine Schlupflöcher für falsche Hoffnungen lassen. Täglich speicherte ich neue SMS-Entwürfe im Archiv meines Handys, eine kälter und gnadenlos unmissverständlicher als die andere. Dort lagerten sie wie Torpedos in einem U-Boot, die ich jederzeit abfeuern konnte…

Dick, I'm sorry, I so hate to hurt you, but this won't work…

Dick, I'm sorry, I'm not in love with you and I never will…

Dick, I'm sorry, you are wonderful, but not for me…

Dick, I'm sorry, I wish I could love you but I can't…

Dick, I'm sorry, I'm SO SORRY…

Torpedos, wie gesagt. Aber noch hielt ich an mich.

Doch dann, nach einem langen, harten Arbeitstag war es so weit: der Knall. Denn als ich hungrig und erschöpft nach Hause kam und eigentlich nichts anderes mehr wollte, als mir mein geliebtes Huhn mit Broccoli zu bestellen, fand ich zwanzig SMS besonderer Art.

In den ersten zwölf ließ Dick mich an den Gedanken teilhaben, die ihn zwischen 11.00 Uhr und 11.05 Uhr bewegt hatten, der Zeit, in der er an jenem Tage aufgewacht war, der Glückliche. Sie reichten von der Würdigung meiner Schönheit – insgesamt und in ausgesuchten Teilen – bis zur Inkenntnissetzung über seinen reichen Samenerguss. Eine zwölfteilige SMS-Dokumentation seines spätmorgendlichen Wichsens. Ich verzichtete auf das Huhn. In den folgenden acht SMS entschuldigte er sich dafür. Aber zu spät. Ich war an meinem empfindlichsten Nerv getroffen. Einem eingeklemmten Nerv, einem *ver*klemmten, gewissermaßen…

Nichts finde ich unerfreulicher als die explizite verbale Beschreibung sexueller Handlungen. Schon Formulierungen wie »kuscheln« oder »zärtlich am Ohr knabbern« ziehen mir die Schuhe aus. Eine Wendung wie »heiße verschwitzte Körper« ist wie Eis am freiliegenden Zahnhals für mich. Vom Ich-will-dich-in-mir-spüren-Weichzeichnervokabular der Frauenromane über die sanfte fernöstliche Jadestab-Terminologie Gelsenkirchener Tantra-Kurse bis zur rustikalen Leck-Spritz-Rohr-Sprache der Hardcorefreunde – alles klingt gleich schmerzhaft in meinen Ohren.

Sex macht man, finde ich. Sex ist eine Kommunikationsform für sich, meine Meinung. Sie in Worte zu fassen ist, als wollte man Mozart als Roman rausbringen, oder Beethoven, Chopin, Janis Joplin, J.J. Cale… Und Dick hatte sich ausführlich, *ausführlich* ergangen. Au, au, au.

Ich rief ihn an. Er kam nicht mal dazu, *Hallo* zu sagen mit seiner blöden, tiefen, samtigen Stimme, da donnerte ich schon los.

»Dick, ich hasse es!«, fuhr ich ihn an. »Was fällt dir ein, mich mit deinen Gefühlen zu behelligen? Was fällt dir ein, mich mit deinem Gewichse zu belästigen? Glaubst du, du bist der einzige Mensch auf diesem Planeten, der liebt?«

Mein Gehirn pausierte, ich war nur noch roher Instinkt.

»Glaubst du, dass deine Gefühle was Besonderes sind? Glaubst du, nur weil du mich liebst, müsste ich dich auch lieben? Sorry, ich habe mir jahrelang den Arsch abgearbeitet, jahrelang, und aus eigener Erfahrung kann ich dir sagen: So funktioniert das leider nicht!«

Und dann das große Finale unter wütenden Tränen.

»Ich bin kein Automat, Dick! Egal, wie viele *Ich liebe dichs* und *Du pisst schöns* du reinwirfst, es fällt unten keine Liebe dafür raus! Lass mich endlich in Ruhe!«

Danach war es erst mal sehr still.

»Lchen«, sagte er dann, »es tut mir leid. Ich habe es falsch gemacht. Ich lasse dich in Ruhe.«

Und nach einer Pause:

»Aber ich bin da. Du kannst dich jederzeit bei mir melden. Nimm dir die Zeit, die du brauchst. Egal, wie lange. Eine Woche, einen Monat, ein Jahr… Melde dich einfach, ich bin da.«

Es begann schon, während er sprach. Mein Atem beruhigte sich, mein Blutdruck fiel. Und mich erfüllte plötzlich ein Frieden, den ich sonst nur kannte, wenn ich mich strafbar machte, weil so große Mengen Marihuana eigentlich verboten waren in unserem Land. Es war natürlich seine Stimme, seine schöne, tiefe Stimme, aber nicht nur. Er hatte einfach genau das Richtige gesagt, manchmal, ganz selten, passiert so was ja.

»Ist gut, Dick«, antwortete ich. Und in dem Moment spürte ich es. Es war, als ginge irgendwo in meinem Inneren ein Lichtchen an, bisher hatte ihm wohl einfach nur die Luft gefehlt. Ein kleines, ganz schwaches, noch ganz wackliges… PLING.

Der 30MD-Abend

Dick ließ mich tatsächlich in Ruhe. Und ich *be*ließ es dabei. Bis ich wieder mal mit Frau D. bei einem unserer 3MD-Abende saß.

Er war ein bisschen ausgeufert, dieser Abend, weil Frau D. und ich eine anstrengende Woche hinter uns hatten und von dem Gedanken euphorisiert waren, dass zwei wunderbare Tage ohne Wecker vor uns lagen. Es war inzwischen wohl schon der dreißigste MD, und da rutschte es mir irgendwie ganz organisch raus. Ich sagte:

»Hach… ich würde diesen Holländer gern sehen.«

Eine zärtliche Anwandlung im Suff. Aber vielleicht auch ein bisschen mehr. Seit dem Knall, mit dem ich mir Luft verschafft hatte, und dem kleinen Pling, das darin gezündet war, hatten die Raumbefeuchter weitere zehn Tage meinen Denkapparat regiert. Und unbeobachtet, in einem stillen Hinterzimmer der großen, geschäftigen Lchen-Zentrale hatten sich Bedürfnisse regeneriert und schüchterne Wünsche ans Licht getraut.

»Warum tust du es dann nicht?«, fragte Frau D. mit müdem Martiniblick.

»Weil es nicht geht. Ich würde ihn gern *sehen*, nicht *beherbergen*, ich würde gern *ein bisschen* mit ihm zusammen sein. Aber wenn ich ihm auch nur das kleinste freundliche Signal gebe, überrollt er mich wie ein ICE.«

»Dann ist er aber ziemlich blöd«, sagte Frau D.

»Ja, sehr blöd…«, stimmte ich unglücklich zu. »Wie kann der so blöd sein, in Holland zu wohnen?! Holland! Wenn er hier wohnte, in Hamburg, würde ich ihn jetzt anrufen. Aber bei fünfhundert Kilometern Anfahrt zieht so ein freundlicher kleiner Impuls eben nicht nur ein Abendessen mit Geschlechtsverkehr nach sich, sondern auch einen, einen… *Schwanz* von Ereignissen! Hach…«

»Lchen, so ist das nun mal. Männer sind keine Vibratoren. Du kannst sie nicht rausholen und wieder wegstellen. Auch Dick nicht – irreführender Name, übrigens.«

»Ich will ihn ja nicht wegstellen! Aber dieser Mann erwartet für einmal Sex zwei Tage Kost und Logis plus Damenprogramm!«

»?«

»Bummeln, Galeriebesuche, du weißt schon…«

»Genau, was du mit 119 immer wolltest.«

»Ja, aber mit Dick *muss* ich es. Ich *muss*. Ich kann ihn doch bei fünf Stunden Anreise nicht nach einem Tag wieder wegschicken!«

Frau D. nickte verständnisvoll. »*Müssen* ist nie gut… Hast du schon mal dran gedacht, dass *DU ihn* mal besuchst? Dann kannst du selbst bestimmen, wann genug ist!«

»Ich kann jetzt unmöglich noch fahren.«

»Nicht jetzt sofort.« Frau D. schüttelte kraftlos den Kopf.

»Es muss doch auch Möglichkeiten hier vor Ort geben!«, sagte ich so aufgebracht, wie es im Rahmen meiner Alkohollethargie möglich war. »Irgendwas, das sich ganz *natürlich* entwickelt, *langsam*! Man lernt sich irgendwo nett kennen… Hallo, darf ich dich zu einem Drink einladen… Hallo, ein Drink, das ist aber schön… Man spricht, tauscht die Nummern, geht essen und so weiter. Nicht alles gleich so groß und, und… *grenzüberschreitend*, herrje…«

So ereiferte ich mich ein bisschen. Aber sobald Frau D. auf die Toilette verschwand, schrieb ich Dick eine SMS.

»Ich war noch nie in Amsterdam! Darf ich dich vielleicht mal besuchen?« Und SENDEN, ha! Die Opossum-Schrecksekunde blieb diesmal aus. Eine sehr gelungene, unverfängliche Anfrage, dachte ich.

Formal bezog sie sich zu gleichen Teilen auf den Mann (sechs Worte) und die Stadt (sechs Worte), das ließ auf eine Mischung aus kulturellem und zwischenmenschlichem Interesse schließen und weckte keine zu hohen Erwartungen. Gut gemacht, Lchen, prösterchen!

Ich kippte den aktuellen Martini in einem Zug weg. Aber der eigentliche Grund, warum ich so zufrieden war, war nicht das textliche Kleinod, das ich da geschaffen hatte. Ich freute mich, denn es stimmte einfach, ich wollte Dick gerne sehen. Ich würde fünf Stunden hin- und, ja, vielleicht am nächsten Tag schon wieder zurückfahren. Ihm konnte ich das nicht zumuten, aber mir, ha-ha! *Diesmal* hatte ich die Kontrolle, *diesmal* konnte ich ohne Skrupel sagen, wenn es reichte. Und *diesmal* würde ich maßvoll sein, *maßvoll.*

Der Barkeeper stellte mir noch ein Getränk vor die Nase. »Von dem Herrn dahinten…«

Ich sah Frau D. vorwurfsvoll an. Aber sie war noch gar nicht zurück. Dafür kam der »Herr« angedackelt, und er war wirklich ein Herr, von oben bis unten in Schlips und Krawatte, ho-ho.

»Darf ich Sie zu einem Drink einladen?«, fragte er.

»Noch einen?«, fragte ich glucksend, ich hatte das Glas schon fast leer, es gab schließlich was zu feiern, ich würde nach Amsterdam fahren! Oder noch besser fliegen, fliegen, fliegen, ich fliege doch so gern!!!

»Ich kenne Sie aus dem Fitnesscenter!«, sagte der Mann.

Also doch, das Fitnesscenter.

»Ich war lange nicht mehr da«, sagte ich.

»Ich weiß«, sagte er.

Na, so was.

»Sie trainieren regelmäßig?«, fragte ich verwundert. Nicht, dass er bewegungsfeindlich aussah, gar nicht, es war nur schwer, sich ihn bei irgendeiner Form von Mühsal vorzustellen. Dieser Mann trug den Dreiteiler, als wäre er darin geboren worden. Er musste nur mit der Wimper zucken, um etwas zu bekommen, selbst eine austrainierte Gesäßmuskulatur. So wirkte er jedenfalls – chronisch gelassen.

Piep! Piep! Ich entschuldigte mich und sah auf mein Handy.

»Schlechte Nachrichten?«, frage der Mann. Ich sah immer noch auf mein Handy. Ich konnte es nicht glauben.

»Nein, nein… gar nicht.« Ich stellte das Handy aus, rieb mir eine Fluse aus den Augen und lächelte ihn strahlend an. »Ich heiße übrigens Lpunkt.«

Der Pate

Es war ja gleich mein erster Eindruck gewesen. Und meine Mutter hatte es auch immer gesagt: Nur nicht hinterherlaufen, niemals hinterherlaufen, Männer bevorzugen stolzes Wild. Doch dann hatte ich gedacht, Unsinn, als trüge die Hälfte der Menschheit noch Pfeil und Bogen in den Genen, es gab inzwischen Männer mit Babytüchern, und Dick war ohne Zweifel aufrichtig verliebt. Falsch gedacht.

Ich melde mich morgen, hatte er geantwortet. Mehr nicht. *Ich melde mich morgen*, kein *Ich kann es kaum erwarten*, kein *Ich shampooniere schon mal den roten Teppich*, nicht mal ein kleines *Ich freue mich auf dich*. Wochenlang war er mir nachgerannt, als ginge es um sein Leben, doch nun, da ich nicht nur stehen blieb, sondern sogar kommen wollte, antwortete er gelangweilt wie eine Brezel. Willkommen in der Steinzeit, Männer sind doch Jäger, Mama hatte Recht.

Kurzum: Ich war schwer enttäuscht gewesen, als ich Dicks Antwort sah. Innerlich verstieß ich ihn wie eine schnippische Diva. Ich hatte mich an seine Anbetung gewöhnt, ein *Ich melde mich morgen* war La Lchen nicht genug. Ich sah nicht, dass es mitten in der Nacht war. Ich sah nicht, dass meine letzten Worte zu ihm kurz gefasst *Verpiss dich* gewesen waren. Dass ich mich seitdem nicht *ein Mal* gemeldet hatte. Dass er sich vielleicht gerade unter Schmerzen damit abgefunden hatte, mich nie wiederzusehen. Ich sah das alles nicht, und das war GUT. Das Beste, was mir passieren konnte. Denn sonst hätte ich mich sicher nicht mit Laurenz befasst. Laurenz hieß der Mann, der mich angeblich schon zigmal im Fitnesscenter gesehen hatte, und der mir noch nie aufgefallen war.

Jetzt fragte ich mich, warum. Laurenz war zwar kein Schönling, aber er war trotzdem ein Hingucker. Allein die Statur machte ihn unübersehbar, bei Männern nannte man das wohl stattlich. Er hatte wunderschöne dunkle Augen mit langen dichten Wimpern, ein elegantes, würdevolles Gesicht und darin eine Nase wie der Ayers Rock. Als hätte der liebe Gott sich mitten in der Schöpfung umentschieden, dass dieser Mensch doch kein Beau werden sollte, und ihm im letzten Moment diesen Zinken verpasst.

Ich versuchte, mich auf die Augen zu konzentrieren, aber

irgendwie kommt man an der Nase ja nicht vorbei. Dann merkte ich, dass es gar nicht die Nase war, die mich abstieß. Dieser Mann, er war so… *alt*. Er war mindestens Anfang fünfzig, das hieß, er ging auf die sechzig, *sechzig,* Gott! Und plötzlich fiel mir auch ein, an wen er mich erinnerte: Er sah aus wie Marlon Brando als Don Vito Corleone in *Der Pate*, obwohl Laurenz behauptete, er wäre bei der Telekom. Wusste ich's doch, das erklärte meine Rechnungen, die Mafia ist überall.

Ich war etwas unentschlossen, was ich mit diesem teilergrauten Herrn anfangen sollte, aber Frau D. rollte anerkennend die Augen und sagte bedeutsam:

»Ich lasse euch mal allein.«

Er stellte ein paar Fragen, und ich erzählte die üblichen Geschichten, was man so anbringt beim Erstgespräch. Er hörte mir lächelnd zu. Plötzlich nahm er meine Hand, hielt sie fest und sagte:

»Streng dich nicht so an, das brauchst du nicht.«

Hm. Dann nicht.

»Und du?«, fragte ich.

Er machte es kurz. Er war zweimal geschieden, hatte drei Töchter, die schon erwachsen waren. Er hatte alles schon hinter sich. Alles, worauf ich immer noch wartete, steckte vermutlich auf vergilbten Fotos in seinem Portemonnaie. Schlagartig wurde mir klar, wie alt ich selber war. Ich war genau in der Mitte mit meinen nahenden vierzig, sozusagen am Scheitelpunkt. Ich konnte schnaufende Spätgebärende werden und mich auf den allerletzten Drücker in etwas stürzen, wonach ich mich nicht unbedingt dringend sehnte, aber von dem ich irgendwie glaubte, dass es dazugehörte zu einem ordentlichen, erfüllten Leben. Oder ich konnte das Kinderkapitel überspringen, relativ jung in der Seniorenklasse aufspielen und das späte Glück eines saturierten älteren Mannes werden, der das Leben genießen und mit mir Golf spielen wollte. Hm, hm, hm, zwei Wege, schwer zu sagen, welcher glücklicher macht.

Er brachte mich nach Hause, in seinem großen saturierten Auto, und als Mann seiner Generation geleitete er mich selbstverständlich auch noch bis zur Haustür. Dort nahm er wieder meine Hand, nein, diesmal sogar beide, er nahm sie zusammengefaltet in seine und sagte eindringlich:

»Bitte, ruf mich an, wenn du mich wiedersehen willst, ich würde mich sehr freuen…« (Pause, tiefer Blick, Kusschance – aber ich lächelte nur nett.) »Und wenn nicht, danke ich dir für den schönen Abend. Schlaf gut, meine Teuerste.«

Meine Teuerste, endlich ein Mann, der mich *meine Teuerste* nannte. Ich sah ihm nach, wie er ging.

Plötzlich drehte er sich noch mal um: »Hast du Lust, Sonntag mit mir an die Nordsee zu fahren? Es soll sonnig werden, und ich habe da ein kleines Haus.«

Ein Haus an der Nordsee? Da sagte ich doch nicht Nein.

»Ja, gern. Ich liebe die Nordsee!«, sagte ich genau genommen. Und schon war ich mit Laurenz verabredet.

Etwas unkoordiniert torkelte ich danach die unendliche Treppe zu meiner Wohnung hoch. Ich war eben auch nicht mehr die Jüngste, musste ich mir eingestehen. Unterwegs stellte ich mein Handy an und fand »1 neue Nachricht«. Eine Nachricht von Dick.

Sie war kurz nach seinem unerhörten *Ich melde mich morgen* gekommen, sah ich an der eingeblendeten Uhrzeit darunter, aber da hatte ich das Handy wohl schon ausgestellt.

Er schrieb: *P.S. Ich freue mich unendlich, dass du kommst!* Ein Glücksgefühl schoss mir durch die müden, alten Glieder und trug mich die restlichen drei Stufen hinauf. Durchs Flurfenster sah ich Rübennases Wagen lautlos davonrollen und winkte ihm noch mal zu.

Diesen Telekommie wird gleiches Schicksal ereilem wie Tulpemkopp…

Ich werde ihm eimfach… wegpupsen!

Der Pate II

Wir waren um neun Uhr aufgebrochen. Der Morgen war kalt und klar. Unterwegs hatten wir an einer Tankstelle mit »Backshop« eingekauft. Später saßen wir in Mantel und Schal auf der Bank vorm Haus, tranken heißen Kaffee und aßen Brötchen mit Butter und Pflaumenmus. Es war ein altes Haus hinterm Deich mit grau gestrichenen Holzdielen, weiß getünchten Wänden, dicken Mauern und windschiefen Bäumen drum herum. Es war kein Ferienhaus, sondern das Haus, in dem Laurenz aufgewachsen war. Sein Vater war Ostfriese und seine Mutter Italienerin, erzählte er (Italienerin... also doch!). Dann hatte er aus dem Schuppen zwei rostige Fahrräder geholt, damit waren wir auf Schleichwegen durch die Marsch zum Meer gekurvt. Nun liefen wir gemäßigten Schrittes am Strand entlang. Der Himmel war wolkenlos und die Nordsee ungewöhnlich ruhig. Ich war froh, dass ich Laurenz doch nicht abgesagt hatte. Wirklich froh.

Am Samstag hatten Dick und ich telefoniert. Wir waren beide ein bisschen verlegen gewesen.

»Ist das okay, wenn ich komme?«, fragte ich ihn, nachdem man so ein bisschen über dies und das geplaudert und das Besuchs-Thema dabei peinlich gemieden hatte. »Ich hatte den Eindruck, du...«

Ich rang nach Worten, um meiner Enttäuschung Ausdruck zu verleihen, dass er sich auf mein gnädiges Angebot *nicht* gestürzt hatte wie ein Spermium aufs Ei.

»Ich war überrascht...«, antwortete Dick. »Ich dachte, ich würde nichts mehr... Und ich wollte nicht gleich wieder zu viel, zu sehr...«

Ja, wie man's macht, macht man's verkehrt. Das Dasein ist schon ziemlich kompliziert. Aber mit Laurenz war es das irgendwie nicht.

»So«, sagte er gut gelaunt in die Sonne blinzelnd. »Jetzt erzähle ich dir mein Leben. Willst du es hören?«

»Unbedingt«, sagte ich, dankbar, nicht reden zu müssen.

Also erzählte er. Von seiner »wilden Jugend« an der Küste, einer frühen Ehe mit seiner Sandkastenliebe, einer späteren Ehe, die ihn nach Berlin verschlug, Schicksalsstunden in der New Economy, einer Scheidung, die »ein Gemetzel« war, und von seinen drei Töchtern, von denen eine auch in die Werbung wollte.

»Kannst du ihr das nicht ausreden?«, sagte ich und lachte, aber dann fügte ich hinzu: »Nein, Unsinn, es macht großen Spaß… manchmal… ab und zu.«

»Gut«, sagte er strahlend, »sehr gut, sie würde nämlich nicht auf mich hören, genau genommen spricht sie gar nicht mit mir, aber schon seit Jahren, also, ich denke, das wird sie bald überwunden haben.« Er hob eine Muschel auf und warf sie ins Meer. »Willst du mir dein Leben erzählen?«, fragte er dann.

Ich lächelte erst mal ein bisschen. »Ich hoffe, das kommt noch«, antwortete ich dann und fand mich toll geheimnisvoll.

Er lachte und sagte: »Gut, sehr gut, du hast noch alle Möglichkeiten.«

Und ich dachte, ja. Ja, das stimmt. Er legte den Arm um mich, und wir liefen noch ein wenig. Laurenz und Lchen.

In einem Café mit Blick aufs Meer tranken wir schwarzen Tee mit Kandis und aßen Kuchen vom Blech. Dann machten wir uns auf den Rückweg. Ich fröstelte ein bisschen. Wind war aufgekommen, die Sonne stand jetzt deutlich tiefer.

»Laurenz«, sagte ich, »ich würde dir gerne was sagen.«

Er hakte sich bei mir ein und zwinkerte mir zu. »Na, schieß los.«

»Ich fahre in drei Tagen nach Holland.«

»Nettes, kleines Land.«

»Da ist ein Mann... Er ist in mich verliebt.«

»Das ist doch nicht schlecht.«

»Ja, besser als nicht.« Ich lachte und suchte nach einem Taschentuch. Meine Nase tropfte vor Kälte.

»Und...?« Laurenz stieß mich kameradschaftlich in die Seite. »Sag schon, bist *du* verliebt in *ihn*?«

»Nein. Nein, ich denke nicht. Aber ich wäre es gern.«

»Du *wärst* es gern? Warum? Ist er ein Neffe der Königin, hat er ein Haus an der Côte d'Azur?«

»Nein, das nun nicht gerade, aber... ich weiß nicht genau.«

»Schade, ein Häuschen an der Riviera hätte ich nämlich auch zu bieten.«

(Bezahlt von meinen Telefonrechnungen??!)

Laurenz grinste verschmitzt. Dann wurde er ernster. »Wenn du gerne in ihn verliebt wärst, aber nicht weißt, warum, dann solltest du wohl tatsächlich hinfahren, hm?!«

Wir schwiegen eine Weile.

»Und wenn du dich *nicht* in diesen Mann verliebst...?« Laurenz drückte fragend meine Hand. »Wenn du dich *nicht* verliebst, willst du mich dann wiedersehen?«

»Auf jeden Fall!«, sagte ich und meinte es. Ich meinte es.

»Also stehe ich auf Platz zwei! Da kann man doch nicht meckern!«, strahlte Laurenz.

Ich strahlte zurück: »Das würde ich aber auch sagen!«

Ich fühlte mich plötzlich herrlich. Noch vor wenigen Monaten war ich einem Mann nachgerannt, hier, hier an der Nordsee, und jetzt hatte Lchen Blöd eine Warteliste. Wie schnell die Zeiten sich ändern können. HACH!

Der Pate III

Als ich mit Laurenz nach Hause fuhr, wusste ich bereits, dass er einer der wichtigsten Menschen in meinem Leben sein würde. Selbst dann, wenn dies der einzige Tag wäre, den wir gemeinsam verbracht hätten. Ich saß in seinem großen, warmen Auto, der Himmel war rosarot, Nebel lag wie Watte über dem flachen, weiten Land. Wir fuhren zurück nach Hamburg, und ich fühlte mich… glücklich.

Ja. Es stimmte, was Laurenz gesagt hatte. So vieles war noch möglich. Wie viele andere Frauen meines Alters steckten in einem Leben fest, das ganz anders war, als sie es sich erträumt hatten? In einer Ehe, die nur noch Versorgungsgefangenschaft war? Mit halbwüchsigen Arschgeigen, die abfällig grinsten, wenn Mutter wieder davon anfing, welche Karriere sie dafür aufgegeben hatte, ihnen hinterherzuputzen?

Ich war frei. Ich hatte viel mehr als meine Kreditkarten. Ich hatte tatsächlich *Möglichkeiten.* Gar nicht mal so *unwahrscheinliche* Möglichkeiten. Und Dick war *eine* davon. EINE. Auch, wenn ich mich *nicht* in ihn verlieben würde, da waren andere. Und nichts drängte mich! Wenn es nichts mehr würde mit Familie… na, dann nicht. Es gab doch nicht nur dieses *eine* Modell des Glücks, herrje!

Nach diesem Tag hielt ich es gar nicht für *so* ausgeschlossen, mit einem netten alten Knacker in den Sonnenuntergang zu tuckern. Die paar Jahre, in denen man Babys großzieht, bevor sie mit dreizehn Papas Kondome klauen und mit sechzehn in die CDU eintreten, hätte ich eben übersprungen. Das Leben kommt manchmal anders, man muss improvisieren. Genau.

Plötzlich war alles so leicht. Der Druck war verschwunden, nicht nur der, den Dick mir gemacht hatte, auch der, den ich mir selbst gemacht hatte – *alles kann, nichts muss*, wie die Freunde der Swingerszene so sagen, in der Tat ein befreiendes kleines Motto. Ich spürte, wie eine kindliche Freude in mir aufstieg. In drei Tagen würde ich nach Amsterdam fahren. Ich hatte Geld, ich konnte mir schöne Kleider kaufen, um mich so hübsch wie möglich zu fühlen und mich von einem Mann bewundern zu lassen, der sie mir wahrscheinlich, hoffentlich vom Körper riss. HACH! HACH!! HACH!!!

Dank Laurenz sah ich das. Dank Laurenz sah ich endlich, endlich, in welch angenehmer Lage ich eigentlich war. Ich schaute zu ihm rüber und zwinkerte ihm zu. Obwohl er seinen Blick vorschriftsmäßig auf die Straße richtete, suchte er meine Hand und hielt sie so lange fest, bis er irgendwann vor einer Kurve schalten musste. Es war gut. Und selbst wenn ich die Mafia-Theorie letztlich nie beweisen konnte (aber auch nie verwarf, sondern – im Gegenteil – mit jeder Telekomrechnung neu bestätigt sah), war Laurenz wohl doch so etwas wie *Der Pate*. Der Pate für alles, was dann geschah.

Die Monsterwelle

Es muss so gegen halb sieben gewesen sein, als wir zurück in Hamburg waren. Am Himmel wich das Rosa der Nacht, in den Häusern gingen die Lichter an. Langsam bog Laurenz' Wagen in meine Straße und rollte lautlos bis vor meine Tür. Ich wollte gerade aussteigen. Es gab keinen Parkplatz, und irgendwie hatte ich das Gefühl, Laurenz und ich hätten uns schon verabschiedet. Doch dann bemerkte ich ihn: 119, der in dem Käsekuchen-Café an einem der bevorzugten Omi-Tischchen direkt am Fenster saß. Gerade steckte er sich eine Zigarette an. Dann blickte er auf, und ich sah schnell weg. Es tat weh. Wie dieser Moment, wenn der Zahnarzt mit dem Bohrer den Nerv berührt, nur etwas tiefer im Brustbereich. Und im Magenbereich. Und eigentlich überall. Laurenz hielt in zweiter Reihe.

»Laurenz«, sagte ich, »hast du vielleicht Lust, noch mit hochzukommen… auf einen Kaffee… Ich meine… einen *Kaffee… echten* Kaffee… keinen Geschlechtsverkehr, einfach… KAFFEE!!?«

Laurenz lauschte amüsiert meinem Gestammel, während seine Augen die Straße bereits weiträumig nach einer Parkmöglichkeit absuchten.

»Hm, verstehe… Kaffee… keinen Geschlechtsverkehr…«

Prompt wurde ein Platz frei, direkt vor unserer Nase, dieser Mann bekam einfach alles. Grinsend setzte er den Blinker. Ich räusperte mich.

»Nein, ehrlich gesagt… Sieh bitte nicht hin, aber… da drüben im Café sitzt ein Mann, der gleich bei mir schellen würde, wenn er sieht, dass ich wieder da bin… und wenn du mit raufkommst, tut er es ganz sicher nicht. Ich bitte dich also eigentlich nur mit rein, damit er nicht kommt – ist das okay?«

Laurenz lachte laut auf, er lachte eigentlich immer, fantastischer Mensch.

»Ich glaube, meine liebe Lpunkt, du hast mir *eine Menge* nicht erzählt.«

Wir stiegen aus und gingen die etwa fünfzig Meter zum Haus. Laurenz legte seinen Arm um mich.

»Ich werde die Situation übrigens ausnutzen«, sagte er.

Ich reagierte nicht sofort, ich musste mich voll darauf konzentrieren, nicht zum Café rüberzusehen.

»Ich werde die Situation ausnutzen und dich küssen, denn wer weiß, ob ich je wieder Gelegenheit dazu bekomme.«

Das geht in Ordnung, wollte ich sagen, aber darauf wartete er nicht. Es war ein… guter Kuss. Ein wirklich guter Kuss. Kurz, aber mit allem Drum und Dran. Sanft und sinnlich und bestimmt zugleich. Er war wirklich eine ganz heiße Nummer zwei, dieser ältere Herr von der Telekom.

Ich gebe zu, für einen winzig kurzen Moment vergaß ich das Café. Für einen winzig kurzen Moment vergaß ich auch meine Reisepläne. Warum in die Ferne schweifen, schoss es mir durch den Kopf, wieso jagte ich diesem holländischen Phantom-Glück hinterher? Doch der Moment verging. Während Laurenz und ich artig auf der Couch saßen, Orangensprudel tranken und Konversation trieben, schielte ich mit einem Auge nervös zum Fenster und mit dem anderen zum Telefon. Der Anrufbeantworter blinkte.

Laurenz spürte, dass ich nicht mehr bei ihm war. Er wollte gehen, man merkte es, er sah schon zum zweiten Mal zur

Uhr. Sobald er ausgetrunken hatte, bedankte ich mich für den Tag, für alles, und brachte ihn zur Tür. Wieder mal wurde ich melancholisch.

»Geht das in Ordnung, wenn *ich* dich jetzt küsse?«, fragte ich, ohne ihn anzusehen. »Wer weiß, ob ich je wieder Gelegenheit dazu bekomme.«

Es ging in Ordnung. Aber diesmal schmeckte der Kuss nach Abschied. Und nach Orangensprudel. Der Moment war vorbei.

Schon als ich noch in der Tür stand und Laurenz nachsah, spürte ich es. Es war hinter mir. Und sobald ich abgeschlossen hatte und mich umdrehte, um zurück ins Wohnzimmer zu gehen, rollte es auf mich zu wie eine Monsterwelle. Das böse, alte Herzeleid. 119s Gesicht hinter der großen Scheibe des Omacafés hatte es losgetreten, sozusagen. Und jetzt, als ich alleine war, baute es sich vor mir auf wie eine Wand. Ich stand im Flur, das Herz schlug mir bis zum Hals, und ich fühlte mich wie in diesen Träumen, wenn man weglaufen will, aber nicht kann. Doch dann dachte ich plötzlich: Lchen, komm, jetzt ist es aber langsam mal gut! Atmen. Einfach ein- und ausatmen, ein und aus…

Nach ein paar Minuten ging es wieder. Ich setzte meinen Körper neu in Gang, schlurfte ins Wohnzimmer und hörte den Anrufbeantworter ab. Ich war erleichtert, unendlich erleichtert, und enttäuscht zugleich. Die Nachricht war von Dick. Mit seiner schönen tiefen Stimme wollte er mich nur wissen lassen, dass er die Stunden zählte. Lieb. Ich setzte mich auf den Boden, legte das Gesicht zwischen die Knie und verschränkte die Hände über dem Kopf. Nicht jetzt, dachte ich, nicht jetzt. Die Monsterwelle rauschte knapp an mir vorbei.

Schlüpfer für den Neubeginn

In der Meeresforschung nennt man sie die *Drei Schwestern.* Monsterwellen, die nicht alleine auftreten, sondern zu dritt. Sie folgen so schnell aufeinander, dass Schiffe in ihren Tälern nicht den nötigen Auftrieb entwickeln können und – selbst wenn sie die erste überstehen – von der zweiten oder spätestens dritten Woge überrollt werden. Aber was interessiert uns die Meeresforschung, zurück zur MS Lpunkt mit Kurs auf Amsterdam.

In der Nacht nach der ersten Welle hatte ich kein Auge zugetan. Unaufhörlich hatten meine Gedanken um 119 gekreist. Ich konnte nicht aufhören, darüber zu grübeln, warum er da gewesen war. Und was geschehen wäre, wenn ich Laurenz nicht raufgebeten hätte. Wenn ich mich von diesem Mafia-Boss nicht hätte *küssen* lassen, *KÜSSEN*! Vor 119s Augen! Ich *E S E L*! Mit jeder Stunde, die der Schlafmangel an meinen Gehirnfunktionen nagte, begann ich mich ernsthafter zu fragen, ob… ob vielleicht… ob er möglicherweise endlich… na, Sie wissen schon.

Im Morgengrauen war ich sicher, ich hätte den Fehler meines Lebens gemacht. Erst nachdem ich beschlossen hatte, 119 gleich nach dem Aufstehen anzurufen, fand ich ein bisschen Schlaf. Als ich wieder zu mir kam, war es drei Uhr nachmittags. Mein Gehirn arbeitete wieder normal, und ich entschied mich, nichts zu tun, *nichts*. Was immer 119 gewollt hatte – wenn er es *wirklich* wollte, würde er es ein zweites Mal probieren. Von so einer ollen Telekom-Gurke würde ER sich doch nicht abschrecken lassen. Abwarten und einkaufen, dachte ich mir. Und wir radelten in die Stadt, meine Kreditkarte und ich.

Schon in der Schule glaubte ich an Glücks- und Unglückskleider. Pullis oder Blusen, in denen ich eine Vier oder Fünf geschrieben hatte, zog ich nie wieder zu einer Klassenarbeit an. Mit Schlüpfern geht es mir bis heute so. Unterhosen, in denen ich Niederlagen erlitten habe, werden ausrangiert. Meine Syltwäsche zum Beispiel, diese ganze italienische Edelnuttenspitze kam zur Caritas. Solange ich nicht davon lebe, hatte ich beschlossen, laufe ich doch nicht mit einem Faden im Hintern rum. Und Spitze tragen sowieso nur Dicke. Schluss damit. In Holland würde ich in Schiesser Baumwollzwirn auflaufen. Darin war ich aufgewachsen, und jetzt gab es doch diese wunderschöne Rivival-Linie. Und die noch viel wunderschönere Kostas-Murkudis-Kollektion aus feinstem Doppelripp mit Schweizer Baumwolltüll.

Außerdem beschloss ich, das Auto stehen zu lassen und ganz entspannt per Bahn nach Amsterdam zu fahren. Oder sogar zu fliegen, wenn ich noch einen Flug bekam. Zusätzlich zu Hemden und Schlüpferchen legte ich mir deshalb einen fantastischen Reisetrolley zu. So einen, den man elegant wie eine Stewardess hinter sich herziehen kann, wenn man das Gateway oder was auch immer entlangstolziert. Mit einem Trolley voller Unterwäsche trat ich bei Ladenschluss den Heimweg an. Auf dem Fahrrad war der Trolley allerdings nicht ganz so bequem…

Als ich nach Hause kam, sah ich in den Postkasten und fand einen Brief von Ruth. Ich wunderte mich, so oft schrieb sie sonst nicht, und ich fühlte mich ein bisschen schlecht, gerade hatte ich den Haushaltsetat ihres Landes in Schlüpfer investiert. Wahrscheinlich war das ein Zeichen. Ich sollte mich mäßigen in meiner Verschwendung. Aber dann freute ich mich doch und war ganz gespannt, was sie geschrieben hatte.

Dear Lpunkt!
Thank you very much for your lovely gifts! I hope you are fine. I hope your husband and your children are fine, too. Merry Christmas,
Ruth.
(Blümchen links diesmal, Sonne rechts.)

Wie immer war ich ein klein bisschen enttäuscht, weil sie ziemlich exakt dasselbe schrieb wie in allen anderen Briefen. Aber dann fiel mir ein, dass Ruth andere Sorgen hatte, dass es fantastisch war, dass sie überhaupt schrieb und dass die Post diesmal so überaus schnell gewesen war. Ein gutes Zeichen, ein sehr gutes Zeichen, es ging bergauf in der Welt. Gerade wollte ich ihren Brief zu den anderen legen, da sah ich, dass da noch etwas stand.

P.S. What is Käsekuchen?

Also doch! Sie las meine Post! Sie las sie sehr genau! Ich war ganz bewegt. Und mir fiel mein letzter Brief an Ruth wieder ein. Der Tag, an dem ich ihn geschrieben hatte. Als ich bei strahlendem Sonnenschein hinter geschlossenen Vorhängen in der Küche saß und halb gefrorenen Käsekuchen aß, um mich im eigenen Fett gegen meinen Liebeskummer zu verbarrikadieren. Super Plan. Und alles wegen diesem Mann, alles wegen 119, seinetwegen hatte ich mich bemitleidenswerter gefühlt als Menschen, die nichts zu essen haben, so was!

Nur ein paar Monate war das her, und eben hatte ich mir Unterwäsche gekauft, Schlüpfer für den Neubeginn. Doch das war erst der Anfang. Morgen würde ich mir außerdem ein wunderschönes Kleid kaufen und Schuhe, jawohl, *Schuhe*, Klischee hin oder her. Wer eine Reise antrat, brauchte nicht nur Unterhosen, sondern auch SCHUHE, haha! Da war es wieder, das schöne Glücksgefühl, das mich schon mit Laurenz am Nordseestrand gestreift hatte. Das Gefühl, endlich von einer Krankheit genesen zu sein. Die Zeit wirkt doch Wunder, man glaubt es nur immer nicht. Mensch, hatte ich es gut!

Auf dem Bett breitete ich stolz meine neuen Sachen aus. Ich schnitt die Preisschildchen ab, um alles noch mal durchzuwaschen. Damit es nicht nur schön aussah, sondern auch so roch, wie Wäsche riechen sollte: nach frisch gewaschener und gebügelter Baumwolle, wie früher zu Hause.

Als das Telefon klingelte, hörte ich es nicht sofort, weil ich noch im Badezimmer stand und befriedigt zusah, wie die Waschmaschine sich auf meinen Knopfdruck hin ratternd in Gang setzte. Ich schaffte es erst ins Wohnzimmer, als der Anrufbeantworter gerade ansprang und 119s Stimme erklang, scheinbar leichthin:

Lchen, hier ist 119, ruf doch mal an!

Nein! Nein, diesmal nicht. Diesmal ließ ich mich nicht wieder ins Schlingern bringen. Ich hatte eine Bahnkarte (ein Flug war dann doch nicht mehr zu kriegen gewesen). Ich hatte einen chicen neuen Damentrolley voller Unterhosen. Ich hielt Kurs.

Da musste schon eine größere Schwester kommen.

Curd Rock – emtdeckt die Magie des Schlüpfers

So eim Umterhose macht ja doch was aus!

Dazu eim bisschem gedämpftes Licht…

Die richtige Pose…

Sie verstehem…

Bitte sehr, die größere Schwester

Aus meinen weiteren Shoppingplänen wurde dann nichts mehr. Überhaupt kam vieles ein bisschen anders, als ich geplant hatte. Am Ende saß ich mit nichts als einem Trolley voller Unterhosen in einem Zug, der nicht der war, den ich gebucht hatte. Ach ja, ein Drama, ein Drama…

Am nächsten Morgen, Dienstagmorgen ganz früh, rief Olli an. Damit ging es schon los. Eine Agentur hatte »dringend um unsere Hilfe gebeten«, nur für einen Tag, nur um eine wichtige Präsentation mit vorzubereiten, »wirklich superwichtig«. Kommt überhaupt nicht in Frage, dachte ich entschieden, ich musste meine eigene superwichtige Präsentation vorbereiten. Ich würde Sex haben, SEX, da gab es einiges zu tun. Ich war fest entschlossen, mich einen köstlichen Tag lang ausschließlich der Härchenentfernung, der Maniküre, Pediküre et cetera et cetera zu widmen.

»Das sollten wir echt machen, Lpunkt«, sagte Olli.

Okay.

Natürlich hatte Olli Recht. Denn leider, leider war es ja nicht irgendeine Agentur gewesen, die in höchster Not unsere unersetzlichen Dienste angefragt hatte, sondern *die* Agentur, von der wir achtzig Prozent unserer Aufträge erhielten. Und mein Zug ging schließlich erst am Mittwochnachmittag. Mir bliebe noch der ganze Mittwoch*vormittag*. Ein Vormittag sollte reichen zur Sexvorbereitung, hatte ich also kurzerhand *um*entschieden, andere vögelten aus dem Stand im Fahrstuhl.

»Alles klar, Olli, bin schon unterwegs!«, sagte ich.

Professionell, wie ich nun mal war.

Also, ich ging am Dienstag noch ein bisschen arbeiten.

Mittwochmorgens um zehn war ich dann wieder zu Hause, Tage vor Agentur-Präsentationen sind lang. Im Geiste hatte ich mein PSP (Pre-Sex-Programm) schon ein wenig zusammengestrichen, ich würde es auf drei Stunden Schönheitsschlaf reduzieren, hatte ich beschlossen, es ging jetzt nur noch darum, das Allerschlimmste zu vermeiden, und das Allerschlimmste wäre, wenn ich beim Sex einnicken würde, ja.

Ich stellte die Türklingel ab, weil die Prospektverteiler immer nur bei mir schellten, ich schaltete die Telefone stumm, damit auch kein Anruf meinen kostbaren Regenerationsprozess störte, dann fiel ich für ein paar herrliche Stunden ins Bett. Meine letzten Gedanken kreisten um Schuhe, ich hatte doch eigentlich noch neue Schuhe kaufen wollen, »schöne neue Schuhe für den großen Schritt in mein neues Leben«, wie ich im Blog so herrlich melodramatisch geschrieben hatte, Schuhe… Schuhe… Schussszzrrr… sssz… zzz… zz… z…

Ich erwachte punktgenau. Auf meinen Wecker war Verlass. Er hatte meinem Opa gehört, und Opa war Eisenbahner gewesen, Pünktlichkeit war sein Lebenselixier. Der Wecker weckte alles, was noch Puls hatte, ein Höllenteil. Ich stand im Bett wie eine Kerze. Amsterdam, ich komme! (Dick, dich besuche ich bei der Gelegenheit natürlich auch.) Durch die Vorhänge schielte neugierig die Sonne in mein Schlafzimmer.

Eine Woge der Vorfreude und der Abenteuerlust trug mich aus dem Bett Richtung Badezimmer, da, plötzlich merkte ich es… Irgendetwas stimmte nicht… Es war… es war… ein *Geruch*. Ein Geruch, der auf mich denselben Effekt hatte wie ein vorbeiradelndes Kotelett auf einen Terrier in einem

Vorgarten mit elektronischem Hundezaun. Ein Geruch, der mein Herz vor Freude rasen und im nächsten Moment vor Schmerz zusammenkrampfen ließ. Der Geruch von 119. Reflexartig strich ich mir durchs Haar und zupfte mir eine Fluse vom Pyjamahemd.

Als Nächstes sah ich den Schlüssel. Er lag auf der Flur-Kommode, in der ich Schuhe, Mützen, Schals, Handschuhe und ungeöffnete Briefe der Bank verwahrte, das erste Möbel, wenn man zur Tür reinkam. Ich kombinierte blitzschnell………… das war der Ersatzschlüssel……… der zweite Wohnungsschlüssel, den 119 gehabt hatte…… also… also… also war 119 vermutlich hier gewesen…… 119 war hier gewesen… 119 war hier gewesen… 119 war hier gewesen… An dieser Stelle hakte mein Gehirn erst mal eine Weile. Wie eine Schallplatte wiederholte es immer wieder denselben Gedanken. *119 war hier gewesen.* Ich setzte mich ein bisschen, gleich an Ort und Stelle, einfach auf den Fußboden. Ich empfand… nichts.

Ich saß da, umschlang mit den Armen die Knie und starrte lauernd hinüber zu dem Schlüssel, als könne er jeden Moment lebendig werden und unberechenbare Dinge tun. Dann kam mein Denkapparat schleppend wieder in Gang. Also, da lag mein zweiter Wohnungsschlüssel. Hallo. Mein zweiter Wohnungsschlüssel, der noch bei 119 gewesen war. Den er nie benutzt hatte. Doch, ein Mal hatte er ihn benutzt, *heute,* heute hatte er damit die Wohnung aufgeschlossen, um ihn mir zurückzubringen. Vermutlich hatte er geschellt, und als niemand aufgemacht hatte, hatte er ihn in die Wohnung gebracht, weil man in die Briefkästen hineingreifen konnte.

Ich hatte ihn nur um Sekunden verpasst, sein Rasierwasser hing noch in der Luft. Wenige Augenblicke bevor mein Wecker schellte, hatte er den Schlüssel, der ihm nun nicht mehr zustand, weil wir getrennt waren, auf die Kommode gelegt. Den Schlüssel, den er nicht mal mehr brauchen würde, um Palme zu gießen, falls Lchen mal verreist wäre, denn für so etwas war er jetzt nicht mehr zuständig… Deshalb war er hier gewesen, *deshalb.* Der Gedanke breitete sich aus. Deshalb war 119 auch am Sonntag hier gewesen. Deshalb hatte er versucht, mich anzurufen. Ich lehnte mich zurück an die Wand und sah meinen Füßen zu, die in den dicken Fell-Pantoffeln nach vorne über die glatten Holzdielen glitten… Mit ausgestreckten Beinen saß ich da. *Nur* deshalb.

Plötzlich spürte ich… Enttäuschung. In meinem schönen neuen Größenwahn hatte ich mir wohl eingebildet, dass jetzt alles möglich wäre, alles, Laurenz, Dick und vielleicht sogar 119 (wenn *ich* ihn noch wollte), Lchen, die erste Frau auf dem Mond. Es dauerte so zehn, zwanzig Minuten, bis ich wieder ganz auf dem Boden ankam und mich neu zurechtfand. Lchen, die nicht alles haben konnte, aber… einiges, eine Menge, viel. Plötzlich spürte ich, wie die Kälte in meine Blase kroch, und ich dachte, jetzt bloß keine Unterleibsentzündung bekommen, nicht jetzt, ich wollte doch nach Amsterdam, ich wollte zu Dick!

119 hatte den Schlüssel wiedergebracht, na und, was änderte das, was änderte das *wirklich*?! NICHTS! Schnell erholte sich meine Vorfreude von dem kleinen Schock, und schon rappelte ich mich wieder hoch. Es war nur eine kleine Irritation gewesen, die MS Lpunkt war immer noch auf Kurs und auf direktem Weg unter die Dusche. Beinrasur, Achselrasur, kleines Reise-Make-up, Trolley-Packen – das war das Programm. Und dazu ein bisschen Musik, mit

Musik ging alles besser. Ich flitzte ins Wohnzimmer, um meine CD »Musik zum Packen« aufzulegen, mit den besten Koffer-Pack-Liedern von Thomas D. mit *Rückenwind* bis…

Ich blieb wie angewurzelt stehen und starrte zur Couch.

Die dritte Schwester

Wie bereits erwähnt, ist es in der Regel die zweite oder dritte der Drei Schwestern, die der Seefahrt gefährlich wird – und dafür sorgt, dass viele kleine und große Schiffchen nie am Ziel ihrer Reise ankommen. So war es auch im vorliegenden Fall. Der Anblick von Curd Rock mit herzförmigem Ballon *plus* schmuckkästchengroßem Päckchen war ein echter emotionaler Kaventsmann. Die MS Lpunkt hatte es schwer erwischt. Ich war zu nichts mehr in der Lage. Eine Zeitlang trieb ich manövrierunfähig im offenen Meer.

Jetzt saß ich im Zug. Schon besser.

»Das ist aber der falsche Zug…«, sagte der ein Meter zwanzig große Schaffner und drehte seinen Knipsapparat wie ein Westernheld den Revolver – wenn kleine Männer Macht bekommen, schlimm.

»Ich weiß…«, sagte ich, plötzlich viel zu müde, um überrascht zu tun. Während Charles Bronson zu einem Vortrag über die Regeln der Fahrausweis-Buchung ausholte, sah ich ihn so aufmerksam an, wie meine Lage es zuließ.

Sag doch einfach, was ich zahlen muss, Cowboy, knurrte ich innerlich. Ich bin beschäftigt, in mir tobt eine Schlacht der Gefühle, sieht man das nicht?

»Taschentuch?«

Ach, wie nett.

»Neunundvierzig Euro!«

Puuuh.

Sobald er gegangen war, holte ich ES wieder raus. 119s Päckchen. Es war immer noch eingepackt. Stunden hatte ich zu Hause davor gesessen und gegrübelt. Dann hatte ich mich plötzlich blitzschnell angezogen, hatte den Trolley, Curd

Rock und das Päckchen geschnappt und war zum Bahnhof gepest. Für meinen Zug war es allerdings zu spät. Und ich hatte nur Unterhosen dabei, was für ein Theater.

Ich betrachtete das Kästchen in meiner Hand. Die rote Schleife war vom vielen Halten ganz zusammengedrückt. Und plötzlich wurde ich wütend. Das Wasser schoss mir in die Augen. Was sollte das? Warum gerade jetzt? Verdammt noch mal, Hase, so einfach geht das doch nicht! Drei Jahre hast du mich warten lassen. *Drei Jahre* habe ich mir nichts sehnlicher gewünscht als einen *scheiß* Herzballon, und jetzt kommst du damit an, jetzt! Ist es denn wirklich *so* einfach? Musstest du mich nur mit einem anderen sehen, ist es so *platt?* Den Holländer hast du mir nicht geglaubt, gibt's den wirklich, hast du neulich auf Band noch gefragt, aber kaum küsst mich dieser Oppa, schon… schon… Ach, Hase… Hase, Hase, Hase… So billig kann es doch wirklich nicht sein.

Ja, Hase, ja. Natürlich kenne ich diesen Spruch. Jeder kennt diesen Spruch. *Manchmal erkennt man erst, was man hatte, wenn man es verliert* – Unsinn ist das, Scheiße, eine Erfindung Hollywoods! Du kennst mich! Es gibt nichts mehr zu erkennen für dich! Und dass mich jemand küsst, hat dir ganz sicher keine neuen Dimensionen meiner Persönlichkeit offenbart! Es ist wohl tatsächlich so simpel: Jetzt, wo ich gehe, bin ich plötzlich attraktiver. Wie die meisten Menschen bin ich von hinten wohl einfach schöner, aber käme ich zurück, wäre es damit ganz schnell vorbei. So geht es nach dem Happy End nämlich weiter, ein paar stürmische Wochen, und dann trennen sie sich wieder, Carrie und Big werden nach zwei Monaten wieder geschieden, aber das kommt nach dem Abspann, das erzählen sie uns nicht mehr.

Nein, Hase, *nein*. Wir zwei sind doch immer noch dieselben. Das ginge nie gut mit uns, nie!

Ich weiß es schon lange. Schon seit wir von Sylt zurück sind. Nicht nur, weil mir dort aufgefallen war, dass meine Mutter im Prinzip besser zu dir passt. Auch die Wissenschaft hat es bestätigt, ja, die Wissenschaft! Nach Sylt habe ich nämlich wieder mal bei »Soulmates« reingeschaut, der Partneragentur unseres Vertrauens. Du weißt, ich hatte mich dort abgemeldet, schon nach unserem allerersten Treffen. Das weißt du, denn in meinem blöden, *blöden* Übereifer habe ich es dir ja gleich erzählt! Und du hast gemeint: »Lchen, für mich musst du das nicht, ich selbst melde mich auch nicht ab.« Oh. »Ich treffe niemanden«, hast du gesagt und meine Hand genommen, »nicht, solange wir zwei es versuchen, versprochen. Aber falls es nicht klappt, muss ich die ganze Anmeldeprozedur nicht noch mal machen…« Ja, wirklich eine schlimme Prozedur.

Aber nach Sylt habe ich sie auf mich genommen. Noch am Abend unserer Rückkehr habe ich einen »Probemonat« gebucht und alle Tests ein zweites Mal beantwortet. Wie *ich* bin, wie *er* sein soll, was ich als Erstes sage, nachdem ich auf einer Bananenschale ausgerutscht bin – über dreihundert von renommierten Wissenschaftlern ausgetüftelte Fragen. Kurz darauf habe ich meine Matchinglist bekommen. 237 Partnervorschläge. Natürlich warst du wieder dabei, du warst ja noch in der Kartei. Und rate, wo du diesmal gelandet bist?! Rate, auf welchem Platz du diesmal warst? Auf Platz 119, Hase, *PLATZ 119* meiner Matchinglist! Von Rang eins ins schwache Mittelfeld, vor dir war ein Bundeswehrmajor a.D. und nach dir ein pensionierter Pastor aus Sachsen.

Ich weiß nicht, woran es liegt. Vielleicht haben die drei Jahre mit dir mich verändert, vielleicht kenne ich mich jetzt besser und wünsche mir etwas anderes. Oder ich hatte beim ersten Mal einfach einen in der Krone. Oder beim zweiten Mal. Oder beide Male, denn ganz unter uns, nüchtern würde doch niemand... *Sehr geehrte Fahrgäste, in Kürze erreichen wir Münster in Westfalen. Sie haben Anschluss an...* Hörst du, das war die Zugansage. Tut mir leid, hier muss ich aussteigen, Hase. 119. Da ist meine Schwester, da steht sie, sie wartet auf dem Bahnsteig. Sie hat mich gesehen, ha, sie winkt...

Schicksalhafte Entscheidung in Ostwestfalen

»Du machst Sachen!«

Ich lächelte etwas gequält. Meine Schwester lief mir entgegen und drückte mich an sich, als käme ich unversehrt aus einem Erdbebengebiet.

»Hast du das Päckchen aufgemacht?«, fragte sie vorsichtig mit zusammengekniffenen Augen.

Ich schüttelte den Kopf. Ich hatte es sicher in einem der unzähligen Fächer meines neuen Super-Trolleys verstaut.

»Sehr gut.« Sie strahlte. »Und? Hast du dich schon entschieden? Willst du hierbleiben oder weiterfahren?«

Gute Frage. Als ich in Hamburg die letzten Stufen zum Bahnsteig hochgehetzt war, hatte ich von meinem Zug gerade noch die Rücklichter gesehen, *Hamburg Hbf – Amsterdam Centraal* adios. Geistesgegenwärtig wie stets, war ich sofort in den nächsten Zug nach *Münster in West-*

falen gehüpft, weil der nach Amsterdam dort eine halbe Stunde Aufenthalt haben würde. Und weil meine Schwester in Münster lebte. Ich rief sie von unterwegs an und erzählte ihr die ganze vertrackte Misere.

»Ich bin nachher auf dem Bahnsteig«, hatte sie gesagt, »dann schau'n wir mal…«

»Ich fahre weiter nach Amsterdam!«, hörte ich mich jetzt verkünden. Irgendwo zwischen Osnabrück und Lengerich hatte ich wohl die schicksalhafte Entscheidung getroffen. Meine Schwester nickte tüchtig.

»Genau. Guck dir den kleinen Holländer schön in Ruhe an. Das Päckchen kannst du immer noch aufmachen, wenn du zurück bist – falls du dann noch willst.« Grinsend drückte sie mir eine prall gefüllte Alditüte in die Hand. »Hier, falls du mal was anderes brauchst als Unterhosen… Und ich hab die Kamera dazugelegt, Curd will vielleicht ein paar Amsterdam-Bilder haben, mit denen er im Blog angeben kann…«

Meine Schwester!

»Und mach mal ein Foto von *ihm,* ich bin neugierig auf den Tulpenkopp.«

Meine Schwester.

Ich sah zur Uhr, es wurde Zeit. Wir liefen die Treppen runter, dann durch die Unterführung, dann die Treppen rauf zum anderen Gleis. Fünf Minuten später saß ich wieder im Zug. Und diesmal war es der richtige, die MS Lchen war wieder auf Kurs. Ich blickte meiner Schwester nach, die auf dem Bahnsteig stand und winkte, ein kurzer Besuch war das. Dann sah ich in die Alditüte. Kulturbeutel, Handtücher, ihr gutes Alexis-Carrington-Kostüm, hm, und Schuhe… gar nicht so übel.

Zum Verlieben

Noch drei Stunden bis Amsterdam. Draußen legte sich schon die Dämmerung über das flache Land. Ein bisschen Mond, der Abendstern und auch ein paar von den kleineren Sternen leuchteten schon. Dann würde ich heute wohl keine Windmühlen sehen, dachte ich. Ich war doch noch nie in Holland gewesen.

Ein Mal noch holte ich das Kästchen raus… und packte es wieder weg… raus… und wieder weg. Dann, als der Zug die holländische Grenze passierte, räumte ich die Sachen meiner Schwester in den Trolley, ermahnte Curd, der ein wenig vorwurfsvoll guckte, nicht in meine Wäsche zu pupsen, zog die Reißverschlüsse zu, *endgültig*, und verstaute alles oben auf der Gepäckablage. So. Aus dem Lautsprecher hieß ein neuer Zugführer die Fahrgäste willkommen.

Und wieder mal musste ich an diese Abende denken. An Samstagabende im Winter, wenn wir alle vorm Fernseher saßen und darauf warteten, dass Rudi Carrell uns begrüßte. Ich erinnerte mich, wie er mit vier Kandidaten gegen Muhammad Ali geboxt hatte, und irgendwann hatte er ihm den Rücken zugedreht und war weggelaufen, immer im Kreis, und Ali hinterher. Lustig war das, lustig… Ich wurde ein bisschen sentimental.

Ich wartete. Ich wartete, dass das PLING wieder anging. Dieses wacklige Gefühl von Verliebtheit, Freude, Aufregung, *was auch immer*, das vorhin – durch das Päckchen – so abrupt verloschen war. Das Pling für Dick. Und ich hoffte einfach, dass er gut aussah. Denn manchmal waren es ja so Kleinigkeiten. Speichelbläschen in den Mundwinkeln. Hoden, die sich unter engem Flanell abzeichneten. Irgendein

Objekt, das aus der Nase lugte… So kleine Dinge konnten die Sache bei mir im Frühstadium noch leicht zum Kippen bringen. Und ein plötzliches Befremden auslösen, verbunden mit dem zynischen, kleinen Gedanken: *Der soll es nun sein?* Lächerlich, ich weiß. Ein Popel sollte der Liebe nicht im Weg stehen. Aber es war nun mal so. Kurz vor Amsterdam ging ich deshalb auf die Toilette, tuschte die Wimpern und putzte sehr sorgfältig meine verquollene Nase.

Dick sah fantastisch aus. Er lief wie ein Junge neben dem Zug her und strahlte, *strahlte* über beide Ohren. Als ich ihm wenig später gegenüberstand, fand ich beim besten Willen nichts Befremdliches. Im Gegenteil. Er schien viel sicherer, und mir war, als bewegte er sich auch ganz anders. Vielleicht, weil er zu Hause war, in seinem Land. Er küsste mich nur kurz und sagte: *Hier geht's lang*. Ein Satz, der einer starken unabhängigen Frau wie mir natürlich lustvolle Schauer über den Rücken jagte. Und als wir kurz darauf in sein schmutziges altes Auto stiegen, das blinkend wie ein Christbaum mitten auf der Fahrbahn stand, dachte ich… schön, dass ich hier bin. Sehr schön.

In Amsterdam, die Stadt, verliebte ich mich sofort. Und Dick fuhr gleich ein paar Umwege, damit ich auch was davon sah. Alles war so klein, so niedlich, selbst die Bordelle wirkten putzig. Wenn es bei Städten ein Kindchenschema gibt, dann hat Amsterdam es ganz gewiss. Verstohlen sah ich Dick von der Seite an. Autofahren weckte den Italiener in ihm. Er lachte und redete und fluchte hinterm Steuer. Über rote Ampeln, Einbahnstraßen und Touristen mit Rucksäckchen und Joggingschuhen, die über die Straßen liefen, als gehörten sie ihnen. Auch das kannte ich noch nicht von Dick. Temperament, ho-ho. Aber es gefiel mir. Es gefiel mir sogar gut.

Dann hielt er an. Vor einem dieser kleinen Häuschen direkt am Kanal, die deutsche Busreisende so entzückten. Die so schief aneinanderlehnten, als hätten sie gesoffen und wären beim Schunkeln plötzlich in einen hundertjährigen Schlaf gefallen.

»Das ist es?«, fragte ich mit großen Augen. Ich konnte es kaum glauben. Es war, wie man so sagte, zum… zum… *Verlieben.*

Ja, und so kam es dann auch.

Willi wird zum Ackergaul

Rückblickend fällt es mir schwer zu sagen, ob es in der Tat an ihm lag oder an mir. Ob Dick zu Hause endlich er selbst war, oder ich im fremden Land plötzlich frei. Auf jeden Fall waren 119 und sein Päckchen mit einem Mal sehr weit weg. Ich staunte noch ein bisschen über das betrunkene Zwergenhaus, das innen plötzlich mehr wie eine große alte Garage aussah, dann nahm ich eine dampfend heiße Dusche, in der ich ein paar Versäumnisse der Körperkultur nachholte, und schon, trippel, trippel, trippel über den fleckigen grauen Steinboden ab ins Bett. Das gab es hinten am Ende der Garage nämlich auch. Mit herrlich warmen Decken und frischen weißen Baumwolllaken. Und Dick natürlich, der rauchend mittendrin saß wie die Prinzessin auf der Erbse und sich *sehr* auf mich freute. Mensch, Lchen, was für ein schöner Mann, dachte ich.

Dort im Bett merkte ich es zuerst. Denn mein Sexualverhalten trat überraschend in eine neue Phase. In Phase zwei.

Es ist nämlich so, dass sich meine, sagen wir, »Bettpersönlichkeit« über die Dauer einer Beziehung meistens recht stark wandelt. Nur bei 119 war ich immer gleich geblieben. Bei ihm befand ich mich vom ersten bis zum letzten Tag in der »Ackergaul-Phase«, wie ich sie heimlich nannte. Aber normalerweise läuft es anders, normalerweise ist mein Bettverhalten in drei gut differenzierbare Phasen gegliedert:

Phase eins ist die Willi-Phase, herrlich, herrlich, herrlich (darüber sprachen wir schon). Die Phase, in der ich faul bin wie eine Drohne, weil mir der Mensch zwischen meinen Beinen noch ziemlich gleichgültig ist. Ich lege mich einfach zurück, lächle nett und denke: Siehst du diesen Körper, Schatz? Und meine Lieblingsspeisen sind Pilzrahm-Nudeln und Käsetorte, käme man darauf? Eben. Das, was ich dir hier nackt und kostenlos zur Verfügung stelle, ist das Werk täglicher Mühsal und Disziplin. Ich finde, das reicht erst mal von meiner Seite, jetzt tu du mal was. Höm.

Phase zwei ist die, in der ich mich mit 119 vom ersten bis zum letzten Tag befand: die Ackergaul-Phase. Auch schön, aber eben auf eine völlig andere Weise. Es ist die Phase, in der ich sehr, sehr, sehr verliebt bin, kraft der Liebe mein naturgegebenes sexuelles Phlegma überwinde und mich im Bett ins Zeug lege wie ein Ackergaul. Diese Phase ist wild, aufregend, voller Leidenschaft – aber auf Dauer dann doch nicht ideal. Zum Ackern ist Willi ja eigentlich nicht gebaut.

Phase drei ist die beste Phase: die Willi-Revival-Phase nenne ich sie immer. Ich werde wieder Willi, aber diesmal nicht aus Gleichgültigkeit, sondern aus Vertrauen. Es ist die Phase, in der ich aufhöre, mich beim Sex wie bescheuert anzustrengen. In der ich *aus Liebe* trotzdem manchmal Dinge tue, zu denen es mich nicht von Natur aus drängt. In der ich mich aber auch sicher und geliebt fühle (eine ganz feine Sache, auch im Bett!) und mir deshalb *meistens* erlaube, beim Sex ich selbst zu sein: faul. HÖM.

Also, das sind so meine klassischen Sexphasen im Laufe einer Beziehung. Und wie gesagt, in jener Nacht in dem kleinen Häuschen am Kanal bemerkte ich erstmalig gewisse… Tendenzen. Als steuerte ich mit diesem Dick möglicherweise ein kleines Stückchen in Richtung Phase zwei. Nicht, dass ich mich eigeninitiativ aus der stabilen Rückenlage begeben hätte (meinem All-Time-Favourite in der Kategorie), aber es gab… Überlegungen meinerseits. Überlegungen, vielleicht in näherer Zukunft mal zu erkunden, was dieser Holländer gerne hatte. Um mich zu revanchieren, vielleicht durch ein wenig orale Stimulation, eine wohltuende Perineum-Massage, das kleine Skrotum-Programm, eigentlich ein Gebot der guten Erziehung, dachte ich mir so. Man kann ja nicht nur nehmen, nehmen, nehmen, nicht wahr?

Kurzum, Willi, die faule Drohne, kam in dieser Nacht ein bisschen in Schwung. Und dafür konnte es eigentlich nur einen einzigen Grund geben…

Gulasch zum Frühstück

Als ich am nächsten Morgen zu mir kam, war es ganz still im Haus. Sonne fiel durch einen Spalt in den schweren petrolfarbenen Stoffbahnen, die vor jedem Fenster glatt von der Decke bis zum Boden fielen. Auf einem Stuhl neben dem Bett stand dampfend eine Schale, vermutlich Kaffee (meine Augenhöhe war etwas unterhalb des Schalenrands auf der Matratze). Neben der Schale, auf einer Untertasse sehr gut zu sehen, lag eine Scheibe Weißbrot mit Butter und Schokoladenstreuseln... Schokoladenstreuseln... Schokoladenstreuseln...

Ich dachte nach. Zu klären war zunächst die Frage, wo ich war. Und, auch nicht uninteressant, *wer*. Ich war komplett orientierungslos, aber gleichzeitig absolut und vollkommen... *ruhig*. Wer immer ich war, ich hatte es nicht schlecht getroffen. Und der Rest würde sich wohl zeigen. Ich machte die Augen noch mal zu.

Beim nächsten Erwachen war ich schon deutlich mehr auf Zack. Ich sah Dick und erkannte ihn beinahe sofort, obwohl er eine Brille trug. Das Original-Modell von Eduard Zimmermann in den frühen Folgen von *Aktenzeichen XY*. Er saß in einem orangefarbenen Sessel an der Stelle, wo jetzt ein paar Sonnenstrahlen durch die Vorhänge fielen (etwa einen halben Meter weiter), und war dabei, einen Knopf anzunähen. Und er brachte das Kunststück fertig, dabei sehr sexy auszusehen, vielleicht, weil die Ede-Zimmermann-Brille das Einzige war, was er trug.

Als er bemerkte, dass ich wach war, zwinkerte er mir kurz zu und sagte... *nichts*. Danke. (Vor allem nicht: *Du siehst süß aus, wenn du schläfst*. Danke, danke, danke.) Er hatte auch noch kein einziges Mal *Ich liebe dich* gesagt, seit ich da war, stellte ich zufrieden fest. Denn das war meine einzige Bitte gewesen, bevor ich zu ihm ins blinkende Auto gestiegen war. Ich hatte ihn gebeten, für die Dauer meines Besuchs nicht *Ich liebe dich* zu sagen.

»Und wenn DU es sagst?«, hatte er gefragt, kess wie er im eigenen Land plötzlich war. Und ich:

»ICH werde es ganz sicher nicht sagen.«

Gemeine kleine Pause.

»Egal, wie leicht oder schwer es mir möglicherweise fällt.«

Undurchdringliche Miene.

»Entweder beide oder keiner.«

Ha! Guter Konter, Lchen, lobte ich mich im Nachhinein. Ich war sehr zufrieden an diesem Morgen, sehr.

Dick beendete seine kleine Handarbeit gewissenhaft, biss mit den Zähnen den Faden durch und betrachtete sein Werk. Ein feines, schlammfarbenes Hemd, das jetzt vermutlich wieder alle Knöpfe besaß. Dann ließ er es einfach auf den Boden fallen und kam zurück ins Bett. Seine Haut war kühl, er roch sehr schön nach Dusche und Kaffee (wo war eigentlich meiner?), und ich wusste, das konnte man von *mir* nicht behaupten (es war – ich erwähnte es – eine engagierte Nacht gewesen).

Aber Dick schien es nichts auszumachen. Er legte sich eng wie ein Löffel hinter mich und vergrub seine kalte Nase an meinem Hals. Dabei machte er ein paar behagliche Laute, und dann lag er ganz still. Ich hörte, wie sein Atem langsamer und gleichmäßiger wurde. Und wieder dachte ich: *Danke. Danke, danke, danke.* Ich war nämlich ein leidenschaftlicher Morgensexmuffel, Sex am Morgen war für mich wie Gulasch zum Frühstück. Ich liebe Gulasch, am besten mit einer schönen Portion Spiralnudeln, *zum Mittag*, aber morgens will ich einfach nur einen Caffè Latte. *Caffè* Latte, eine andere bitte, bitte nicht.

Wir schliefen noch ein wenig. Als ich zu mir kam, stand die Sonne wieder einen Vorhangspalt weiter. Ich spürte Dicks Atem in meinem Nacken, seinen Arm, der meinen

Körper von hinten umfasste, die Hand, die ruhig auf meinem Bauch lag (ja, ganz romantisch), und ich dachte an 119. Die wenigen Male, die er über Nacht geblieben war. Das war immer was, Mann, Mann, Mann… Da galt es nichts dem Zufall zu überlassen.

Abends schlief ich *erst* ein, wenn er schlief. Und morgens wachte ich auf, *bevor* er aufwachte. Ohne Wecker ging das, ganz von allein. Manchmal lag ich Stunden da, lauschte seinem feinen, leisen Schnarchen und erwartete aufgeregt den Moment, wenn er die Augen aufschlagen und sagen würde: »Ich hab wieder kein Auge zugetan.« Spätestens um sechs schlich ich das erste Mal ins Bad, um mich ein wenig frisch zu machen. Und von da an wiederholte ich stündlich zumindest die Mundhygiene – nur für den Fall eines Guten-Morgen-Kusses, der nie eintrat, weil 119 nach einer Nacht ohne Schlaf immer ein wenig schlechte Laune hatte. Was man alles so mitmacht, dachte ich jetzt, was man so mitmacht, aber ein Segen… Es geht vorbei.

Ich sah zum Fenster. Das war definitiv keine Morgensonne, was da durch die Vorhänge fiel, nein, ganz ohne Zweifel war es mindestens Mittag… Ganz vorsichtig drehte ich mich zu Dick.

Unvergessliche Momente

Aber am nächsten Tag. Am nächsten Tag standen wir auf, und ich sah endlich mehr von Amsterdam. Wie man das in Amsterdam so tut, fuhren wir mit dem Rad. Lchen auf einem Hollandrad in Holland, ist das schön, dachte ich immer nur, ist das schön, ich fühlte mich wunderbar. Frei, unbeschwert, für nichts verantwortlich, das hatte ich doch so gern. Dick zeigte mir seine Stadt, er plante, organisierte, machte und tat alles, damit es mir gefiel. Und ich bedankte mich, indem ich mir vor Begeisterung fast in die Hose pisste. Mehr musste ich nicht tun.

Gemäßigten Tempos kurvten wir die einschlägigen Grachten entlang, Herengracht, Kaizergracht, Prinsengracht… kehrten in Museen ein, bei Rembrandt und im Coffee-Shop… und als es dunkel wurde, besuchten wir die Eislaufbahn. Eis*schnell*laufbahn. Mein Sport. Nach fünf Minuten hatte ich den Bogen raus. Nach zehn Minuten fühlte ich mich wie Anni Friesinger, nach zwanzig Minuten wie Sven Hannawald. Und nach zwanzig Minuten und null Komma fünf Sekunden scheiße, weil ich nach perfektem Flug ausgerechnet in einer der großen Wasserpfützen landete, die auf der Eisbahn standen.

Alle viere von mir gestreckt glitt ich lautlos dahin und kam fünf Zentimeter vor der Bande schließlich zum Stillstand. Genau bei meiner Mütze, die etwas weiter geflogen war als ich, wie schön. Dick verhielt sich vorbildlich. Er schämte sich nicht, die Frau zu kennen, über die die ganze Eisbahn lachte. Er war gleich da, voller Sorge hob er mich auf die Füße, stülpte mir die Mütze wieder über und überließ mir sogar seinen trockenen Fleece. Mein Held.

Natürlich hatte es im Laufe des Tages auch andere Momente gegeben, das gebe ich zu. Sie wissen schon, diese »Popelmomente«, Momente, in denen er mir nicht ganz so heldenhaft erschien. Momente des plötzlichen Fremdelns wegen Nichtigkeiten und dem Gedanken: *Der soll es nun sein*? Der soll es nun sein, hatte ich zum Beispiel noch kurz vor meinem Sturz auf der Eisbahn gedacht. Der soll es sein, der kleine blonde Mann da mit den Elastikhosen bis zu den Brustwarzen, der übers Eis jagt wie Spartacus gegen Rom? Oder im Museum: Der soll es sein, der Mann mit den kompetent zusammengezogenen Augenbrauen und dem Eigelb am Kinn, der von Zeit zu Zeit wichtig verkündet: *»Das ist gut!«*?

Aber dann, manchmal nur Sekunden später, gab es diese anderen Momente: Wenn er sich auf seinem Fahrrad alle zehn Meter nach mir umdrehte, ob es mir gut ging, ob ich noch Spaß hatte, ob ich vielleicht im Kanal gelandet war. Wenn er in dieser Sprache, die ich nicht verstand, mit Kellnern und Verkäuferinnen scherzte, so nett und strahlend glücklich, weil ich bei ihm war (und so stolz, als hätte er Elisabeth Taylor im Schlepp, in jung). Oder gerade eben, als er nach meinem Sturz die Mütze auf meinem Kopf zurechtrückte und mich dabei ganz bekümmert ansah wie eine lädierte Mingvase. Momente, in denen mir das Herz fast überging. Momente, in denen ich wieder mal dachte, danke, danke, danke, scheißegal wem. Danke, dass du mir diesen wunderbaren, lieben Menschen über den Weg hast laufen lassen.

Es muss wohl im Umfeld einer dieser Momente gewesen sein, als ich auf die Idee kam, ein Foto zu machen. Nicht nur für meine Schwester, sondern für mich. Um etwas zu haben, das diese schönen Momente festhielt, vielleicht. Und zurückholte, falls sie mir – zurück in meinem Land – doch wieder verloren gehen sollten, denn davor hatte ich ein bisschen Angst. Ich hatte Angst, dass dies möglicherweise nur so etwas wie eine Urlaubsliebe war. Dass ich diese herrlichen Gefühle nicht nach Deutschland importieren konnte, weil sie ein bestimmtes Klima brauchten, wie eine Pflanze.

Also ein Foto, als kleine Erinnerungsstütze. Und es war auch so ein hübsches Motiv: Dick und Lpunkt in der Badewanne (nach der Wasserlandung auf der Eisbahn war mir dann doch schnell kühl geworden), zwischen uns ein Bügelbrett, darauf ein Becher Joghurt-Eis mit Suppenlöffeln und ein Untertässchen mit einem Joint – so typisch Amsterdam. So »gezellig«. Und aus dem Ghettoblaster oben auf dem Wäschetrockner – das würde man nicht sehen auf dem Foto, aber ich würde mich beim Anschauen daran erinnern – röhrte Tom Jones: *It's not unusual to be loved by anyone, It's not unusual to have fun with anyone…*

»Dick«, sagte ich also, als Dick den Anstand besaß, zum Pinkeln das Wasser zu verlassen, »Dick, wo du gerade stehst…«

Er sah von seinem Penis auf.

»Dick, bringst du gleich den Fotoapparat mit, meine Schwester hat gesagt, ich soll ein Bild von dir machen.«

»Nackt?«

»Ja«, sagte ich, nicht gewillt, mich näher zu erklären, »ein alter deutscher Brauch.«

Ich verzog keine Miene.

Und er fragte sogar noch, er fragte mich: »Darf ich das denn? Darf ich an deine Tasche gehen?«

Nicht von ungefähr. Beim letzten Mal, als er bei mir zu Hause war, hatte ich ihm nicht mal erlaubt, in mein Gefrierfach zu sehen. Aber wie das so ist, wir alle kennen ihn, den bösen, enthemmenden Einfluss von… Joghurteis.

»Klar«, sagte ich jetzt völlig entspannt, es war doch so herrlich schön warm in der Wanne, »wieso denn nicht…«

Mit *Tasche* meinte ich meine *Jacken*tasche. Dick meinte meinen Trolley.

Er dachte wohl, wir spielen das alte Spiel. Papas lustigen »Hol Vati mal den Füllfederhalter aus seinem Aktenkoffer«-Trick, und dann ist ein Teddy drin, hurra.

»Ein Geschenk, ein Geschenk, ein Geschenk!«, hörte ich Dick keine Minute später johlen. Gerade hatte ich mich über den Rest Eis hergemacht.

Scheiße, Scheiße, Scheiße, dachte ich. (SCHLUCK!)

Ich stellte meine persönliche Bestzeit ein. So schnell war ich im ganzen Leben noch nicht bekifft aus einer Amsterdamer Badewanne gehüpft. Ja, ich war verliebt, aber einen Verlobungsring wollte ich ihm nun doch nicht gleich schenken! Ich stürzte aus dem Bad, die schmale Treppe hinunter in die Wohnschlafarbeitsküche, da sah ich es schon... Die rote Schleife lag vor Dicks Füßen auf dem Boden... das rosa Einwickelpapier in Fetzen links und rechts davon... Er selbst nahm gerade strahlend den Deckel von 119s Kästchen.

Uuuuuuhhhh.

Ich schloss die Augen... atmete... und lauschte Tom Jones jetzt weit entfernt vom Wäschetrockner eine Etage über uns... *But when I see you hanging about with anyone, it's not unusual to see me cry*... Einfach ruhig atmen, dachte ich. *Oh I wanna die.*

»Für mich?« Dicks Stimme klang ungläubig, das ging ihm jetzt wohl doch ein wenig zu schnell. »Ein bisschen klein, Schatz...«

Tja, das verwundert nicht.

»Selbst für meine Füße.«

Füße???

Ein großer Schritt

Ich bin ja, Sie wissen es, Werbetexterin. Kommunikationsexpertin. Wo andere sprachlos verstummen, gelingt es mir noch immer, Worte zu finden. Dick den Päckcheninhalt zu erklären, darin sah ich insofern nicht wirklich ein Problem. Warum sollte man einem Mann, einem Holländer zudem, keine fünf Zentimeter kleinen Holzschuhe aus Deutschland mitbringen?! Eine Verbeugung vor seiner Kultur quasi. Oder eine symbolische Geste, die ausdrücken sollte… ausdrücken sollte… ausdrücken sollte… Ich weiß, worauf du stehst! Ha! Irgendwie so was würde ich ihm sagen, überlegte ich, während Dick vergeblich versuchte, mit seinem großen Onkel in einen der Miniaturholzschuhe zu schlüpfen. Zu klein. Hm.

Mir selbst einen Reim darauf zu machen, was es mit diesen Schühchen auf sich hatte, funktionierte nicht ganz so leicht. Ich strahlte Dick an, als wäre er der russische Preisrichter bei der Damen-Kür, aber hinter der Fassade ratterte die große alte Gehirnmaschine auf höchsten Touren, um die jüngsten Entwicklungen zu beurteilen und wegzusortieren. Irgendwie bekam ich es nicht ganz zusammen.

Bis es sachdienliche Hinweise gab. Genauer gesagt, bis Dick den Zettel fand, der unter den Schühchen lag. »Oh«, sagte er nach einem kurzen Blick darauf ganz schuldbewusst und reichte ihn mir weiter, »oh, ich glaube, das Päckchen ist gar nicht für mich.« Nein, das war es nicht. Es gehörte weder ihm noch mir. Das Päckchen gehörte jemand anderem. Dem, an den auch die freundlichen Zeilen auf dem Zettel gerichtet waren:

Lieber Curd,
ein großer Schritt für Lchen – und ein riesengroßer Schritt für dich. Mit den richtigen Schuhen fällt er dir bestimmt leichter.
Viel Glück, mein Freund.
119

Ich gebe zu, es war ein ziemlicher Schock. Ich stand einfach da. Die Gehirnmaschine wiederholte nun immer und immer wieder denselben Gedanken. Den einzigen, den ich bisher verstand. Das Päckchen war für Curd Rock gewesen. Für Curd. Nicht für Lpunkt. Für Curd. Und auch der Ballon, der herzförmige Ballon. Für Curd. Nicht für Lpunkt. Für Curd… Für Curd… Für Curd. Dann erst bemerkte ich den Zusatz, das kleine P.S., das noch unter dem Briefchen stand:

P.S. Gruß an Lchen. Super Blog!

Super Blog?……… Super Blog?……… Es dauerte eine Weile, bis die Groschen fielen. Er las also mein Blog ……… 119 las mein Blog……… Mein Blog »Anleitung zum Entlieben«……… Mein Blog über die Trennung von ihm……… Nun……… Wie schön……… Jeder Leser war herzlich willkommen……… SCHEISSE, 119 LAS MEIN BLOG??!!!

Er wusste also alles. Nein, nicht alles, nicht alles. Aber alles, was ich im Blog geschrieben hatte. Und das war eine ganze Menge. Viel. Sehr viel. Das meiste davon über ihn und mich. Die Hits und Shits unserer gemeinsamen Jahre, Sylt, unsere wunderbare und manchmal nicht ganz so wunderbare

Freundschaft. In letzter Zeit auch immer mehr über Dick und mich. Lass uns auf die Toilette gehen, du pisst schön, sein ständiges Piep Piep – das waren doch Geschichten! Und 119 hatte sie gelesen.

Vielleicht hatte er sogar täglich mitverfolgt, wie ich mich damit abmühte, mein armes, armes Herz, das doch so gerne ihm gehören wollte, einem anderen zu schenken. Gute Unterhaltung! Auf jeden Fall aber hatte er gewusst, dass ich vorhatte, diesen anderen zu besuchen. Und er hatte mir Glück gewünscht… nein, Curd Rock… nein, mir… Eigentlich hatte er *mir* Glück gewünscht, seinem Freund Lchen. Er hatte mir seinen Segen gegeben – auch wenn es sich gerade anfühlte wie ein Tritt in den Arsch.

»Lchen?«

Ich blickte von dem Zettel auf. Dick hockte auf dem Boden und schaute mich fragend an.

»Soll ich sie wieder einpacken?«, fragte er.

»Wen?« Ich war noch nicht ganz bei der Sache.

»Wenn ich sie ordentlich wieder einpacke, merkt er es vielleicht nicht?!«

»Wer?«

»Curd will sein Geschenk doch sicher selber auspacken?«

Curd? Ich sah Dick, der tatsächlich anfing, die rosa Papierfetzchen zusammenzusammeln, um das Kästchen mit Curds Holzschuhen wieder einzuwickeln. Der mit keinem Wort fragte, von wem das Geschenk war und was es bedeutete. Und dem mit Sicherheit genauso kalt war wie mir.

»Komm, Schatz«, sagte ich, »wir gehen wieder nach oben.« Ich nahm seine Hand und zog ihn mit.

»Was ist mit dem Foto?«, fragte er.

»Scheiß auf das Foto«, sagte ich.

Wenige Sekunden später saßen wir wieder in der Wanne. Wir mussten nur ein kleines bisschen heißes Wasser nachlaufen lassen, dann war es wieder so schön warm wie vorher. Herrlich. Nur Eis war leider, leider keins mehr da…

Und wieder mal war's Curd…

Natürlich dachte ich noch oft daran. Ich fragte mich, ab welchem Punkt 119 wohl mitgelesen hatte. Seit wann *genau* er über den Stand meines Entliebens stets auf dem Laufenden gewesen war. Und ich grübelte, auf welche Weise er mein Blog gefunden hatte, »Anleitung zum Entlieben«, dieses spektakuläre Web-Event mit täglich bis zu zweistelligen Besucherzahlen.

Am Ende schien es mir das Wahrscheinlichste, dass Curd Rock schuld daran war. Denn mir war dieser Couchabend wieder eingefallen, ein ganz normaler Couchabend ein paar Wochen nach unserem Urlaub. Da hatte 119 mich gefragt, woher Curds Name eigentlich käme, ob ich ihn nach wem benannt hätte, einem Schauspieler, einem Romanhelden oder einem Pornodarsteller. Und ich hatte geantwortet, Curd Rock habe keine Namensgeber, Curd Rock sei einmalig auf der Welt.

»Sicher? Hast du ihn mal gegoogelt?«, hatte 119 lachend gefragt.

Das hatte ich nicht. Aber vielleicht hatte *er* es später getan. Und war dabei prompt in meinem Blog gelandet, denn als lebendiger Bestandteil meines Universums tauchte Curd natürlich regelmäßig darin auf. Ja, so war es wahrscheinlich gewesen, sagte ich mir. 119 hatte seinen Freund Curd Rock gegoogelt und fand sich selbst… auf Sylt… auf Lesungen… auf Lchen… als Nummer. Auweia. Immer, wenn ich daran dachte, wurde mir ein bisschen flau.

Aber solange ich bei Dick war, hielt das flaue Gefühl eigentlich nie besonders lange an. Ich war voll und ganz damit beschäftigt, diesen schönen lieben neuen Menschen zu erkunden. Und Amsterdam natürlich, diese Miniaturweltstadt (sogar Nordsee gab's hier angeblich gleich um die Ecke, Nordsee hollandaise, die musste ich sehen!).

Als ich am Morgen nach dem Badewannenabend aufwachte, schien die Sonne wieder in die Fenster. Das Haus roch nach Toast und Gasflamme und warmer Milch. Ich sah Dick, der in einem türkisgrünen Bademantel im »Küchendistrikt« hantierte. Er stand am Herd und schlug mit dem Schneebesen die Milch für den Kaffee schaumig. Und gerade versuchte er, Curd Rock zwanglos in ein Gespräch zu verwickeln. Curd Rock, der in seinen neuen Schuhen am Fenster stand und still auf den Kanal runterblickte.

»Curd, was sagst du zu Holland, kannst du dir vorstellen, ein bisschen öfter zu kommen?«, hörte ich Dick fragen.

Und auch, wenn Curd Rock sich noch bedeckt hielt, wusste ich, dass ihm das sicher gefallen würde.

Total verrückt,
diese Hollämder!
Laufem auf Eis!

Zum Glück habe ich diese
famtastischem Schuhe.

Eim Pferd wäre natürlich komfortabler…

… um in Sonnenumtergang zu verschwimden.

Nachwort – von Curd Rock persömlich

Liebe Leser,

bestimnt fragem Sie sich, wie es nach dem Happy Emd weitergimg mit Dick umd Lchem umd vor allem natürlich mit Curd Rock.

Was ist wohl aus dem bezaubermden kleinem Kerl geworden, möchtem Sie sicher wissen. Hat er sich am die Schuhe gewöhnt? Sieht er heute immer noch so umwerfemd aus? Umd vor allem: Wie ist er mit der Tremmung vom seim Freumd, Bruder umd Zwillimg 119 weiter fertig gewordem?

Num. Lassem Sie mich so sagem…

Es verschwimdet ja nicht
vom heute auf morgem.

Es wird nur
immer wemiger…
immer wemiger…

Aber eim bisschem bleibt immer zurück.

Warum nicht? Curd Rock hat genug Platz auf seim weiße Couch.

Anette Göttlicher

Paul darf das!

Maries Tagebuch

Originalausgabe

ISBN 978-3-548-26683-1
www.ullstein-buchverlage.de

Marie ist seit einem Jahr glücklich mit Jan. Er ist bei ihr eingezogen und spricht immer häufiger von einem gemeinsamen Kind. Marie genießt die normale, harmonische Beziehung und freundet sich sogar mit dem Gedanken an Nachwuchs an. Doch eines Tages taucht Paul, von dem sie fast ein Jahr lang nichts gehört hat, wieder auf. Und Maries geordnete Welt gerät exakt in dem Moment ins Wanken, als ihr Pauls Duft in die Nase steigt.

»Und jede Frau wird ein Stück Marie in sich selbst entdecken.« *Cosmopolitan*

UB426

ullstein

Manuela Golz

Fango forever

Roman

Originalausgabe

ISBN 978-3-548-26676-3
www.ullstein-buchverlage.de

Sie treffen sich zufällig in einer Kurklinik: Martha Horst, die als Angestellte in einer Wäscherei arbeitet, Silvio Dorn, ein drittklassiger Stehgeiger, und Marlies Schön, deren Sohn im Gefängnis sitzt. Dorn wehrt sich nicht, als er mit einem Stargeiger verwechselt wird – sondern genießt alle Vorzüge dieses Irrtums. Bis der weltberühmte Pianist Bertram Bachels eingeliefert wird, der ihn zu einem gemeinsamen Konzert nötigt …

»Rotzfrech und saukomisch« *For You*

UB425

ullstein

Hera Lind

Fürstenroman

ISBN 978-3-548-26785-2
www.ullstein-buchverlage.de

Die von Hohensinns sind eine Adelsfamilie, wie es sie so echt wohl nur noch im Salzkammergut gibt. In einer übermütigen Mischung aus Heftroman-Satire, Klatschspalten-Drama und wahrer Liebe schildert Hera Lind das bewegte Schicksal einer modernen Fürstendynastie. Sie lässt reichlich blaues Blut kochen oder fließen und deckt schonungslos die hochwohlgeborenen Charakterschwächen auf. Am Ende ist jeder Leserin klar: Unter dem roten Teppich des Adels sieht es nicht besser aus als bei Hempels unterm Sofa.

»Eine köstlich-kitschige Fürstengeschichte mit hohem Unterhaltungswert.« *Stuttgarter Stadtanzeiger*

»Das ist Lind pur!« *TV Today*

»Sehr unterhaltsam!« *Freundin*

UB433

ullstein